浙江文叢

戴表元集

〔下册〕

〔元〕戴表元 著 陸曉冬 黄天美 點校

浙江古籍出版社

卷二一　賦

可竹軒賦

山陰王理得，静人也。嘗築一軒竹間，取晋子猷語，既名之以『可竹』，而請問於剡源。乃爲設客主人問答之詞，以廣其意。

客有問可竹之義於王子曰：『昔子之先，瑯琊黄門，厭歷兵革，頡頏世紛。捐家勳而弗紹，欲投好於此君。寄廬於東土，譬之一壺之波流。然而儕車代翳，弛擔揮耰，寧館庖之不繼，閲蒼蒨以消憂。此其達生幾於柳下、憂世近乎莊周者也。今子襲舊德之箕裘，耕素封之稼穡，傲睨徐舉，優游内息。出無蕭朱許史之榮，入無研桑陶頓之役，浮毫泛穎，沿典遡籍。油油乎顔充氣盈，華春盛而方敷；翛翛乎材堅氣良，兵朝餐而待擊。雖徵名於古賢，亦取妍於幽植。所爲几案之玩，階除之飾，或可有而可無，非至人之所溺。』王子聞而歎曰：『於乎嗟乎，是何傷乎！　蓋聞事有不期而相役，物有適至而爲娱。客不見夫重龜疊組之世〔一〕，崇臺廣榭之區。輦千夫以斥苑，囊萬金以聘姝，歌喧管咽，鐘奔鼓趨。乃有下舍一朝之費，而耗中人十家之須。觀其睫暈欲寐，體疲索扶，意昏昏然不接，棄咳唾於須臾。至此窮庢之顛，絶島之上，慘天荒而地寂，四無人以惆悵。忽見奇叢異幹，瑰質瑋狀，至戀惜以忘歸，爲游揚而詠唱。使客評一境之異同，較一時之得喪，果孰爲之賢愚，將悠悠而無當。粤吾來於兹土，姑無論乎古先。今夫殘墟斷礎，廢圃荒煙。因前時之爗爗，常櫛比而雲連；雖蒲萄分根於遐徼，珊瑚移植於深淵。可成林於談笑，何是竹得而侔旃。而吾一夫之宅，百楹之廬，本先人之遺構，匪東郭而開墟；賴清陰之見覆，幸斤斧之相疏。風春雪臘，雨曉晴晡，吾試與客振衣坐石，攜琴挈壺。醒則行歌商山首陽，醉則卧遊無懷華胥。竹當囅爾而笑，色勃而吁。當此之時，人可竹歟？竹可人乎？』於是客主相喻，頹然忘言。但見脩脩之涼月，若迎顧乎前軒。

校勘記

〔一〕客不見夫重龜疊組之世：『見』，底本作『愧』，據孫本改。

耕寬堂賦

孫常州既納印而歸，築堂於四明山之陽，命之曰『耕寬』。其説曰：『吾畸於人而完於天〔一〕，介於世而通於獨。與其盤旋蹙縮於勢禄之塗，數驚而多恧，寧自放於耕，無適而不足焉。且夫攣腰展髀，野慢以爲禮，吾得以寬吾四體。行歌散矚，多取而無辱，吾得以寬吾耳目。作止信，期饑飽，係時而不自爲，吾得以寬吾心思。豈與夫搖脣觸罟，動足蹈機，駕載疾之車，擁鼓謗之旂，憧憧然猶疾馳而不止者比耶！』客戴某聞而歎曰：『先生寓言哉！今夫千金之子，居與人羣，有徵稼於器，而菽粟不分。冰耕露斸，水種火耘，彼服田者，或愁乎勤。嘻乎先生，亦既裂千里土而君之，何用躬耕畎畝，真若野人之云哉！乃其風指，則走竊聞之。走與先生皆越産也，而嘗官於吴楚。由所既知，而不知者可以類舉。彭蠡之瀦，震澤之區，田其濱者，饒於壤而蔬；農其上者，暇於力而漁。故其君子儼儼舒舒，小人則雍雍于于，兹非以寬歟？越農則不然。穴野而渠，糞山而畬，弓培寸墾，歲無贏儲。蓋用寬者不勞而常給，處狹者愈急而無餘。今先生封疆道德，畦畛禮義，播治羣籍，壅崇列藝，豈弟聞望以爲嘉穀，優游篤老以爲樂歲。方欲發廩噲，洽春秋，邇無鄰之不恤，遠無乏之不周。耆年勝客，以燕以游。乃操南風，乃歌白駒。文孫願息，前挨後扶。嚴良日進，迎貓虎也；雅素時飭，尊田祖也。清傷和之水旱，遠敗類之雀鼠。若然者，粢盛焉而神莫予吐，蓋藏焉而寇莫余侮。不競不寠，不莠厥土，亦不穢予宇。藩墉牖户，以保百世之風雨。抑走又聞之：能勞者不居，善施者如忘。故自古仁賢之居位，其爲政也，往往可以馴盜賊，驅螟蝗。必不得已，窮居而野處，猶能使貪夫吝客，愧恥於其鄉。嘻乎先生，逍遥兹堂，想見鄰曲聞風而遜畔，交游熏德而稱良。人懷闕里之訓，家哦《召南》之章。然後道路歌惠，穹祇降康，門比申吕同大，壽等松喬並長。回視世俗區區，祝豚蹄之多獲，夸鼠壤之餘糧。何翅乎滄海一粟，太山毫芒哉！』於時農祥麗天，東作胥動，先生方清齋啓闢，徐行屏從。有持善言，順風三誦。先生聽之，忻然以爲賢於張老之頌。

校勘記

〔一〕吾畸於人而完於天：『天』，底本作『人』，據文淵閣四庫本改。

寄安齋賦爲廣平舒君作

智安於無疑，勇安於不怵，廉安於斂貧，讓安於不屈，内恕者安於寡言，達權者安於簡出。乃有至人，行無朋徒，止無居室。忽焉禮之以衣冠鐘鼓，而不知爲衣冠鐘鼓；猝然辱之以泥塗袒裼，而不知其爲泥塗袒裼。故能除藩去蔽，剖觚破鐍。動如大鵬，飛揚振迅，寄跡於八荒；静如神龍，收潛變化，寄形於一物。彼拘拘者，方欲與之商行藏，籌語默，宜乎叔孫見笑於兩生，楚龔之徒，聞老翁之風而自失也。

一大庵賦

宅佬師與水晶宫道人遊。道人問其居。曰：『無居。』既而有居，問其名。曰：『吾之居，姑爲一大庵焉，而無以爲之名。』『庵之大若何？』曰：『吾之庵，以鴻蒙渾沌爲盤緣，崑崙蓬萊爲枕託，羲和光景爲啓閉，山川煙雲爲聯絡，春秋花木爲遊觀，江湖魚鳥爲賓客。出無扃鎖，入無住著，聚無守束，散無部落，若是何如？』道人曰：『異哉庵乎！吾無以名之，名之「一大庵」。』宅佬師歸而言於剡翁，剡翁曰：『師之居之所寄，則誠大矣，惜乎其猶有大也。道人名之所指，則誠約矣，惜乎其猶有約也。師不觀於南崖之鴟鳶、東海之鸛乎〔一〕？夫南崖之鴟鳶，朝闖枯胔，暮伺田雀，投危抵隙，窮虛瞰厄，極終日之經營，寄一饞於擊搏。彼其區區之志，自無望於騰天池而沖雲壑。東海之鸛則不然。神清氣迥，欲鮮味薄，蕭森亢爽，權攣卓削〔二〕，饑餐沆瀣，倦倚遼廓。若可以遊溟茫，誇沖漠，而名猶登於流俗之繪畫，用不免於飛仙之羈靮。若是者皆累也。今宅侁師日誦先民之言，以潛西竺之學。既自以涵玄茹妙，除煩去縛，棄世絲如蛇蛻，擅天和於龜殼。固當捐忘名實，消融知覺，據逍遙爲安堵，泛無何之空宅。猶復憑無較有，誇宏眩博，前騫後罩，東覽西略。達者聞之，得無有笑列子之御風、齊侯之糟粕者乎？』於是宅侁師聞之微笑，取茗更瀹，翁亦驩然，振襟而作。

校勘記

〔一〕師不觀於南崖之鴟鳶、東海之鸛乎：『鸛』，孫本作『鶴』，下文中『鸛』亦同。

〔二〕權攣卓削：『權』，孫本作『權』。

竹坡圖賦

潤韓仲文所居之竹坡，薊李仲實圖之，剡源戴表元賦之。其賦曰：吾聞楚江之濆，修竹如雲，蓋揚州之土植，從古昔而已云。有一儁人，宅居其隈，風煙徼遮，雲霄去來。騷騷乎若環羣自東，前麾幡而後羽騎；倏倏乎又若離塵遠舉，凌貝闕而登瓊臺。於時雪止筵敞，風微帳開，接鼓吹，羅罇罍，撫羣陰之婆娑，眺故丘之崔嵬，弔古人之名園茂苑，穠花靚卉，皆已聲消而跡滅，而吾區區之所玩悦，獨鬱然高出乎氛埃。則豈不可爲臨文感慨、顧景徘徊者乎！或曰：是亦寓爾。物之於形，久無不化，金銷石糜，川堙山罅，而況工力之所轉移，塵土之所覆藉，曾把玩不能須臾，而君胡爲乎欲尋峴首之留連，踵牛山之悲咤？乃有倜儻奇士，恢疏通儒，灑以秋兔之毫，寫以冰繭之腴；寢玩食閲，津攜張趨，内不爽身心之安，而外無廢耳目之娱。觀其乍起忽仆，如顰復笑，欹煙偃露，涵陰吐照，縈紆歷落，曲盡其妙。誠可以舒襟紳，窺道要，何必擬崑崙以訪藥，慕蘇門而聞笑，然後存浮居之勝觀，快長年之清眺。主人於是齋形返息，頹然如醺，賦微言以三作，期託老乎此君。

縮軒賦

戴子既爲縮軒於剡居之西，有客過之，哂然而歎曰〔一〕：『戴子將隱乎？抑將以爲德乎？何其志之高而言之謙也！』戴子曰：『不然。吾三十年行乎功名之塗，而涉於是非之林，及今年漸衰而始休，業無成而多悔。進不能有爲於時，以光宗姻、起門祚；退不能資其所自力，以樹田園、活尊稚。七暑而一葛，十晡而九糜。皇皇乎徒勤而無所施，荒荒乎内怵惕而人莫之知。支隙巢以竄伏，聊憩憊而逃墟；蓋不武以成怯，非能高而爲卑。而何暇於隱，何以爲德哉！』客曰：『子不觀於南山之熊、東海之鯨魚乎！夫南山之熊，人知其勇也，然而未嘗狎於郊。豈不知夫郊之獲爲飽於麓〔二〕，如使日日而見之，則人得以輕其勇矣。東海之鯨魚，其怒也，能覆千斛之舟。習於海者，未嘗遇而覆其舟也。今夫能言之士，聽先生之説以遊於千萬人之都〔三〕，與操利業以闖伺於四通八達之市，人人志於取也。趨喜而違怒，據安而遜危，其事良苦矣。有一不當意，而無尺寸之地以居其躬，子不匿避之，而欲以常盛之名，揭乎必趨之衝，此豈徒無德而已，殆難知其所終〔四〕。故曰：寡求而少願者〔五〕，守身之寶也；不争而善讓者，遠災之道也。且夫華爗者老而歸根，飾美者勞而返素。火以晦傳爐，曆以退合度。子毋以昔之揚〔六〕，而病今之齺齺。安知非子德之將就，而樂其誇耶。官雖薄猶賢於無名，居雖隘猶愈於無家。三遇兵而不死，一謀歸而就成。心懷貞士之操，身漏閒民之征。一以子爲傭胥，亦或以爲夫。一以子爲覊雌，亦或以爲雄。熙熙乎，蚩蚩乎，無譽無讒，人不得以錮子之銜；無勢無辱，天不得以制子之梏。子於此猶不足顧，今之側肩曲項、擎拳累足以求伸者，寧得如子之縮乎？察子之介介，誠有所缺。然子且自視，孰與古之黔婁、萊蕪賢？黔婁賢而死不衾，萊蕪賢而生無炊。子敢望豐衣給食乎哉！姑務縮而圖之。縮於資者康，縮於力者强，縮於名者良，縮於德者百世不忘。故今登子之軒，嘉子之誼，將闊略乎隘夫曲士之節，而蕩摩於大賢君子之事，於子何如？』戴子聞其言，始而蹙然，若無所容，既而涣然以怡，久而恢然於中，忘其居之約而身之窮也。

校勘記

〔一〕哂然而歎曰：何校本作『矧然而笑曰』。

〔二〕豈不知夫郊之獲爲飽於麓：『於麓』，底本缺，據文淵閣四庫本、何校本補。

〔三〕聽先生之説以遊於千萬人之都：『聽先生之説』，何校本作『吟先王之説』。

〔四〕『此豈徒無德』二句：『德』，底本作『得』，據孫本、何校本改。『終』，底本作『經』，據孫本、文淵閣四庫本、何校本改。

〔五〕寡求而少願者：『願』，孫本、何校本作『欲』。

〔六〕子毋以昔之揚揚：『揚揚』，底本作『揭揭』，據孫本、何校本改。

喜友堂賦

梅林先生家於海隅，柔兆之歲，失其先廬。先生攜孥東西竄奔，三歲而歸，蒿蓬没垣。有季纍纍，亦倦於行。顧瞻嗟傷〔二〕，潸然不寧。嘻，彼行旅道塗之人，望屋而館，心援色親。烏巢於林，獸穴於麓，日暮相求，各以其族。先君之息，惟季與余，出此萬死，乃不共居，是曾行路之人與二物之不如也。爰議築堂，黽食其舊，除荒疏穢，以户以牖。先生左處，其季在右，雍雍于于，子姓先後。徵嘉名於陶詩，命是堂以『喜友』。名成益喜，與客飲酒。酒半，有客離席而歎，揚襟振弁，粲齒舒顔曰：『子所謂喜，吾能言之。凡人喜幸，出於憂患。病者喜愈，客者喜還，困者喜舒，危者喜安。又有人焉，緣物而喜。誇者喜權，譁者喜市，荒者喜色，貪者喜賄。

今先生羈旅之餘，藜藿之伍，行無軒車，居無妾園，退無貨財，進無官府，於彼所喜，既棄不取。脱鬼爲人，化墟作家，驚還痛定，未遑其化，恂恂骨肉，感歎咨嗟。遂團欒於一室，浩慰喜而無涯，此於人情相去幾何哉！且子不聞之乎？有庳放象，舜實爲兄；周公管蔡，不免相兵。兄弟之間，聖賢所難。下至漢文，淮南斗粟。魏邸急語，唐宫飛鏃。貴極萬乘，富兼九州，豈曰無家，兄弟爲仇。先生之居，雖陋不完，我行其庭，爾篪爾壎。先生之身，雖窮不偶，我覿其私，爾足爾手。食不待奢，分饔併餐；衣不待華，同温共寒。霜露之晨，風月之夕，行吟接履，坐諷聯席。昔也斯墟，風棲霧泊；今也斯堂，歗歌燕樂。昔也斯墟，螢飛燐走；今也斯堂，圖書俎豆。且先生自以無願於人，而道伸於閨門；自以無用於世，而政行於丘園。三畝之宅，十畝之原，弟耨於後，兄耕於前。既孝既友，從容笑言；醖比醇醴，盎如春温。凡登斯堂，與飲斯醴，歸視其家，誰無兄弟。是先生之喜，不私諸己。將令吾徒聞風而起，將令吾居胥爲孝友之里也。』於是先生欣然，環坐皆喜。衆客酢酒，先生起舞，取而酌其季曰[二]：『豈無他人，不如我同父兄弟。』更醉。衆客欲行，先生又起而酌客曰：『雖有兄弟，不如友生。』

校勘記

[一]顧瞻嗟傷：何校本作『顧語其季』。

[二]取而酌其季曰：『取』，底本缺，據何校本、孫本補。

息齋賦

薊丘李仲賓郎中，風流博雅經濟人也，而好世外之學。盛年華士，風度瀟然，異時常以『息』名齋，屬剡源戴子賦之。賦曰：

薊丘之陽，有一人焉，非隱非吏，不儒不仙。手握《昭回》之章，口誦《逍遥》之篇。跨鴻蒙，抗青雲，同游星辰，動握天鈞。蓋其道術既超乎物表，而名跡未離乎人羣者也。玩大化之所趨，悟浮生之無窮，寄百世於須臾，期已息乎心躬。曰何行而非家，雖囂隘而能容。噫嘻乎，子獨不觀之水上之漚乎？謂水息而爲漚，則浮然而流，不知其休；謂漚息而爲水，則波然而起，不知其已。是水與漚皆非所以息也。又不觀之木與風乎？風欲息而木竅之鳴，木欲息而風撓之零。謂風累木，風無形；謂木累風，木無聲。是木與風皆非所以息也。今夫人之居世，何以異於水漚風木之相遭？雞鳴而起，百體皆勞。彼求息乎夢寐，則有誤飲食於田獵，惑錢財於糞穢；彼求息乎老耄，則有聞鳴鐘而不休，思秉燭以繼照。志燕者息燕，不息燕者益北其轅；志越者息越，不息越者愈南其轍。人有常言貧者欲富，富者欲貴，貴者欲不死。彼達者姑舍是無辱、無榮、無死、無生，以入於不争，鬼神莫之敢攖，若是不既息乎！而山中之鳥〔一〕，或以喑烹；潛居淵觀，或走而驚。彼猶未逃乎實與名耶！故有南華儻恍之裔，西方奇詭之倫，捐有説幻，梯空談真，凡皆客所未喻，吾將叩之其人。

校勘記

〔一〕而山中之鳥：『鳥』，孫本、何校本作『雁』。

靜軒賦

東平閻公，名某居『靜軒』，剡源戴表元爲之賦曰：

世有欲靜者問於其師，其師教之以學坐。蓋屏居久之，能安於足，而不能安於饑窮之水火。於是教之以學默。又絶語久之，能忘於口，而不能忘愛憎之荆棘。於是教之以息交，則不能蟄穴而棲巢；教之以寡求，則不能餐松而飲流。故嵇叟以慕仙傷生，楊卿以忤物招咎。喑雁先盡，柔木速折〔一〕。惡影者走而滋多，逃聲者除而愈有。嗚呼悲夫！事有適至，理有固然。子不觀於空洞渺没、滄溟之淵，方其決陰谷，瀉層巔，經蒼莽而始激，觸縈紆而彌喧。迨至乎鉅海，則沈沈湛湛，人莫測其虧全。又不觀於寒暑陰陽四時之去來〔二〕，前者誰挽，後者誰推，但見河漢烏飛而兔没，草木實落而花開。人之營營，與識俱生。識步而馳，識取而争；窮血氣之所趨，雖賢愚其同情。惟夫大靜之士，得智遺智，居名避名，用能玩外物若蟬蜕，戲世好爲孩嬰。時然後出，不得已於出，則山摇而岳動；時然後處，不得已於處，則鵠峙而鸞停；時然後默，不得已於默，則風收而霆息；時然後語，不得已於語，則玉振而金聲。彼沾沾之小夫，與硜硜之俗子，勺水盈縮，杯羹愠喜。間有聞蘇門而習歗，望箕山而結軌，豈不賢於其徒語諸大人先生之門，是猶過蓬萊而誇海市也。

校勘記

〔一〕柔木速折：「折」，孫本、明鈔本作「朽」。

〔二〕又不觀於寒暑陰陽四時之去來：「於寒暑」，底本脱，據明鈔本補。

容容齋賦

東平徐公書燕居之齋曰「容容」。剡源戴表元嘗過之，問曰：「是非漢人之所云『白璧不可爲』者耶？」公曰：「不然。」因擬其意，作《容容齋賦》。久不即就，而公歸東平，懷感舊話，不敢負言。乃爲賦曰：

大智幽，小智仇，機鳴轍奔，萬類一丘。厥有黄髮真逸，青雲儁遊。偃駕於希夷之林，濯纓於清泠之流，笑衆雛之相役，弛然示之以無求。始其昂頭瞠目，驕面怒腹。咸峥嶸以思逞，如不行其所欲；既静竢以自休，亦逡巡而心伏。故力敵者攻，勢兼者雄，才十百者不强而從，量千萬者容之又容。升容於斗，釜容於庾，舉而投之大倉，不知其有；澗容於谷，湖容於瀆，輸而寫之滄海，不知其足。豐狐之擇燠，乾鵲之違風，知陵阿叢薄之功，而不知託氣於太空；海鵬息以六月，澤龍神於勺水，儵儵乎知太空之容己，而不知太空之所倚。物之相容，何有窮已。

昔者周公端揆，日容千士；仲尼閒居，容七十子。當其垂紳端委，擊拳曲跽，前俞後唯，而不爲之喜。及乎危疑轉徙，詩鴟鴞，歌虎兕，風披雨圮，亦無所毀。第汎汎而容之，遺簪墜屨，殘籩賸簋。或聞風披靡，或承流迤邐，不知其幾。蓋何必家陳羔雉之贄，人擁軒車之華，而誰不曰：我嘗趨明堂而遊闕里。彼有託一時之喜事，誇四海之龍門，侈公孫之華館，開文舉之芳罇。唾面教忍，佩韋矯温，所謂擬富於聯珠之室，衒明於扶桑之暾。吁嗟乎！獲容於人則幸爾，烏足以盡彼我之所存。

胡麻賦

六月亢旱，百稼槁乾。有物沃然，秀於中田。是爲胡麻，外白中玄，嘻微心之良苦，徵日御而周旋。朝舒翹以東嚮，夕偃寐而西遷；若餞迎之有節，閱旦旦而不愆。有一儒者，睹而異之曰：是物其有識，可比義於戎葵。惟太陽之委照，疇一物之得遺；彼芃然以自遂，有得氣而不知。獨輪勤於畎畝，致展轉於遐暉。跡其華粲粲以淡成，幹亭亭而直致，陰回翔以蓋屬，膏湛渟而珠媚。疑本質之過清，常凝温而抱粹；庸遇暵以不傷，表孤妍於衆悴。且其芘本近仁，嚮明近智，蹈約而不移近信，在困而能恭近義。故論胡麻者，以爲君子之道四，宜乎以爾登良醫之篋衍，依飛仙之服餌也。

蠅虎賦

有蟲翼然，既獰孔武，若腹而絲，若臂而距，跳踉振擲，是謂蠅虎。搏蠅甚智，狙伏壁間，羣蠅避之，如虎於山。我玩掌中，以弄以嬉，惴不敢動，蟆蟆𧍪𧍪。先生忻然笑而置之。我聞古人，龍猶可豢，惟虎必誅，與民除患。或生得之，用之於戰，蓋與死而爲鄰，嘻其危而敢玩。乃有至人，以道豢虎，居以爲徒，出以爲御。又有人焉，虎至不怖，曰我不爾惡，爾無我怒，與虎相忘，其道甚恕。嗟爾蠅虎，何爲者耶？謂非虎耶，於蠅不仁；謂誠虎耶，遇我而馴。或曰：搏人所憎，不爲不仁，故見畏於蠅者，所以見狎於人。或曰：是亦虎類，馴之有道，蠅視之大，我視之小。藐然掌中，以馴易暴，亦如彼虎，雄跳躁擾，極衆庶之所驚，纔至人之一笑。嗚呼噫嘻！物之於人，嗜欲血氣，鮮有不同。意兩鋭者必奪，力俱强而乃攻。此其無齒牙而忍，不爪距而凶；搏善良以爲食，朘膏血以自豐。其名爲人，其實有遠愧於爾蟲者矣。誠得道以御之，彼雖暴而莫動。故有談笑而儀、衍挫謀，拱揖而孟賁失勇。索而言之，理無不然。一日之内，一身之間，陰陽水火，寇奪百端。有道於此，愈攻愈堅。泰山裂車而目不瞬，疾雷破柱而足不還。四海一航，八荒一席。干戈血肉之區，歌舞腥臊之域，閲千世於須臾，忽微蟲之過隙。信振古之如斯[一]，復誰喪而誰得。於是先生頽然如醉，嗒然欲默，縱吾意之所如，聊優游而偃息。

校勘記

〔一〕信振古之如斯：『信』，底本作『謂』，據何校本改。

碧桃花賦

王丞公家既燬於火〔一〕，儼榛甓之遺墟〔二〕，紛風披而雨墮。三年亂定，主人一還，顧瞻咨嗟，慘見心顔。忽有異花，燁於甃間。主人曰：吁，是何祥也？問之居人，居人不知；問之行路，行路愕眙。乃問野老，野老曰：此所謂碧桃花也，胡爲乎來哉！且其爲花，種之實艱。土不温而不毖，歲不遠而不蕃。睹厥種之瑰奇，疑仙人之所植。故花於桃者必紅，而此色獨碧〔三〕。今主人逃空虚而遠適，曾日月之未賒。厥甃燥剛，厥礫交加，偉尤物之突生，誠可駭而可嗟。野老既去，主人默然，徘徊花間，花若有言。於是主人遽然而悟，色然而笑曰：此非造物所以戲予者耶？此非造物所以慰予者耶？一以爲慰予，則我也既履其殃；一以爲戲予，則我也方玩其祥。長楊、建章之苑，太液、未央之囿，一卉木之見材〔四〕，争獻妍而恐後。當其供娱燕遊，進幸俎豆，土壤飫乎醴肉，丘隰眩乎組繡。蓋有海西異域之植，嶠南遠驛之果。勤追風之飛騎，煩浮天之大舸。敝累千萬人之力，僅易一盼之娱。迨乎陵遷谷改，時異事殊，視茫然之陳跡，曾不足以自附於劫灰之餘；顧樵蘇之見赦，與匠石之不誅，反不如漆園吏之所羡，若彼擁腫不材之樗。噫嘻嗟乎！物有至妖而爲累，事有當戚而可欣。大者若此，細胡足論。惟夫環堵之室，數弓之園，雖故物之已非，而爲我者自存。訊鄰里之在亡，對江山之無恙；持壺觴以相勞，發歡愉於惆悵。清風往來，鳴鳥上下，突焉階除，見此粲者。矯焉若淩虛猝墜，翕然若離羣獨至。淡焉若鉛容素膩，將顰將蹙，弔予厄而悲也。飄焉又若荼裳縞袂，將翺將翔，幸予還而喜也。迫而親之，不可睇視。若商山之皓，鬚眉秀偉，忽不召而自來，咸驚嗟而歎異。又若西山之陽，孤竹之子，亭亭冰映，皦皦玉峙，悗塗炭之在前，欲潔身而趨避也。耿孤瑩於衆妍，時臨風而興喟，然後知是花之吉祥〔五〕，將慰我而非戲。噫嘻嗟乎！物之無情，妍媸美醜，待人而名，亦有不待人而生。人雖至靈，悲歡喜戚，觸物而形。亦有物莫之攖，渺蘧廬於大窖，信寓意之所之〔六〕。蓋吾昔者之非去，而今者之非歸，尚安能以私心之察察，預一物之盛衰。其來也無所期，其泊也無所羈。其嵬然異也，無毀無譽；其皎然麗也，無潔無緇。與是花兮相忘，聊遺老兮庶幾。

校勘記

〔一〕王丞公家既燬於火：「丞」，底本作「贊」，據孫本改。

〔二〕儼榛甓之遺墟：「榛」，孫本作「燼」。

〔三〕而此色獨碧：「碧」，底本作「白」，據孫本改。

〔四〕一卉木之見材：「卉木」，原作「茉」，據孫本、何校本改。

〔五〕然後知是花之吉祥：「然後知」，底本作「如」，據孫本、何校本改。

〔六〕『渺蘧廬』二句：『大窘』，底本作『宿信』；『信寓』，底本作『任偶』，據孫本改。何校本下句作『信木偶之所之』。

觀漁賦

秋潦既退，河歸故痕。童子六七，攜畚出門。載奔載呼，集於河堧。先生異之，往躡而觀。乃見衆童，脱衣倮足，斷渠起塍，翻水使涸。或運淖没膝，或揚泥沾膊，或傾畚拄箕，或布葦行筏，或羣蹴鼓歡，或獨仆發謔。併力競勞，有類竭作。先生曰：『唉，爾何爲乎？』有叟在傍，倚策而吁，曰：『童子之知，爾將取魚。每歲八月，大水渺漫。濱河之陸，湧浪如山。常有大魚，隨潮往還。彼一童子，及潮未汐，往漁於河，得魚盈尺。今此巨浸，與秋俱退。渠居平陸，不絶如帶。衆童惑焉，求魚於渠。曾是區區，魚得而歸。且雖有魚，其獲幾何？常聞漁人，日漁於河。出市售之，味薄少甘。得不償勞，甚尠而纖。一網出海，百夫屬厭。視河之獲，力減功兼。我求其説，漁何爾殊？海勞而苦，河逸而腴。苦厚腴薄，勞成逸敗，所以論魚，河卑於海。蛟鰐之宅，風濤之淵。健者以奮，弱者以遷。亦若吾人，隨鄉論賢。故瘠土者材，而沃壤愧焉。議河於海，無所取旃。曾是沮洳，蝦翔蛤奔。升勺之水，可得而言。』先生聞之，愳然而慚，憮然不悦。問叟姓名，俛首不答。顧謂童子：『汝漁且止。吾聞是邦，有隱君子，汝往問之，叟寧非是耶？』

卷二二　史論

讀司馬穰苴傳

田穰苴之事薄矣，太史公爲之論次以爲之傳，非賢之也。《易》曰：『臣殺其君，子殺其父，非一朝一夕之故。其所由來者，漸也。』田穰苴之斬莊賈也，盜齊之漸也。方穰苴以羈旅之餘，受兵戎之任，名實未必深孚於齊。而莊賈者，齊侯之寵臣也。夫以寵臣預兵，而加於羈旅之臣之右，其驕蹇而難制固宜。然而穰苴之所自請也，己自爲將，而請君之寵臣以爲監，既許之矣，而逆爲之約，迫爲之期，待其至也，而借爲之辭而斬之，此豈有不忍於齊國哉。且燕晉之師，於齊非有旦暮之急，遣一素貴幸之臣，而親戚左右，爲之效杯酒殷勤之歡，此人情之所有也。藉令穰苴欲申其兵法，當先爲之令，俟其不受而後誅之。或不可已，則遷刑於僕御，亦未太沮屈也。而若是不能終日焉何耶？賈誅而馳赦者僅免，會燕晉亦解，侵疆悉還。齊之君臣，惴惴焉拱手重足，以須犬馬之命。田氏之篡齊而有之，豈待海上一城之遷哉。嗚呼！自戰國以來，篡殺遂爲常事。而權臣盜將，未有不先立威於君側者，皆用穰苴之道也。漢衛青伐匈奴，蘇建盡棄其軍，青不敢自擅專誅於境外，而聽天子自裁，曰『以風爲人臣不敢專權』者。郭子儀以九節度兵圍鄴，制於魚朝恩爲軍容宣慰使，而無所統一，以至於敗。歸又爲朝恩所困，然終身不敢失爲人臣禮，此非將帥之事也哉！

讀吴起傳

世儒言吴起，未有不艴然異之也。嘗讀其傳而得其爲人，蓋魏公子所謂節廉而自喜名者，起之實録也。當戰國時，士之道先王而守禮義者鮮矣。魯俗猶爲後衰，而起也及事曾子。曾子以孝聞魯，而議起者曰：起之學於其門也，齧母而訣，殺妻而求將，世有學於曾子而齧母殺妻者乎？若其答魏文侯舟中之問，與夫遜田文、辭尚主，趣舍進退，從容可觀，則猶曾子之教爾。學不勝質，溺於技勇。後人循跡而議，置其輕者，推其重者，名之爲薄。夫君子惡居下流，其是之謂哉。

讀孫武傳

或問戴子曰：『子於田穰苴之斬莊賈，嘗甚而非之。於孫子之斬吴王美人也，不尤甚乎？』曰：『其跡似，其情非也。穰苴之將兵，苟惡人之監己，不如勿請。既請而從之，不待令而誅之，是欲借莊賈以威齊也。吴王以美人試武，武受而教之，再三不從而後誅之，則是欲售術於吴耳。然儒者多言孫武治兵無驗，吾併疑試宫人非事實。太史公録穰苴事，以所聞適相類，故牽聯書之歟？』

孫臏附傳

按太史公不爲孫臏特立傳，而附於孫武，蓋其事微耳，而世人稱之常過實。夫臏以刑餘之人而投齊，倀倀然求得其當以報魏，不啻郤克笑躄之讎、范雎折脇之憤也。故其從田忌也，一舉救齊，再舉救韓，皆不以取救爲急，而急於乘梁之虚而殘之者。此其志，無一飯不在梁也。馬陵之役，恥幸僅伸，而終臏之身，不聞他業可紀。就言兵者窺之，尤淺之爲丈夫哉。

伍子胥列傳

昔者嘗怪孟子言君臣之義於齊，而有國人寇讎之報。曰：孟子以義教人者也，君有不禮於臣，而臣不施讎於君。今也教人讎君，而得爲義乎？久之而得其説曰：此乃古之君臣之所爲義也。夫國之有君，非以其國私之也，蓋將有以爲其國也。故國得擇君而治，臣得擇君而事，而非使之傲然無畏以爲上也。當戰國時，士之仕者，猶無常國。故孟子以之警動齊宣王，而著爲驕君之戒。若夫人臣之所自得爲者，則必使其君待之不至犬馬草芥而後是也。然自孟子之説行，而世之悍臣有所不直於君，則悻悻然欲甘心焉，曰：君固有可讎者也。於乎！此非伍員父子之於楚，其君臣始之有不盡，而終至於多傷其義者乎？且以楚平王之無禮，而伍奢傅其子建，奢以正諫觸死。微員之逃，則與其兄尚亦必俱死，罪在平王無疑也。爲奢謀者，欲忠於建，則勉建無怨可也。欲全於身，則知不可諫而去之可也。建以讒疏，身以諫死，由君子論之，奢猶死於職也。員爲人子，至於殘宗國以爲墟，發君屍而行戮，其不太甚乎哉！《公羊傳》曰：『父不受誅，子復讎可也。』昌黎韓子嘗駁其語，以爲不可施於今世，此正伍員之比也。後之論君臣者，當擇於韓孟之間也哉。

孔子弟子傳

某按《古史考》，疑公伯寮爲讒愬夫子之人。夫子不責，而委諸天命，以爲不當預弟子數。而蘇子由《古史》修《孔子弟子傳》，非太史公紀載，多所糾正。乃亦不遺公伯寮，而盡録其語。竊嘗考之，公伯寮者，魯人也。夫子之居魯，魯人雖不能盡知其道，而凡爲儒者，則希不及夫子之門矣。公伯寮固嘗學於夫子者也，魯國之政在季氏，以門人弟子，服勤夫子之教，而賢者委曲而從之，而責一公伯寮之不溺於季氏哉。當是時，由孔氏則必貶季氏，由季氏則必叛孔氏。公伯寮學孔氏而中叛之，以市於季氏，固勢之所必有也。太史公泛録夫子門人，以其嘗從遊而不棄。不然，則子服景伯之言過也。夫子本不深信其爲愬，而公伯寮亦遂卒業於夫子之門乎。

蘇秦傳

蘇秦，戰國傾危之士也。世之人有稱之者，以其能以口舌擯卻虎狼之秦，令其説行天下，不至坐受秦禍。嘗考之，事或不然。方蘇秦自齊歸周，自周而之秦，然後之趙、之燕、之韓、之魏，流離狼狽，不勝兒童婦女之所訕笑。苟得一言納之，利從則從，利横則横。其區區窮謀本不專有擯秦之心，惟不得於秦，而從事於諸侯耳。豈得以魯仲連、虞卿之事比之哉！如其所策，誠能盡其形勢之强、士馬之盛而用之，秦人豈真不得以逞也。君子之道，内誠其身，而後能誠諸人。齊之管仲相其君，九合諸侯，其事偉矣，而不免有叛之者。泗濱之問，至無以服楚。六國忮忍之君，視其親戚骨肉，有不能自託，而能託脣吻之外交，以待斃於秦乎？從散國破，而蘇秦亦以謀死，固理之不足惜也。昔者嘗怪夫子數稱東周，蘇秦之時，周至於顯王，益不振矣。先王之遺風，猶或不墜，故蘇秦東學游説於齊，而洛陽之兄弟嫂妹，皆能非誚，以爲非其本俗。當是之時，得孔孟之佐，外以禮樂交諸侯，而内以農桑治其國，東周之是輔，尤賢於諸國萬萬也。蘇秦初干顯王，顯王既薄其詐不用，而縱其説於諸侯。諸侯之事如彼，周又他無賢輔，秦以夷狄卒併天下有之，豈小小之故哉。

張儀列傳

六國與秦，皆有併吞搏噬之心，非爲一君獨賢也。顧秦幸而成耳，而世人罪秦不置者，以秦戎狄而資之詐也。以愚考之，秦之行詐，不信於諸侯，莫如商鞅、張儀二人之甚。而鞅至自衛，儀至自魏，固非可專曰秦詐。就二人考之，鞅之不信，又未若張儀之尤甚也。當儀之時，蘇秦同學，先以從約取貴。儀後出，不得不倚秦以爲横。跡其口舌反覆，傾人十城，然後利一邑；陷人數鄉，然後進一號。本不當責之以仁義長者之事。而儀之始未得幸於秦，屢屢餌其父母之國，以爲己食，此不特商鞅之所未爲，亦蘇秦之所恥言也。吾觀張儀，欺楚楚怨，欺齊齊怨。雖其終以計免，猶皆覺而疑之。獨其欺魏，魏人至死不能覺其爲賣己也。平時腰金結駟，佯佯往來於關河之上。梁地日削，儀身日貴，及其歲晏寵衰，秦人以禮歸之於魏。使之坐速寇兵，以傾所居之國，而魏之父兄弟子，方與之優游談笑而終老焉。有商鞅、蘇秦所無之毒，而無蘇秦、商鞅所有之禍。世之姦人如儀者，可不謂行險儌倖哉。

樗里子甘茂甘羅魏冉白起王翦列傳

戰國之世，秦人以形勢詐力，頡頏諸侯，故爲秦者易爲功，而事諸侯者難爲力。樗里、二甘、魏冉之於當時，固非有過人傑出之謀，而白起、王翦雖爲善戰，然不過縱燎於順風，採果於垂熟。而凡其盡鋭以爲取勝之道者，皆其不可再用者也。此非惟不當責以古良將之風，其視同時廉頗、李牧輩，猶遠愧之，而得爲賢乎？蓋當是時，秦勢八九成矣，天方假毒其手，以樹君中原。謀不必工，所施而服；戰不必良，所向而克。彼諸侯之臣，固有賢於樗里、二甘、魏冉之謀，勇於白起、王翦之戰，其君用之未必能專，信之未必能決。而又連栖争鳴，佐寇自賊，顛倒謬誤，卒俱墜於彀中而後已。而數子乘時逐利，各以能名見登於好事之齒舌。彼諸國之臣，其材實過之者，國敗身辱，而名字因曖昧而不彰。豈非所遇者幸不幸哉！

孟子荀卿列傳

古之君子，其學爲己也，而不專乎爲己。蓋其得之也有餘，則推以與人也，不患於不足。成之也勞，則其事傳之於久而無弊。孔孟之道，自堯舜、禹湯、文武、周公以來，莫之能尚也。惟其抱堯舜、禹湯、文武、周公之道，而不著於用，故鬱勃湮積於當時。而卒能徐出而大暢之，以及於百千萬世之遠，自其及門弟子，既皆身被其傳以立於世，又自諸子各有所傳。然受之淺深，而行之久近，有不能以皆善。而要其大歸，苟出自孔氏之傳者，至其極衰大壞，猶賢於他氏萬萬也。何也？孔氏之道，可遠可近，可約可博，非若他氏淫污辨雜以爲通，誕神僻異以爲高也。學他氏者，於己不必誠，而常懼於無以徇人。學孔氏者，進可以及人，而退亦不自辱其在己者也。故學孔氏者近勞，而什有八九焉不失爲君子。學他氏者近佚，而什有一焉不免陷於小人。孟子、荀卿之於鄒子、淳于、尸子、長盧之屬是也。自夫孔氏既没，世亂道微，生民之命，懸於談兵説利之口者若干年。而子思之學，再傳而爲孟子，子弓之學，亦一傳而得荀卿。荀卿之學，未知出於子弓何如也，而孟子於子思有光矣。夫當孔子之時，諸子不棄其師之窮，相與追隨馳逐列國之郊，羈愁困餓而不忍去。一時能言之士，與夫非誚孔氏而不爲其學者，聲華氣勢，計當十百過之。訖無所據託，而獨孔氏師友一綫之傳，屹然不墜。以爲儒者折衷，非止鄒子、淳于之徒，不可度絜短長而已耳。自是而降，諸子愈散，其荀卿之學，亦一傳而謬。天下異端曲説，愈熾於鄒子、淳于之徒。而孟子之所著書，遂與諸子之書之可傳者，共扶孔氏以至於今日。由此言之，孔氏之道，世治則與之俱治，世亂則不與之俱亂。自古至今，固未嘗一日廢，而學何其勞而孤也。世言太史公不知孔子，吾讀《孟子荀卿列傳》，亦燦然知所趣舍哉。

范雎列傳

范雎入秦，意在於急得秦權，以及時償區區之私仇耳，豈有奇計爲秦哉？夫欲得秦權，則不容不急逐穰侯、白起；欲償私仇，則不容不以兵脅韓魏。此如怒犬噬人，伺便捷中，圖一決之快，君子蓋羞稱之。然而雎之所以言於秦者，則未爲非便秦之奇計也。雖秦之强不專以雎，而昭襄以後，諸國於秦若附若離，卒能藉必成之資以速得志於天下，則雎之助也。何也？穰侯之在秦，固有可議，而越韓魏以攻齊者，尤爲非計也。今夫欲有所圖於天下，而無一定之畫先斷於胸中，或至緩其所先，而急其所後，則雖日屠一城，月墮一都，而無益於大計。使秦人竟守穰侯之策，近捨韓魏，而遠攻强齊，則齊地未必可以即得，韓魏亦且共起而謀之。外雠日堅，内力日分，而秦事勞矣。自雎爲遠交近攻之説，秦人一如其教，日夜搏擊於韓魏之郊。瘵𦝫蠧食，腹必垂盡，而膚革不知。卒之三晋先亡，燕楚踵服，而君王后之齊最遠最親，最後亦徐取之。若此者，謂之雎謀非耶。故曰逐穰侯，攻韓魏，雖出於范雎之私，而未必非便秦奇計也。嗚呼！雎以亡夫乞一生於萬死之中，出其困辱餘智，以報平生之仇。意得欲行，一聞蔡澤之言，即納印去，本不切切於秦，而秦人竟賴其謀以帝。然則非雎之假權也，嘗觀六國視秦，初非强弱相絶之國，而秦能獨伯者，六國有客不能用，而秦能併六國之客用之也。六國之客，入秦者多矣，而三人之策最爲有功於秦。其一商鞅，以富彊開業，振於諸侯。其次張儀，大破諸侯之從以爲横。其後則雎所謂遠交近攻者。若此三人，皆至自魏。諸客入秦，於其舊國不能保其不亡，而此三人者，必至大毒於魏焉而後爲重。張儀以姦，商鞅以欺，范雎以仇。要之，六國與秦，皆無義客，而魏士尤薄也哉。

樂毅列傳

戰國之君臣，未有能以義始終者也。吾每讀樂毅書，爲之惻然悲歎焉。方燕昭不勝報齊之憤，卑辭厚禮，以招賢士，而毅也往爲之屈。此其意氣之相求也，已非納交要譽於游揚干謁之門者比矣。五國之師，百城之敵，先構其謀而後從之。卒功專事擅，而諸侯不忌其成；兵連役廣，而天下不議其非。毅之言曰『五伯以來，功未有及先王者』，蓋非虛語也。昭王既没，新王以一介之疑，棄百年之烈，毅於是不得不棄燕而走趙。及惠王殷勤反復，以義見邀，則又幡然因趙以通燕。進退去就之間，猶庶幾古烈丈夫之風哉。世之論者，謂惠王薄於待毅，又疑毅不當遽捨燕。夫毅於是時不去燕，燕未必能全之也。毅誠能死，死於昭王則可，使死於惠王之隙，則亦不爲得所矣。故謂能死於昭王者，義也；其不死於惠王而去之者，亦義也。若夫惠王之待毅，則猶有禮矣。古者人臣之於其國，苟爲有故而去，出疆必有爲之道也，所往必有爲之先也。毅之去燕，不可爲小故也。恩睽而辭不污，身疏而家不絶。自近古求之，改君易將之交，處讒疑怨，釁而能相全者，惟毅君臣而已哉。或曰：毅則義矣，子知惠王之不能全毅，而許之以有禮，何也？惠王之有禮，毅爲之也。父有不慈，而其子爲申生、伋壽之孝〔一〕，非子之常也；君有不仁，而其臣爲伍奢、大夫種之直者，非臣之願也。毅爲自全而因全其君，毅固常學於賢人君子之道也哉。

校勘記

〔一〕而其子爲申生、伋壽之孝：『爲』，底本脱，據孫本補。

藺相如列傳

世言藺相如持空言與秦争璧，璧還而終不免，趙於璧何益哉？余曰：不然。秦吞諸侯，非皆以其能也。詐脅之所得，較於兵取者，往往十居六七。則夫今之視趙，其意豈止於區區之璧哉！秦計既然，則相如之抗秦，固有不在於區區之璧矣。且國之以人爲存亡，無以異於人之以脈爲生死也。有一脈之不絶者，人雖危而不即死；有一賢之可奮者，國雖敗而不即亡。秦誠積强之國，見諸國皆畏，而有不畏者在焉，則其不敢易者，必其不畏者也。豈爲一璧之重輕乎？吾觀相如，蓋戰國豪俊有謀之士，近古曹沫之徒也已。故能横軀授命，而知秦刃之不敢加；强辭臨盟，而保趙駕之必可反。不然，秦昭王之無道，叛神明，欺骨肉，何忌於趙，何愛於相如哉？蓋嘗考之，相如之爲趙，不但外以口舌折秦，蓋諸將之與趙始終而能爲秦畏者，有三人焉。廉頗固相如之所遜，趙奢晚而與之同位，李牧知名進用，計當亦在相如之時。使相如但以空言爲强，而無待秦之實，則秦之加於趙，必不若是恕矣。故曰相如者，戰國豪俊有謀之士也。獨怪趙以相如之賢，所推將適皆一時名傑，自不可爲無人之國。再傳之後，相如未死，已不救於長平之事。奢以子敗，頗廢牧誅，然後昔之所恃以待秦者皆盡，而趙亦亡。雖曰廢興使然，觀國者可不爲寒心乎！

田單列傳

齊於山東最爲大國。方湣王之亂，樂毅奮區區之燕，假天下全力而攻之。一戰而破濟西，再戰而沼臨淄，湣王出奔，齊之七十二城，一日翻然爲燕，何其亡之暴也。及田單起逋虜，破殘城，哨五千之卒，以鏖百萬之師，燕將授首，所失七十二城，復翻然爲齊，又何其興之易也。儒者謂使樂毅不以讒逃，則燕不敗；田單不堅忍窮城，以須持久之變，則齊不興。嗚呼！此二者似矣，而皆非全論也。何也？齊雖無道，其君可誅而齊國未可即滅也。燕起僻遠，出擅中國兵革之盟，賴天下方切齒於湣王。而樂毅之賢，智足以彌變，故數歲而無他。然其一人之身，而居不世之烈，既有憂其持之之難者矣。當是之時，齊亡而田氏子孫不能盡，幸而田氏無良子弟耳。齊之臣民，含怒蓄怨之日久矣，寧以千里之大，而一人之能安乎。故毅去燕而田單一匹雛之力，遂得乘間抵隙而圖之。此天下必至之勢，非毅之道不得盡用，而單之術果有餘也。且齊篡國也，燕雖召公之後，而其得見厭於天，與諸國之君，無大相過。故五六十年之間，六國迭興代仆，而卒以同盡於秦。秦一再傳，與六國之餘民，又相屠戮而俱至於滅。蓋多殺人以立國者，其國之不可久，而又欲兼人之國乎哉。吾於燕齊之事，不能不爲之數數然者[二]，以此故也。然使徒以一日戰伐言之，毅兵雖爲近正，而田單之術，何預於此哉。今人既誇其神師火牛等智，往往又出於兵謀之外。單之爲人，詭謬而不足稱者，太史公亦復不載，吾亦不暇詳論焉。

校勘記

〔一〕不能不爲之數數然者：『不爲』之『不』字底本脱，據孫本補。

魯仲連列傳

魯仲連，可謂卓犖不羈之士矣〔一〕。當戰國時，士非媚秦，則宦於諸國，朝從暮横，去來紛紛。而仲連游不以禄，説不以利，潔身高視於喧污垢辱之外。一言之出，列侯傾風，羣士折喙。吾嘗評其挫秦之鋒，幾於仲尼春秋之義，願從御者執鞭焉。獨嘗讀燕將書而疑之。夫君子之立言，出於正而無慚，處於人而無憾，一時未見甚便，而萬世莫之能廢者，此天下之至言也。故其居利害之中，如是則生而存，如是則死而仆。迫於有爲而言者，戰國之士，皆能然矣。而其然者，仲連之所不爲也。不爲有爲而言，則其不得已而有言，天下後世，固將於是觀之矣。且夫聊城燕將，受其君之命而死守以拒，齊之城，没於燕者七十有餘，他皆反而復舉爲齊，獨此城之將，外無援，内無資，而不愛一死焉。雖非齊人之所樂，而自爲臣之道言之，君子必許爲燕也，仲連奈何教之行叛以歸齊乎？曰：仲連齊人也，爲齊謀之也。則何待仲連之狹也。仲連苟有父母之愛於齊，齊嘗亡矣。仲連遠不爲楚申包胥，近不爲王蠋，今齊地已復什九，極齊之力，何患不獲，而爲妾婦之忠乎。且爲此説，則與仲尼聞魯亂，而使子貢撓齊破吴者，同一見也。曰：仲連天下士也，非以齊人自爲也。申包胥、王蠋，亦非所以論之也。直不忍孤城之兵，歲餘而不決，欲全其民，脱之白刃之下耳。嗚呼！此又何言之拘哉。戰國之民，無歲無戰；戰國之兵，無歲無殺。其爲聊城大矣，仲連安得城城而仁之。且仲連嘗争帝秦，率梁燕佐趙而鬬之，所不惡於鬬其兵者，全民之仁少，而郤秦之義大也。全民之仁，止於一時；郤秦之義，重於萬世也。今乃欲仁一城之民，而先教人背叛偷生，以虧君臣之義，何其得之於梁客，而失之於燕將也。然雖燕將既死，何救於一城之屠哉！進退思之，無所於據，賴其將自能以義引裁，不昧於裂地定封之誘，以隳期月之守。不然，則燕國有賣城之將，仲連爲説降之客矣。故燕曰：仲連之爲燕將謀，但勸之束兵歸燕而東游齊。之二者舉，甚不可以決之，非正言也。故燕將得書，而歸燕不能，降齊不可，則擇義以死也。是其死也，自仲連處之也。於乎！此非君子之言也。君子之爲人謀，於其求決於己而忠告之。燕將未嘗求於仲連，仲連逆爲不正之言而强告之，何也？宋牼以利説秦楚之君罷其戰，孟子驚焉，以爲先生之號則不可。故君子惡遁辭而大居正焉。有勸人以死徇兵，而姑爲不正之言乎？夫仲連之道君子也，吾固詳責而嚴求之，在他人吾亦不咎之矣。然仲連之言如是，世終不以聊城之事累仲連者，以聊城既屠，而不利其爵，故賢之耳。是固可賢者也，古稱明乎齊音者，見利能讓。而戰國齊士，始不讓而趨於譎，若仲連者，士之能讓者也。

校勘記

〔一〕可謂卓犖不羈之士矣：『可』，底本作『事』，據孫本、何校本改。

伯夷叔齊列傳

某按，上古國以萬計。其各國之所賢者，則自推以爲各國之君。其衆國之所賢者，則共推以爲天下之君。雖堯之唐、舜之虞，其初不過萬國之一耳。惟其德盛，故衆國環而宗之。宗之矣，而有不宗者在焉，則衆國環而攻之。夏殷以來，主於傳子，故天下之共君者，不能世賢，而分則略定矣。孤竹之爲國也，不知其所從始，相傳云墨胎氏，又云成湯所封。則是古或有其國，而成湯革命，始更封之耳。此於商人固無骨肉相連之親，與心誠悦服之舊也。自成湯至紂，凡幾世，自孤竹始封，至於伯夷，亦已久矣。然澤足配天，無以過周；紂惡可誅，不浮於桀。而湯武之伐君，伯仲之間也。孤竹之始封，不辭鳴條之爵，而其子孫乃非牧野之師乎。嗚呼！商之未亡也，孤竹之事，吾不得而知其何如也。然但云成湯所封，則伯夷之先世，已臣於商矣。不特伯夷世臣之，雖武王亦且世臣之。夫君之不能世賢，其亂猶小也。紂雖天子，與諸侯分國而治，盡紂之身，亂止其政令之所及而已，諸國未大害也。幸而紂死，一中主代之，雖國之所以自治者可以不亂。以一君之惡，而易天下之共主者，湯一行之，既以爲世駭，豈可數數然階亂教叛，使爲羿浞者接跡於後來耶？故其歌曰：『以暴易暴兮，不知其非矣。神農、虞夏忽焉没兮，我安適歸矣。』此伯夷之志也。若夫國存而爲之君臣，國亡而視之塗人，不待其賢如伯夷而能羞之矣。吾太史公表伯夷爲列傳首，而怪世儒言伯夷皆過，故詳論之。

孔子弟子傳總論

某觀太史公之爲書，務在推尊孔子。而欲廣其道，則録其所嘗從遊之士爲《弟子傳》。而發篇之言曰：『受業身通者，七十有七人，皆異能之士。』以爲此言夫子所自道。嗚呼！是何尊夫子之至，而淺之爲知夫子也。夫子之道，自其知者言之，而千萬世受其賜；自其不知者言之，而當時之鄙里，有不諭其爲賢。而此七十七人之云云者，初復何所繫於其道之重輕乎？今夫一介之夫，有以自立於鄉曲，同時之士，或昵而交之，或信而事之，或知之深，或禮之略，紛然去來，尚不能以一概。夫子行聖人之道，周流於天下，其所歷非一邦，所接非一士，而奈何欲從數千百載之後，追定其從遊之數乎？就令不謬，而七十七人者，但如太史所記，自不必皆爲賢能之士，皆出於受業之數，則夫子又自誇其所教之至此乎？大抵戰國以來，異書雜説，載夫子事多失實。其尤甚者，漢儒遂謂夫子以布衣養三千士，蓋其舛妄，至於智者而止。吾擇此篇之大者，略爲之辨，其諸傳中同異，則有先儒之折衷，此不敢盡僭焉。

商鞅傳

戴子曰：昔者孔子作《春秋》，賤夷狄，至語門人，以爲諸夏之無君，猶賢於夷狄之有，其抑之嚴矣。故寧取齊桓、管仲之伯功，以紓左衽之醜。而孟子學於孔子，乃併桓文非之。夫明王不興，而天下無伯，獨不爲夷狄憂乎。嗟乎！是固皆嘗憂也。夫齊桓、晋文，伯之盛者也。當其盛時，猶襲先王跡而爲之，故足以統盟諸夏。而外威夷狄，雖不心服，而猶畏其力。迨其久也，又襲於齊桓、晋文之跡而動，故力窮智露，而夷狄輕之。不惟輕之，亦且襲而爲之。秦人起於西陲，而行霸於天下，此之謂也。且秦人之視吴楚，其地非便，衆非大也。方吴楚之强，輔之以諸臣之材良，屢與齊晋争盟，卒不得獨馳而久逞。而秦孝公得一區區之衛鞅，諸侯來朝，天子致胙，不六世而席卷先王之疆宇。此非齊桓、晋文之具，昔之所用以威夷狄者，夷狄反竊用之乎？今夫衛鞅，本諸姬之子孫，而中國冠帶之士也。一不得志於魏，西行入秦，而執帝王之説。鞅固非知帝王者，藉令知之，亦非秦人之所得聽也。於是逃之於伯，伯説進而孝公傾國而聽之。蓋其生長於僻絶擯棄之區，慕聞中國之事而不可及，一旦有導之爲齊桓、晋文，宜爲矍然驚喜，欲亟及其身而償其志也。吾嘗考之，鞅之爲秦，其煩刑細禁，仇刻之太甚者，出於鞅所自造。至於别男女以詰姦，平器量以一制，與夫重農力本，開疆益賦，汲汲然富彊之術，皆齊晋君臣之已講而鞅益脩之耳。儒者謂當孝公時，無桓文之伯攘之，以至於不可制。是豈知爲伯之道，其弊一至此哉？吾故曰，此固孟子之所嘗憂也。

孟嘗平原信陵春申四君列傳

欲有所爲於天下，而無特起之士以爲之佐，雖湯武不能以得志，而況戰國區區君臣之間乎？自學校井田俱廢，材士豪民，高者爲義俠，卑者爲游說。士裂兵熕，隱於農桑者不得逸焉，則往往出一時之僥倖，以求迎合之利，此固當時俗尚之所同然也。而孟嘗、平原、信陵、春申四君，遂以好客聞於天下，士亦忻然從之。上下皇皇相求，真若傾心赴義以相成其事者。以吾觀之，四君之中，惟信陵行事，近於有禮。惜其愨願，既以桓文之事爲勸，其客猶似可使者。其餘不過餔啜之資，盜賊之道，朝暮遊説之徒耳，何士之云哉。何則？四君之時，秦雖已横，猶有畏忌諸侯之心。齊楚爲大國，而三晋自負勁兵，皆未遽屈於秦。黄歇雖以口舌緩禍，迨其歸相，暗謬無足稱者。田文之客，惟一馮驩終始不忍叛其豢養之恩，爲之忠計，以求益封復爵，意念不出齊疆之外。趙勝雖有虞卿、毛遂，稍能叱咤挫秦，然其兵退議功，從成而德色，固有不滿魯仲連、張孟談之一噱者，而能以强志奇計，扼虎狼之秦而收其弊乎？信陵之取士，則有異於三人矣。秦兵壓邯鄲，而晋鄙受人之怵，翺翔而不敢救。挾計殺之，自不失爲忠於宗國，未聞爲姊弟骨肉之情也。赴趙趙存，歸魏魏重，終信陵之身，秦人不敢肆力而噬。而侯朱之義死，毛薛之正諫，就同時諸客求之，亦所謂彼善於此者。天方授秦，愚智同弊，中華冠帶之區，不數十年蕩爲虛莽。而談四君之事者，至今徒膾炙其能好士，亦不辨士之何如也。其罔乎哉！

卷二三 雜著 祭文

讀國語

《國語》有二十一篇，用周公本及《補音》點校。自有此書來，最善本也。當宋公時，韋氏註已始行，蓋古註如賈唐諸君之善者，韋氏悉擇而收之矣。宋公又博洽大儒，所定本信無憾。余讀之久，時時見韋氏千百中有十一過當，而註家緣名析義，於文人瀾趨阜拆之勢，導之多不得暢。故此書所爲與内傳相出入者，亦或病之，以爲難讀。竊不自勝悾悾之愚，遇有所疑，標識卷顔，其可通者，悉斷爲句。豈獨私諸家塾，共學之士，參其如彼，決其如此，亦將有以教我者焉。此書不專載事，遂稱《國語》。先儒奇太史公變編年爲雜體，有作古之材。以余觀之，殆放於《國語》而爲之也。

讀孔叢子

《孔叢子》六卷，《連叢子》一卷，通二十三篇。嘉祐中，有宋大夫咸爲之註釋，今所傳蜀本是矣。乾道中，王君藺稍又釐補其訛闕，是爲舒家本。然取兩家本閲之，蓋皆以爲孔子八世孫鮒子魚叢聚成書，而《連叢》續於漢太常孔臧。其實不然。子魚生於戰國之末，一爲陳涉出，知難而退，遺言隱行，不傳於世者必多，安在獵取一二，自暴其美，侈然上附於先君之列，而謂之著書耶？張耳、陳餘二人者，漢初謂之賢士，又或以叔孫通爲聖人。今書數引其名，此後人所推託，若房玄齡、杜如晦之於《文中子》耳。《連叢》亦非孔臧所爲，其四賦尤猥劣，無西都人語氣。二書依傍故實，僅僅不失，余故讀而疑之。然諸子書自《列禦寇》以下，多非正文。君子之於書，爲其可以正人心、息邪説也，則存之。《孔叢子》者，矯矯然守其經生之學，試讀而行之，其心之於貧賤患難也，不苟辭之矣。此非孔氏子孫若其徒，孰能爲哉？

讀蔡氏獨斷

蔡氏《獨斷》二卷，本傳載伯喈〔一〕嘗著此書，而世儒或疑今本非真，出於後來者掇拾漢史餘文以成之。余考之，伯喈之學不止於此，謂不出於伯喈，亦非也。當由本書散亡，幸而存者僅此耳。若《車服》諸志，乃其所已創，與范曄史文時相出入。蓋曄取伯喈，非倣伯喈者取曄也。古人作史，咸有所本，一史成而諸書皆廢。伯喈之書，其以范曄史廢哉。然猶僅有，則猶有不可盡廢焉者矣。伯喈才識數倍於曄，繼孟堅者，當在伯喈。天奪其成，逸而歸，至於偃蹇取死。二人之道，雖絶不同，而皆不得免其身。士亦何貴於文哉！讀其編竟，爲之三歎〔二〕，益增學道之慕云。

校勘記

〔一〕本傳載伯喈嘗著此書：「喈」，底本作「皆」，據文意改。下同。

〔二〕爲之三歎：爲，底本脱，據孫本補。

辨孔壁傳〔一〕

魯共王所得孔子壁中古文，虞夏商周之書，及傳《論語》、《孝經》。《釋文》以傳爲《春秋》，又以爲《周易・十翼》。按《十翼》之事不古，陸氏既云非經謂之傳，則《春秋》不可以爲傳也。班氏《藝文志》載共王壞孔子宅，欲以廣其宫，而得古文《尚書》及《禮記》、《論語》、《孝經》，凡數十篇。然則孔安國所謂傳，則班氏所謂《論語》、《孝經》也。

校勘記

〔一〕篇題：「辨」，文淵閣四庫本作「讀」。

佩韋辨

人性剛柔得於天，宜若不可以矯焉者。然有修之成德而爲君子，亦有陷之失中而爲小人，則不可徒委之天矣。德既成，性既善，我不病剛矣，而以剛取禍；我不病柔矣，而以柔致咎。是則又若出於天之所爲，而人力不得盡預其間。吾讀柳子厚《佩韋賦》，感而悲之。夫子厚謂純柔純弱者，必削必薄；純剛純强者，必喪必亡。故取於韜義服利之，君子以爲之盟，是行善矣。吾獨不釋於取舍之指，何其持心危，擇利審，惴焉奪於其外，將不暇執其素，委躬而趨之也。且洩冶之争其君而死，義也，安有義而可悲者？義不可悲，而不免於禍，非洩冶之罪也，而子厚罪之。陳咸在昏上亂臣之間，崛强自異，病在猶未能盡誠直耳。其觸屏而拒教，君子何譏焉，而子厚譏之。充子厚之意，則擬之若何然後爲剛耶？如此而剛者在所惡，則將出於如彼而柔者，而後可耶？洩冶之争，非遇孔寧、儀父，其君固能容之。陳咸不過不能久爲要官，當是時，不爲陳咸之直，而以他過竟死者多矣。然則二子亦偶不幸耳，非謂其不能柔而剛也。世有所謂真剛者，加之以所不堪而不爲之辭，予之所以不當得而不爲之受。何者？其自處者定也。吾觀子厚，奇才盛氣，言論雄峭，得君之淺，未睹著立何如。而平居與敵以下言，視施於所畏者，悾悾之義，已少衰矣。夫子曰：『棖也慾，焉得剛。』慾之害剛，不必已甚，亦孰有大於利禄者乎？子厚悼苦諫之敗名，懲直躬之失職，逃剛太過，逡巡不悟，而墮於黨人之穽也。哀哉！吾故重惜子厚賢而有識，疏於剛柔之辨，不及詳而擇之也。王君希聖作《佩韋辭》，自西門豹、范丹、柳子厚諸人至朱夫子，凡取於韋者備矣。徵僕爲之銘，僕不能有所發。獨謂子厚宜慕剛者師之，不得尚愧不能執柔。故爲其辨，且僕之資，外狷急而内巽弱，懼學之不勇，遂爲小人之趨也，亦幸因希聖之言而覺焉。希聖才敏倍於僕，方謙謙好問，其以不腆之言爲何如哉。時屠維攝提格余月己卯表元書。

自《袁氏字説》至《佩韋辨》五篇，删去不存稿久矣，蓋己卯歲前未居剡源時也。庚子春，有三衢王秀才，從何處傳寫，以訛缺見問，余遂取而存諸篇中。俯仰二十年，文學志業，一無所增益，反若有愧於前，如何如何！

豢夸二氏誡

古有豢氏之國，其俗喜搏。有一人最善搏，力既蓋一國矣，於其奮逆批控邀遏之術，特殫其巧焉。他善搏者[一]，雖趫健如堵牆，躍其前，肘交而仆。由是人心服之，盡國中無與爲搏者。然謀折之挫之百方，乃相率奉之爲燕遊、醴食、聲樂以憊其體。其人亦以爲吾搏已絶，浸淫欲兼他技，縱而及於戲弄、博弈之事。衆奉之者，外與之遊，而實恥搏之不如也[二]，心索而習之。久之搏成，度其人已不復可畏也。一少年衆恚曰：吾屬所爲奉子者，以子能搏耳。吾今與子搏，明日搏於市。其人振腕翔踵而赴之，氣喘然索矣[三]。故今言技之不終者，以豢氏爲戒。夸氏之國有好德之士[四]，亦猶是也。夸氏之國之士，叩之其策靡不知[五]，投之其藝靡不習。自炎黄以前，茫昧無名之初，沿而及於其身之所歷，其間廢置盛衰然否之跡，靡不通其故。自儒者之所當務，以至九流百家六合之外，奇詭恍惚之説，靡不能舉其槩，亦可謂辨博不常之士矣。去之而一邑，一邑敬之；去之而一州，一州異之；去之而天下，天下之士愧之，曰：吾見此人，殆虚爲士也。則相與北面而事之[六]，願爲弟子。出則安車，居則函丈，羣弟子往來聽其説，而先生坐授之其説曰：凡吾於學弗能物物而精之也。吾有要，學吾之要，而諸所欲能者可舉。羣弟子得其説與書，大喜，不期年學皆成。先生處之洋洋然，其道有授而無受也，其能有出而無入也。心竊自幸：吾既爲天下師，何能勞苦復事學，今然後惟遊樂是圖，以畢其齒爾。如是又幾年，羣弟子時造先生之居而究焉，先生應之不踰其初，稍稍厭而去之。益老益昏，師道益衰，學者益離，無所得食而歸其國，其國之人不爲禮。今人言爲師者，又相戒毋若夸氏子然也。戴氏曰：二氏子之取侮，其終身者不可追矣。抑所與從遊者，何太薄也。吾觀自古志怪之書不一，其州國名號，非人跡所經，誕謾無所考信，其事復非人世當有，故君子多略而不稽。兹二事有涉於教，吾故表而録之，以使偷近娱而安成名者警焉。

校勘記

〔一〕他善摶者：『者』，底本脱，據孫本、文淵閣四庫本、何校本補。

〔二〕而實恥摶之不如也：『恥』，底本脱，據孫本、文淵閣四庫本補。

〔三〕氣喘然索矣：『索』，何校本作『繭』。

〔四〕夸氏之國有好德之士：『德』，孫本、何校本作『游』。

〔五〕叩之其策靡不知：『策』，何校本作『業』。

〔六〕則相與北面而事之：『面』，底本作『遊』，據孫本、文淵閣四庫本、何校本改。

貓議

鼠、牛、虎、兔、龍、蛇、馬、羊、猴、雞、犬、豬，皆得其類於人，謂之十二屬。貓與人最近，獨不預。客或疑之，以爲他物貴賤，猶有可言，顧不得比蛇鼠乎？曰：貓慕肥暖，輕遷就，不信無義，又生子多自殘賊，其事蛇鼠所不爲也。

衆祭徐子方承旨文

嗚呼哀哉！人之羣居，各以其倫。故生而達之，不相遺也，所以爲義；死而埋之〔一〕，不相污也，所以爲仁。屬者竊見求之於風氣混合之會，豈六合之廣，百歲之遠，而不知其人，蓋亦兩不相值。至於貴者吝權而忌善，賤者徇勢而忘身。惟我徐公，天性清真，聞一言之中於道，一材之適於用，則夸張贊詡，至自引其躬，以爲如不可及。雖草茅側陋，江海阻絶，內不度己之嫌疑，外不顧人之願欲，而必將使之處屈而能伸。位近三台，仕踰五紀，衣冠之所楷則，中外之所警策。而謙容雅度，言笑恂恂，譬之大川喬岳，有來必容，無門不納，人益見其浩蕩而嶙峋。彼斗筲之夫，撞搪掉擲，豈不欲驅羸攻堅，揚穢溷潔，卒之力不給而先蹶，目既昧而徒瞋。夫惟在寵知讓，居高能貧。故其忘懷出處，隨時顯晦；白首一節，愈久彌純。四海之士，方期公之大用，假使病憊已甚，猶當如古法，閉閤予告，即家賜珍。如之何遂棄斯人而長往，若反閶闔而遊氛氳。考公之平生，本末終始，至是則適可無憾。惟私情之不釋然者，悼行志之未卒，而爲善之無鄰。淒焉薄奠，於彼河滸，而冀公神遊恍惚之一遇也，如疇昔之相親。尚享。

校勘記

〔一〕死而埋之：「埋」，底本缺字，據孫本補。

祭張復山長文

古之君子，孰不能剛；剛而不黷，所以爲良。我識張君，晚在江鄉。蓋窮年卒歲，不嬴五秉之入；而嚴顔毅色，能卻千金之裝。何以言之？其司會計，備廉名於朋友；其飭子弟，捐近利於胥商。而又退不苟衰老之禄，進常守高蹈之方。惟於當筵發辯，臧否憤激，敢者難當。雖人情油然，終歸避伏，而靈臺泰宇，沖抱先傷，此則君之自損。若吾徒所爲慘怛者，病直諒之不作，而老成之云亡。淒焉草奠，語短情長，魂兮有知，尚醻兹觴。尚享。

祭趙丞文

某年歲在癸巳正月孟陬戊午朔，越二十六日癸未，年家子戴表元，謹以清酌庶羞之奠，致祭於故剡丞趙公之靈〔一〕：嗚呼哀哉！人之居世，患不能賢。有賢於己，或鮮其傳。賢且有傳，是可以死。我之哀公，則何可已！公昔燕居，我爲鄉人，晚而失仕，亦同爲民。窮達之交，死生之故，人所不知，我得詳數。勢權之鄉，細弱罷市〔二〕，公於此時，懦如處子；膏粱之門，經荒史蕪，公於此時，勤如窶儒；世禄臨民，以律爲戲，公於此時，敏如法吏；一鏃穿城，千夫喪魄，公於此時，勇如俠客〔三〕；衣冠播越，大蹶小顛，公於此時，逸如飛仙〔四〕。父畬於前〔五〕，子穫於後，浮沈里閈，以盡耆壽。一昨兵奔，始奠南宅，雋者五興，左侯右伯。神龍徙淵〔六〕，雲物先盡；山之將夷〔七〕，蘭枯玉隕。堂堂大宗，餘一耋衰，今其餘者，又不能遺。人亦有言，公善其終，我知公子，甚於知公。公居未成，公許鄰我；公族有女，公許姻我；公笑公顰，我無不可，曷爲去我，今我無與。雖公之子，誰免其侮；不侮在我，我慕公熟。惟如公存〔八〕，不敢自辱。我老知此，非以自警，且告公子，公目其瞑。北山蒼蒼，南溟洋洋，百年之情，臨此一觴。尚享〔九〕。

校勘記

〔一〕『某年歲在』至『趙公之靈』：此四十四字底本缺，據何校本補。『癸未年』，『年』字疑衍。
〔二〕細弱罷市：『細』，底本缺字，據孫本補。
〔三〕勇如俠客：『俠』，底本作『使』，據孫本改。
〔四〕逸如飛仙：『飛』，文淵閣四庫本、何校本作『散』。
〔五〕父畬於前：底本作『父余畬前』，據孫本、文淵閣四庫本改。
〔六〕神龍徙淵：『龍』，底本作『農』，據文淵閣四庫本改。

〔七〕山之將夷：『夷』，底本作『移』，據何校本、孫本改。

〔八〕惟如公存：『如』，底本作『知』，據文淵閣四庫本改。孫本、何校本作『惟公如存』。

〔九〕尚享：底本缺，據孫本、何校本補。

代千奴監司歸祭祖考妣文

介丘出雲，雨流于田，靈泉發源，瀦陂積焉。維我大父，造基險艱，以身易宗，忠不忍言。嵬嵬太中，承徽襲美，華鞹高揚，良實中毀。施及孱孤，遂享豐報，未收再穫，鼎受既耄。惟穫之逸，居之實勞，其何無懼，而可終朝。爰念塋域，爰念封樹，魂飛萬里，有淚如雨。屬者天禍，洊延祖妣，得請于廷，歸奔喪機。有嚴衣冠，神靈是憑，是舉合葬，是安是恒。銘碑植植，石儀閑閑，匪以飾哀，哀在肺肝。

代祭王右軍祠堂文

維某年日月遠孫某等，謹以牲酒致祭於遠祖故晉右軍王公：維公清風懿範，繪在史册，俗情傳誇，舉一遺百。造意成書，縱言爲文，殘珪斷璧，千古難羣。小者且然，况乎精微，青山白雲，魂來是非。谷禽弄吟〔一〕，澗卉晴秀，庶幾揮毫，尚想舒嘯。樹愛召伯，繡在平原，名賢之光，被于遠昆。某等懸睹新像〔二〕，載祀山塾，瓣香矢辭，炯炯心目。尚享。

校勘記

〔一〕谷禽弄吟：『弄』，文淵閣四庫本、何校本作『春』。

〔二〕某等懸睹新像：『懸』，何校本作『爰』。

祭告榆林廟文

某流連之人，自癸酉以家東行，即有兵禍，脱命生還，顛危益甚。六年之間，奔走九郡十五縣之地，二千里之遠，心未嘗一日寧。而剡者固吾疇昔所卜以藏吾親，慕念所加，非他處所比也。不自意轉徙而來，遂得一區居之。畚鍤不勞，龜筮自協，鄉鄰往來，如素相識。夫豈人力所能至斯，是敢以民禮謁告於神：惟神不賜簡薄於不肖躬，惟先之澤，未或隕墜，俾世世承祝，則其子孫，庶克用康，將施福其孥，以昌其家。綏安惠和，動罔不裕，亦惟我子孫，大厥族於斯。世敬事神無斁，以伸其報焉。敢告。

祭張村干廚奥山神文

維年月日，婺州路儒學教授戴表元謹致告張村干廚奥山之神：維我祖考府君，祖妣夫人，實始託體長錫龍山。不肖孫憑賴遺蔭，幸未成居，積累歲年，增邊拓表，延袤滋廣。今將用閏月某日，預卜壽藏于兹山。瞻言長錫，巋在東首，祖孫相依，禮惟其宜。惟神尚安妥之，勿震勿愆，以康我不肖躬，以慰安先親之靈，則幽明之間，爲惠侈矣。是敢祇告。

遷奉祠堂文

維大德五年，歲辛丑十二月丙寅朔，越九日甲戌，孝嗣孫戴表元，謹以清酌時羞之薦，昭告于戴氏初祖九府君以下列廟之靈：古者將營宫室，宗廟爲先。表元來居剡源，餘二十載，而新寢未築。頗嘗規搆先祠〔一〕，奔馳之頻〔二〕，莫克就緒。深懼迤邐，愈茲不虔，爰涓吉日，祇遷神主。宅茲上游，位惟辰巳。北上西向，初祖以下在北室，高祖六四府君以下在中室〔三〕，五祀諸神附南室，惟土地之神在下室。遷奉之後，庶幾妥靈，陰陽騭相，家用和康，以延于子子孫孫，無墜厥祀。敢告。

校勘記

〔一〕頗嘗規搆先祠：『搆』，底本作『購』，據明鈔本改。

〔二〕奔馳之頻：『頻』，底本作『煩』，據明鈔本改。

〔三〕高祖六四府君以下在中室：『以下』，底本脱，據明鈔本補。

信學謁先聖文

惟夫子之道，大而無所不該，故精麤内外，皆詣其極。今之爲夫子之徒者，未能盡己，而但欲盡物，多見其不知量也。表元之區區，誠不意復奉牲幣，以事夫子。雖其惰衰，不敢不勉，祇役之初，是用謁告。

先儒祠

先王之學，既散而無所宗，扶而存之，是在孔氏。孔氏之學，又散而莫知所宗，然猶能綿延不即絶者，則濂洛以來諸先儒之賜也。故所在廟學，亦得通祀。惟謹祇役之初，是用謁告。

鄉賢祠

信爲江東儒國，異時諸老先生議論風指，所以覃被吾徒遠矣。愛其人者愛其甘棠，況表元得以職事奉祠宇，備掃除之役。祇事之初，是用謁告。

土地

惟神涖食茲學有年，爲官者故苟旦暮以充官簿，不得如神之專且久也。祇役之初，是用謁告，惟神嘉相之。

中丁遷先賢祠

惟兹學祀鄉之先賢舊矣。中更兵燬，宇舍不周，混處廟廡，祭薦差迭，有及有遺，神人弗寧。相攸西偏，厥廬面陽，爰議改奉，適時中丁。諸生將有事於釋菜，遂於新祠揭虔妥靈。尚歆饗之。

祭徐母吴氏夫人文

維大德八年歲次甲辰九月庚戌朔，越二十有七日丙子，具官戴某謹以清酌庶羞之奠，致祭於東海郡太夫人吴氏之靈〔一〕：嗚呼！人於父母，誰不知親，然分别言之，父當嚴而近義，母或愛而爲仁。至於離脱襁褓，熏漸簡册，則必待師友而成身。其有閨門貞淑之節，而能督飭孩稚，家儀塾範，與父師均。此豈可但謂之賢母，而求之曠世，蓋鮮其人。英英徐門，弋水之濱，惟彼良子，幼罹艱辛。惟太夫人，機杼箴紉，卻朱鉛而不事，慘獨鶴於霜晨〔二〕，顧中誠之所惜，有掌握之奇珍。則爲招名工，購美錯，朝槌暮琢〔三〕，以使遠異乎凡珉。比諸陶嫗截髻，孟嫠遷鄰，雖風流之已遠，實懿則之同倫〔四〕。天閔其勞，與之康强燕樂，冀得養壽而怡神〔五〕。朱翟翠管，綵綬雕輪，宜百年而未足，胡慶弔之相因。某願託子列，難同它賓，既登堂之不早，當薄奠之躬陳。函辭絜酒，終若有梚吾足者，徒含愧而颦呻。靈兮有知，鑒此情真。尚享。

校勘記

〔一〕『維大德八年』至『吴氏之靈』：此四十七字底本缺，據明鈔本補。
〔二〕慘獨鶴於霜晨：『霜』，底本作『相』，據明鈔本改。
〔三〕朝槌暮琢：『槌』，底本作『追』，據明鈔本改。
〔四〕『雖風流』二句：明鈔本作『雖風流之已邈，可追數而同倫』。
〔五〕冀得養壽而怡神：『而怡神』，底本作『於』，據明鈔本改補。

榆林瓦嶺廟上梁文

天開地闢，山川忽屬於神靈；歲改星回，祠宇自關於氣運。睠榆林之樂土，時瓦嶺之閟宫。龍脈東來，雄跨蒼龍之背；簷牙南指，前占朱雀之躔。精神數十里之趨迎，生齒累百家之環擁。祭則受福，久無螟蝗水旱之災；過者下車，真有社稷尸祝之愛。逮於近歲，尤著陰功。間亦避兵，驛候朝傳而不至；人方憂盜，里門夜啓以無驚。峭幪之賜既多，崇飾之嚴未稱。遂恢新構，益聳羣瞻。良家輸杞梓之材，千章輻輳；巧匠獻般垂之技，百堵朋興。日吉辰良，人歡神悦；修梁斯舉，善頌宜宣：

兒郎偉，抛梁東，好把詩書變土風。看取黎州文筆樣，嵯峨高插萬人中。
兒郎偉，抛梁西，榆柳堤平馬不嘶。從此太平無鬨訟，村村化作好山溪。
兒郎偉，抛梁南，積翠前峰手可探。事少自然生富足，宜耕宜畜又宜蠶。

兒郎偉，抛梁北，匝匝連甍如拱極。人行晝静少追呼，犬卧清宵無盜賊。
兒郎偉，抛梁上，吉善之人神所相。期心莫向廟中來，且勸鄉鄰興遜讓。
兒郎偉，抛梁下，此村今是平安社。驅將虎豹不窺山，護使牛羊長蔽野。

卷二四　書啓 疏 傳 劄子 說 諭

通謝張可與參政書

正月吉日，剡源戴表元謹頓首再拜，奉書參政相公閣下：表元嘗聞之，周公之相周也，勤於求士。天下之士，執贄而見者十人，還贄而見者三十人，貌贄之士百有餘人，欲言而請畢事者，千有餘人。後世文人墨客，誇而張之，以爲美談。表元竊獨以爲不然。當周公時誠多士，安有千餘人日擾擾焉於周公之門而不恥，而受其謁者！方疲精憊體，有戰國四豪、呂不韋、陳豨之所不暇，曾是以爲周公乎？蓋理之必無者也。故夫古之君子之求人也，其道必有不勞而致之。而君子之見求於人，亦必有以自致。貞女之行，不出於鄉閭，知者詳也；鬻寶玉者不登門，信者先也。今有善匠，將使之爲巨室，問其材木之所產，耳目之所經歷，口疏指畫，一日而辦。求馬價於良御，某優某劣，某悍某馴，雖千里之遠，舉能言之。何者？考之熟而蓄之素也。伏惟明公以清材敏識，隆名雅度，振撼於東南之日久矣。東南之人情土俗，時宜政理，伸其樂而遏其所不堪者，其事悉矣。而況於士大夫之行藏名實，進退俯仰，容之以禮貌，動之以意氣，其知之詳而信之於先，考之熟而蓄之有素，無所不用其至矣。而表元抱區區之賤愚，譬之於物，瘻女礦石，樛木駑駒，媒賈之所不親，匠御之所不議。自其少時，顧嘗以場屋空虛猥鄙之文，竊有司之科第，以苟一日之禄。而兵革以來，心氣昏耗，雖童子之所能者，亦皆廢忘，不可温習。以是趦趄震慄，守其常分。積二十餘年，不敢以蹤跡累明公之典謁。去年秋，有親友自中都回，則聞明公不鄙而講其姓名於公卿，將薦之公廷，登諸天官之選，而使食勞於下士之秩。表元驚疑徬徨，不知其何以得之者。既而思之，明公之心，古君子之心也；明公之道，古君子之道也。推明公之心之道，天下之士，豈必待求於我而後與之者乎？推明公待天下之士之心之道，其於天下一民一物之未盡得求者，惟不知則已矣。苟知之，其有忍遺之者乎？故因明公而前所疑於周公之事者愈決。表元之所以得於明公，則終非其人也，明公知之過而取之泛也。雖然，明公非知之過而取之泛也。明公意表元之或可知，或可取，而不忍遽遺之也。表元之非其人，以其或可知或可取也，而猶不遺之，天下之士，誠有真可知真可取者，明公其忍遺之乎？故表元不敢獨爲愚賤之身懼，而爲天下之賢士喜也；不獨爲天下賢士喜，而直爲天下之民物賀也。道里修遠，貧乏未能參候面謝，而先之咫尺之書，以攄其惓惓。漸老矣，俟明公功成業就，它日或能從文學諸生後，作爲歌詩，以頌巍煌盛大之美。而或幸而能附託不朽，編摩紀載，以補山碑野乘之遺闕，以明明公之知人，以侈東南門下士之遇，蓋未晚也。初暄鈞重加愛，不宣。

趙氏婚啓

伏以叙杏園之年好，久熟大門；數榆社之文交，莫踰賢從。宜有絲蘿之託，以增金石之情。伏承親家某官次令女，玉雪自持，聞早閑於婦事；而某長男某，緗緗不輟，覺猶有於童心。訊當幹蠱之云初，豈授姻之敢後，夤緣高義，邂逅成言。之子既亟於有歸，吾宗遂從而獲助。三星之候，庸幣帛之是將；開百世之祥，倘衣冠之相映。

回孫氏婚啓

某宦學四方，雖知名之已熟；婚姻兩姓，顧投分以非宜。出於盛心，來此信紹。伏承親家提刑大監令姪封郡寺簿長孫男肖翁，將仕温良之積，必克世於詩書。而某男某次女，少奎寒薄之資，懼未閑於禮法。既揆量之自審，何扳慕之敢高，辱問愈勤，願辭不獲。吾聞命矣，敢虚道義之風；其自今兹，共振衣冠之緒。

回徐氏婚啓

伏以中年涉歷，苦婚宦之縈懷；鄰境扳緣，喜親賢之在望。投我尺素，重於兼珍。伏承親家學士令嗣宣教，藉甚醇明，定熟會稽初學之記；而某第三女在娘，蕭然清窶，真是東漢逸民之家。草木之味偶同，金石之盟遂叶。相邀古道，不較浮文。兩姓甥舅之歡，足光吾黨；百年子孫之託，昉自兹今。其爲忻愉，罔既敷寫。

范氏婚啓

伏以江海浮蹤，既屠羊之靡託；山林餘念，惟舐犢之難忘。欲爲詒後之謀，爰擇宜家之偶。伏承親家學士令女小娘子，襲清門之禮訓，婉娩固宜；而某男次紀，守先世之儒氈，鑽研尚淺。夤緣諸父之舊，締合兩姓之歡，庶無異圖，以永良好。絲蘿可託，實昉自以兹今；冰雪相看，是所期於吾黨。扳緣之喜，鋪寫奚殫。

舒氏婚啓

伏以吾州四姓之家，久煩慕仰；斯文一日之澤，亦許扳緣。蒙厚幸之如斯，臨嘉盟而甚喜。伏承親家學士令女小娘子，早諳禮範，如種玉於藍田；而某男後庚，窮守儒氈，頗尋源於潢潦。夤緣草木之味，締合金石之交，菲然微儀，辱在高義。論財夷虜，正吾黨之不爲；邀福祖宗，尚後昆之見相。忻愉之至，鋪述奚殫。

回弋陽趙教授啓

伏以山林偃薄，分絶望於青氈；江海游從，喜論交於白首。敢惜投瓜之報，以鳴伐木之求。敬惟教諭學士前輩，東土俊流，南宫舊物。居楚客衆芳之目，加以能言；留番君遺愛之鄉，久而成聚。閲變化於浮雲外物，謹行藏於暮景修塗，乃遷九萬里之圖，而從二三子之撰。某時方興學，必大修明堂辟雍之儀；君若應徵，豈多遜公孫晁董之對。清華之選，造次可須。某猥緣虚名，莫返初服。病顙躄足，居然棄物之逢時；血指汗顔，詎意良工之在側。既循牆之不敢，惟倚席以增慚，所賴芳鄰，見分餘映。扁舟散髮，固難禮法之疏；斗酒同襟，倘許談諧之數。

通燕右丞啓

伏以江浙同風，久勞於鄉往；雲泥異路，遂隔於瞻承。蓋以初無先容之言，益成後至之罪。比聞臺從，將壓鄙封，此而不預謁於道周，僕則自取疏於門下。然古人之禮，見必有贄；而儒者之業，職當修辭。聊效蚓蛩之鳴，以當雁雉之執。伏惟右丞相公，三光五岳之氣燄，四海九州之胸襟。文雅風流，不在王茂弘、謝安石之下；淵源議論，及遊陳元方、鄭康成之間。方蜀道岌乎難登，乃廬山屹其獨立。單辭造膝，而雷霆收霽；輕車就道，而風日清夷。立談亟拜於璧雙，坐對不知於席近。徑由棘列，往問槐庭。衮職以補躬，絺繡加文而滋美；醫功以康國，參苓解毒於無形。遺民有今其庶幾之謡，同類發吾復何憂之歎。脱干戈而安錢鎛，逃桎梏而還衣冠。有年於兹，伊誰之賜？今者輟步紫薇之府，宣恩滄海之氓。山君水妃，收雲霾而聽令；藩侯邦伯，候道路以趨塵。榮百於會稽邸使之見章，威萬於臨邛邑令之負弩。竊想明公之志，非如俗士所窺。必將措世唐虞，無慚簡册之載；然後許身稷契，盡酬韋布之言。表元髮種種以欲華，跡摇摇而靡止。鼓三作而氣絶，已不記於前勞；木再實者傷根，矧敢萌於妄想。家有踰七至八之老，道遇滿十除五之窮。耕鐵硯以詛饑，紝楮衣而覬暖，取數廉於卜筮，獻伎窮於優伶。何待河清，始有相知之至；頗驚星動，乃傳鼎貴之來。凡公意氣之交，皆昔朋遊之舊。箧櫝未滿，忍獨棄於遺珠；芻豢方陳，姑强羞於茹藿。知我罪我，進之退之，一維門館之所裁，自分泥塗而已矣。屬時炎暑，祗役江郊，諒豈弟之有憑，宜興居之胥吉。尚祈謹嗇，益保熾昌，謹奉啓事，再拜以聞。伏惟鈞慈，俯賜鑒念。不備。

通蘇教授啓

某頓首再拜，奉啓伯清教授學士同舍執事：某一别光塵，九更歲籥，雖遊從甚遠，莫知桃李之成蹊；而潤澤不忘，常如珠玉之在側。比從鄉論，獲採郵音，謂將屈於範模，來俯臨於衿佩。諸人動色，知爲文藻之故家；我輩歸心，恃有波流之砥柱。惟此弦歌之國，素無刀筆之風。越自近年，誘成惡黨。魚鱗田籍，化爲子虚之歸；鶴髮儒宗，侮以侯白之術。計慮疏而自陷危穽，造詣拙而倒持太阿。信萋斐之小言，棄堤防之通例。貂不足而狗尾續，驚位置之何多；蠶則績而蟹有筐，幾主名之莫辨。得者不以爲感，慢之反以有辭。宜謗議之喧天，致紀綱之掃地。怒室色市，遂疑善類爲皆然；延寇啓關，因令外侮之得入。體貌衰而誰顧，門户墜而不扶。儼然冠蓋之林，凄其羈旅之色。事已至此，當取瑟而改調；行或使之，有彈冠而交慶。兹蓋伏承伯清教授學士，木假山之家世，金華洞之精英。方億萬計圜橋門，首預登瀛之選；及七千里距要服，踵充觀國之賓。清談雅步而懷璧自如，深潛屏處而推轂恐後。居席之右，載道以東，洎教令之未施，已觀瞻之頓改。當使大官貴將，知有師儒之宗；自然新學小生，復還禮遜之美。某舊依童習，老綴賓游。塵土容顔，顧消磨之已盡；江湖名字，猶記憶之未忘。聞脂轄之在行，喜同袍之有託。川塗孔阻，涼燠靡常，想愷悌之有憑，凡興居而胥吉。未由面詗，先致手書，更冀司存，倍加珍毖。爰茂乘於昌會，以前迓於亭除，不鄙委令，敢辭駑鈍。伏惟垂慈鑒念，不宣。

回凌德庸諸公啓

表元頓首再拜，德庸知事學士執事：表元二紀荷鉏，已都忘於舊學；一寒彈鋏，敢過望於新交。不虞跋涉江海而來，獲接凌厲風雲之彦。盼之青眼，投以赤心，謂其可爲童子之範模，遂欲大率國人而館穀。既領訂金之諾，又來儷錦之箋。陳誼甚高，豈俗流之可及；有言不食，尚歲晚以爲期。惟是精力早衰，淵源素淺，使不深於謬誤，得無賴於高明。諸丈先輩不一一奉記，合併之間，謝叙是幸。謹此占報，切幾鑒融。

回舒子燕送鵝酒啓

某老而憐子，欲分井臼之勞；窮爲擇婿，又得虀鹽之賴。政自安於儉陋，誰復達於高明〔一〕。乃行眷私，遠致慶問。愛鵝封酒，雖感詠之難忘；烹魚得書，惟報酬之弗稱。

校勘記

〔一〕誰復達於高明：『復』，底本作『或』，據孫本改。

代太學同舍内優成謝賈平章啓

伏以公堂較藝，守三尺之拘攣；鈞路憐材，恢一陶之埏埴。使寒畯動速成之想，爲國家增樂育之仁。趨恩如歸，潔己以謝，若稽學制，厥重舍優。如緣宛陵之竿，不能以足而爲先後；如主矍圃之射，但聽所命而爲去留。至若積累而升，較然勞逸之判。踰時歷月，進以錙銖；墜地登天，繫於眇忽。角鉛槧者歎其不易，而執刀筆者阻之無難。自非遇寬大之朝，何以成闊絶之選。伏念某蟲雕無益，免禍未陳，進不得飛名譽以爲高，取仇覽長裾之羨；退不敢聚朋曹而造累，蹈子厚尺櫝之嘲。獨於分寸之躋扳，欲效尋常之馳逐。誠非覬望之及，動有僥倖之期。洛陽年少之能言，或輕初學；闕黨童子之居位，躐見併行。謂可滿意以予齊，更欲垂涎於望蜀。乘機併進，取數已多，而乃雉采先成，屢喝盧而未定；馬形皆具，僅闕尾以不全。旁觀訝合穎之難，相知惜虧簣之淺。徐紓危悃，仰籲元臺，造化之筆方勤，文法之議踵至。天人曰可，堪輿曰否，自奇比之多端；執友稱信，交游稱仁，辱公言之交上。徑采僉同之請，亟頒特達之俞。器躍冶而鐘鏞，材束薪而榱桷。伏觀褒衮，尤重負芒。蓋度越常調之恩，猶謂素憐於庠校；若品題佳士之目，實非易得於廟堂。科場之辭頓輕，慈闈之色爲動，所謂生我成我，不知舞之蹈之。茲蓋恭遇太傅平章魏公，別墅折衝，翹材録用。謂周官六典之法度，必出《關雎》、《麟趾》之心；謂洛水數世之源流，可培《菁莪》、《采芑》之用。遂使鳶魚之飛躍，不强鳧鶴之短長。居然數奇，亦以等進，某敢不激昂弱質，報稱隆知！志乎上，志乎中，此亦儻來之別物；優則學，優則仕，尚期無愧於前修。不出他門，昉自今日。

觀民閣營造疏

伏以名藩偃處，實分靈鷲之南支；古閣巍然，尤據蒼龍之左角。非但尊嚴於郡治，蓋將觀覽於民風。歲久日長，霜摧雨剥，工已成而壞之可惜，力有限而葺之良難。惟牧守爲古諸侯，居處不容於簡陋；如父母之役衆子，奔趨敢憚於煩勞。各肩乃心，共相斯舉。謹疏。

石屏戴式之孫求刊詩板疏

伏以天台山高幾萬丈，産人傑以何多；石屏翁死未百年，有詩名之故在。思昔江湖半天下之跡，定交真袁諸大老之間。掀髯顧盼，則軒蓋成雲；握手笑談，而壺觴達曙。故其吟篇朝出，鏤板暮傳。懸咸陽市上之金，咄嗟衆口；通雞林海外之舶，貴重一時。既遭遇之如斯，何消磨之遽甚。今欲訪劫灰之殘燼，斲文梓之新編。風雅運開，定有聞名而樂助；英賢氣合，何須同世之相逢。慷慨揮毫，琳琅照目。謹疏。

鈔題刊傷寒書機要疏

伏以醫爲書行世，自岐黄有此用心；人説證無方，雖倉扁難於措手。況傷寒之至切，於療病以易差。自張仲景以來，若龐安常諸老，既陰陽虚實，十能辨其八九；何死生反覆，百不得於二三〔一〕。蓋緣用藥之時，多至臨歧而惑。今欲一準古賢之訓，明該治法所宜，遇某脈則飲某湯，傳彼經則投彼劑。大書標揭，決無疑似殺人；衆力板行，即是慈悲救物。筆下灑霏霏之薄潤，眉間觀鬱鬱之陰功。

校勘記

〔一〕百不得於二三：『得』，底本作『將』，據孫本改。

蒙古崔教授求路費疏

伏以抱關擊柝，仕有爲貧；毀瓦畫墁，志將求食。乃有北士，來遊東州，通隸古前之書，爲科舉外之學。譊譊誦説，欲盡變莊岳之音；皇皇道塗，竟不賦侏儒之粟。廣文之曹司何在，考功之歲月何多，居然代者之棲，凄其去客之役。昔陳師道有外姻寄食，故能辭處約之金；范希文在鄰郡解官，猶時鬻代勞之馬。今併無於指擲，欲遠辦於齎將。惟當路之諸公貴人，若是邦之君子長者，庶幾興念，聚刮氈龜背之資；萬一知恩，有銜珠蛇口之報。

萬户府靳提控求仕疏

切以陽燧露處，借隙日而生光輝；神龍泥蟠，得尺水而興雲霧。豈有英雄之奮發，不資氣勢之依憑。伏承弘道提控，矮矩長身，危塗緩步，取毛錐子投地，諒世家之豈然；辭柳烈君染衣，幸歲年之已久。今欲脱蹤絳灌之伍，謁選夔皋之庭，知已紛其如麻，拾爵易於若芥。千金之裘，非一狐之腋，須衆力之相成；方寸之木，俾岑樓之高，看脩程之立至。請題氏某，各助若干。

趙道人北遊疏

伏以閲世千萬塵，何處有建德國；齋心三十日，爲子説《逍遥遊》。佩煙霞爲齎糧，指江湖吾傳舍。交梨火棗，左右逢源；金母木公，先後禦侮。此自仙家之素有，必須人力以相成。如龍藏芥中，得水即化；如雕離轂外，待風即飛。但舉揚州緡纏與之，徑從洞庭劍渡行矣。

翁舜咨疏

伏以挾策爲仲尼之徒，居然自異；求食必伯夷之粟，正爾良難。竊見翁君舜咨，家乏負郭之田，躬希陋巷之節。寧食三斗粟〔一〕，不肯隨肥馬以拜塵；强持一寸膠，乃欲遡下流而救濁。蕉間之鹿久去，釜中之魚屢生。今將峨魯章甫之冠，分唐廣文之飯，顧窮坑之莫塞，何選海之可尋。凡我同遊，豈無知己。動色顧炙，决非平生之心；刮毛成氈，是爲衆力之助。片言白水，雙翮青雲。

校勘記

〔一〕寧食三斗粟：『粟』，底本缺字，據孫本補。

代史承奉謝安醮疏

伏以上帝好生，本哀矜而不忍；下愚有過，許悔艾而自新。伏念某藐爾羸軀，嬰兹篤疾。醫師番進，幾百藥之俱投；役隸頓勞，積三旬而相守。去死不能以寸，得禍必有其端。方當呻吟痛苦之中，不勝憂危恐迫之至。生身順境，則豈知夜食之艱難；處事少年，則寧免語言之淩忽。或計慮再三，而用心過當〔一〕；或經營什一，而謀慮太深。或乘己喜怒，而有所傷；或見人患難，而莫之卹。或暗室屋漏，自虧戒謹之恭；或肥馬輕裘，不思卑近之福。諸如此類，可得而殫。今盡悟夫前愆，庸敬陳於真款。伏願惟皇孚佑〔二〕，有赫鑒觀。活臣螻蟻之身，使沈痾之頓起；延臣犬馬之齒，得警策於將來。誓以餘生，力成善士。

校勘記

〔一〕而用心過當：『心』，底本作『以』，據孫本改。

〔二〕伏願惟皇孚佑：『願』，底本作『顧』，據孫本、文淵閣四庫本改。

鄧君疏

伏以爲五斗米折腰，有居貧而不免；封萬里侯食肉，無委運以自求。切見覺非學士鄧君，揚旆歐、曾翰墨之鄉，揮犀朱、陸講辯之地。膏肓泉石，幾欲攜老子入名山；欬唾珠璣，聊復對《離騷》飲醇酒。固天機之灑落，亦要路之峥嶸。今者鐵硯已穿，剡書將上。大則繡衣乘傳，驅駕風霆；小亦金鑾代言，翦裁雲霧。惟公意之所願欲，於事勢初無留難。爲交道之光華，增儒林之膾炙。蠅翼附驥，自皆致於盛心；龜毛成氈，想不遺於餘力。筆膏一灑，鞭影如飛。

城隍廟修造疏

伏以一縣之有城隍，如心腹爲體膚之主；百姓之趨力役，若子弟效父兄之勞。本事理之相須，出人情之樂助。睠惟兹廟，創自有唐。溪山清雄，據上游之最勝；殿廡弘敞，聳舊治之具瞻。自丙子煽祝融之災，至己卯議斯干之築。更三數舍，雖矗有成規；閲十餘年，猶未還前觀。蓋向之官府，亦知衆户之願輸；故免其科徭，欲使期年而趣辦。惟此意之甚美，惜舉行之不終。於是瓴甓之材，露棲於水滸〔一〕；棟梁之幹，雲委於山岡。坐令肅穆之叢祠，猶作凄涼之茇舍，行路爲之歎息，居民見而傷嗟。今者邑政清明，天時豐美。左餐右粥，家餘魚稻之藏；十雨五風，人思牲酒之報。使班垂不期而竭作，杞梓無踵而趨門，絢發丹塗，翬飛寶構。上以妥扈從鬼神之奉，下以展烝嘗香火之嚴，是在指揮之間，適值作興之會。先王典祀，非同浮屠老氏之淫祠；它日穹碑，併述武城桐鄉之遺愛。斯文風播，所至嚮從。

校勘記

〔一〕露棲於水滸：「棲」，底本作「樓」，據孫本、文淵閣四庫本改。

二歌者傳

咸淳德祐中，杭有善歌者二人〔一〕，以材貌聞於天下，兵亂流落皆相失。其一人爲一武帥得之，絶幸有貲權。而一人嫁爲民妻，在武帥部中。方其未相值也，音信隱隱常相聞。既而幸者創别館，求民妻而致之曰：『吾與爾疇昔固相同類也。幸甚脱死，邂逅於此，願相娱以盡吾志。』民妻曰：『娣意誠美，然吾已棄其身草野間，食饜糠糲，衣極麻卉。窮殘藍縷，以求容於膏粱綺靡間，强而爲之，則辱其素，吾不得行也。』蓋凡使者三至三辭之，其言如初。然幸者意堅，請益苦，民妻亦居貧久，不敢相咈，竟致諸館中。二人者相見，問艱厄，道故舊，甚歡。幸者懼徒留之不可以安民妻也，則出少年女奴數輩，煩民妻教其歌而時與之禄，稍使歸有以贍給其夫家。民妻既漸衰老，舊習歌雖善，無所復用，亦幸人傳之，遂不慚而爲之教。數女奴皆如法咿嗚嗚，動摇其唇輔，拘綴其肢體而爲之，及暮而始得休。幸者自帥家間一至其館，按所授歌。歌進則喜，不進，頗微督讓，若恐不爲盡心者。民妻惋悔，内不自堪，而感其恩，且業已出，終不敢怨，意相得無違言。戴子曰：余在杭時，見衣冠士大夫，以文辭道德相交游多矣，一經患難，反面如不相識。而二歌者倡優技藝之流，承平齒牙餘論所不敢及者也，其所爲若是，有愧之乎？然議者猶以爲貴幸者既以義存舊，則不當苛督其過；賤窮者既以禮辭聘，則不當諂順其欲。斯乃求全已甚之論，君子蓋無責於其人焉。

校勘記

〔一〕杭有善歌者二人：『二』，底本作『十』，據文淵閣四庫本改。

回袁通父秀才送喜詞并物劄子〔一〕

某頓首再拜，通父學士執事：某霜露遺軀，豈記生辰之及；江湖泛識，亦無慶問之交。敢圖英賢，不棄衰陋，浹洽既成於數面，游揚肯吝於餘詞。至歌郢人之《陽春》，以華絳老之甲子。欲倚聲而和，則深愧七襄；將捲錦以還，則又貪十襲。外有多儀之餉，益寬逆旅之需。姑薄叙於謝言，殊未殫於忱悃。尚徼永好，俯賜深原。

校勘記

〔一〕篇題：『袁』，底本作『表』，據明鈔本、文淵閣四庫本改。『喜詞』，明鈔本作『壽詞』。

漁說送王伯畏講書歸新安

江漢之俗多漁，畜得魚多，則風戾日暴之，以俟遠鬻者售焉。其事常逸而息甚微，有厭之，犨魚仰致諸黔㸑山谷間。初至墟，民争趨之，售十九，明日什六，又明日什二，又明日無售者矣。非民商薄土狹而易足，無復多事魚也。新安，今東南經生之江漢也。儒者王君伯畏，以成學轉授於鄉，寡求而自重，養親教子，雖無贏餘，不至缺乏。鄉多名山川，佳姻友，良天好日，壺觴過從，絃弈諧笑，未嘗一日不從心適意。而踰高從險，遷涼就薄，爲廣信之後，爲諸生講經三年，蕭蕭然空載而返。值余亦窮，復無以振發。嗚呼！此不皆近於犨魚黔㸑間者哉！抑余聞之，古有大漁陶朱公，能生蓄魚，嘗自五湖入海，游齊楚，致千金，商愈富，術愈奇。又莊周、嚴光、張志和之徒〔一〕，雖漁而不商，名愈高，予與伯畏更思之。大德癸卯二月朔日。

校勘記

〔一〕又莊周、嚴光、張志和之徒：『莊周』，明鈔本作『任公子』。

蜜諭贈李元忠秀才

釀詩如釀蜜，釀詩法如釀蜜法〔一〕。山蜂窮日之力，營營村壥藪澤間，雜採衆草木之芳腴，若惟恐一失。然必使酸鹹甘苦之味，無可定名，而後成蜜。若偏主一卉，人得咀嚼其所從來，則不爲蜜矣。詩體三四百年來，大抵並緣唐人數家。豁達者主樂天，精贍者主義山〔二〕，刻苦者主閬仙，古淡者主子昂，整健者主許渾，惟豫章黄太史主子美。子美之於唐爲大家，豫章之於子美，又亢其大宗者也。故一時名人大老，舉傾下之，無問諸子。自是以後，學豫章之徒，一以爲豫章支流餘裔，復自分别標置，專其名爲『江西派』。規模音節，豈不甚似，似而傷於似矣。貴溪李元忠，以詩游江西之同名能詩者略遍，皆余所未識，而不鄙請益於余。顧余之寡陋，豈暇有益於人乎！　姑與之言蜜，以資同味者一啓齒云。

校勘記

〔一〕釀詩法如釀蜜法：明鈔本作『釀蜜之法』。

〔二〕精贍者主義山：『義』，底本作『蒙』，據孫本、明鈔本改。

卷二十五　講義

子曰先進於禮樂野人也　一章

當孔子之時，周道雖衰，先王之禮猶有存者可以訪問髣髴，若老聃、萇弘、師襄之類是也。然其人多隱逸放棄，故時論目之爲野人。至於威儀曲節、華飾過盛，則幾傷其本，而反以爲君子。仲尼感歎風俗之日移，自言吾不用禮樂則已耳，幸而用，則寧取前一輩質朴之人，而後一輩之過華者在所損節，而亦不盡以爲非也。其立言之婉，寄意之切，學者正當玩味。但不知今去夫子時又二千年，所謂禮樂，不敢望及先進之野，猶得僅如夫子時後進君子否耶？官府市井間所不得問，問禮樂之在學校。古稱學校爲禮樂之官，今禮之近古者幾何？何以爲君子？何以爲野人？古樂已盡亡。學校所可常用惟琴瑟，而琴瑟亦非古聲。居其地則必爲其事，爲其事則必通其説。是不可以不講也。竊嘗思之，譬如山林田野間，有人以耕農起家，高曾祖父雖衣冠頹黯，辭令質俚，而皆有古氣。迨其子孫修飾日增，文爲日美，而日不如舊。古禮樂之至於今，不知又幾何子孫之子孫，而得與夫子時先進後進並論耶？伏惟上饒名郡，東南學問淵源所聚抵，近世玉山尚書風聲未遠。表元窮鄉遠士，迫於諸公牽强而爲此來。開講之初，敢以先後進禮樂異同爲告，自此得相與勉焉。

子與人歌而善必使反之而後和之

歌詩之道，古人不以爲甚難。尋常交際，邂逅會集，往往有之，不必皆歌已作。蓋多舉古人成語以相委屬而已，然必以當人情、通事類爲善。今也其歌詩能爲夫子發，發而又能善，則其爲人已不苟矣。夫子於此，既不失其傾寫之懽，又不奪其委宛之趣，姑且使之反覆詠歎，然後自歌而和之。想見一時客主襟懷，春融玉盎，淵停雲止，無形體〔一〕，無渣滓，此聖人德化及人、至誠盡物之一事，非但可以小智窺測。後世詩必己作，間有從事於倡和者，非矜材而凌駕，則拘韻而牽强，其流於樂府歌曲，復皆委巷狎邪之作。敗壞人心，汙穢風教，莫此爲甚。今欲與諸公稍稍釐正，捐俗趨雅，去華務質〔二〕，取古人三百篇以來之作可登於絃誦、可編於簡册者，純熟諷念，可以觀志，可以養德，推而伸之，可以使能，可以成物。其非體新聲一切不用，庶幾近於夫子之指。

校勘記

〔一〕無形體：「體」，文淵閣四庫本作「骸」。
〔二〕去華務質：「質」，文淵四庫本作「實」。

孟之反不伐　一章

此一章可以爲士大夫觀仁取善之法。古人以戰陳無勇爲非孝。僨軍亡國，不與於射位而死也，不得入於墓域。則兵敗而後奔，蓋未足深以爲夸也。孟之反事見於《春秋傳》哀公十一年。當是時，魯有齊難，夫子之門人若冉有、樊遲輩皆在兵間。之反之爲人不可詳考，往往恐亦嘗受教於夫子〔一〕。今也見其入門而能殿，有勇而不居，故深喜嘉稱之。與童汪錡執干戈，衛社稷，而不在殤例，正一時事。此聖人隨材因事、成就長育之妙，如造化之於萬物，大而大容之，小而小養之，形形色色無所遺棄，俱成其美。嗚呼仁哉！莊周之徒得其一節，遂以孟之反之退讓爲常道，爲可以逃名遠禍而慕之。慕之不已，流於計較利害之私，而聖人所以教人之大指失矣。學者審擇之。

校勘記

〔一〕往往恐亦嘗受教於夫子：『往往』，文淵閣四庫本作『其往』。

子曰富與貴是人之所欲也　一章

天地之間，動物之最靈莫如人。人之爲動物而能最靈者，以此心爲之本也。心爲人之本而能動、能最靈者，以有仁也。故心有仁，則人得以謂之人。心不仁，則人不得謂之人，雖名之曰禽獸可也。敢問於何而觀之，曰：於人之處富貴、處貧賤而觀之，而心之仁不仁可見矣。蓋夫富貴之爲物，非不美也，苟其道之當得而得之，君子未嘗避焉，舜、禹、周公是也。貧賤之爲可惡，苟其道之當得而得之，君子未嘗辭焉，孔子之在陳絶糧、乘田委吏、伐木削跡之類是也。如必曰：我學爲舜、禹、周公，我有居富貴之道，我不可以不富貴。我學爲孔子，我無取貧賤之道，我不可以貧賤。則其心不仁矣。何也？我有居富貴之道，我不可以不富貴，則必慕富貴而苟求。曰我無取貧賤之道，我不可以居貧賤，則必恥貧賤而不安。慕富貴而苟求，恥貧賤而不安，其心何所不至，其人何所不爲，其於本心之仁何能保其必存而爲君子哉。故曰：君子去仁，惡乎成名。君子無終食之間違仁，造次必於是，顛沛必於是。言人能不失其本心之仁，不媿於人之所以爲人，則不失於君子之名。不但於平安無事時能存之，雖急遽苟且、顛覆流離之時亦能存之。其爲人也，當富貴而富貴，則爲富貴之君子；當貧賤而貧賤，則爲貧賤之君子。安往而不預於舜、禹、周公、孔子之倫乎。嗚呼！天之命斯人以爲人，予之以最靈之心。其初一也，一能存之，雖貧賤不失爲舜禹周公孔子。一不能存之，雖富貴不免近於禽獸。可不畏哉。

子以四教文行忠信

宇宙之間，一事一物莫不有理存焉，君子不可以不知也。然何由而能盡知之？於是必有方册紀載之鑽研、師友問學之講論，是之謂文。於方册而得之，則理在方册，於師友而得之，則理在師友，是猶資於外也。於是必有以會之於心、體之於身、而復驗之於事物，是之謂行。文矣行矣，君子之學，可以本末兼該而内外交養矣。然不主於忠信，文何以實其文？行何以成其行？孔門之教人所以切實用功之本，蓋於此四事常常而不置也。是之謂四教。今試與諸君亦循其序而略評之。今之方册非古之方册也。董仲舒、揚雄、韓退之在三代以下，號爲知道。仲舒明經，專主災異；揚、韓旁取，以工詞藻。吾人望此三賢猶不可企及，而何孔門之言乎？至於師友尤爲鹵莽，羣居族處，以位相高，以氣相長，考德問業之事無聞，訂疑辨惑之説不講。是文不足求也。著書滿家，發言成霆，退而察其談於僚友者，難以質於臧獲；號於鄉閭者，難以合於閨門。是行不足考也。平常小小籌度計較，利惟恐不居前，害惟恐不在後，欲求如禹、稷之以天下飢溺爲飢溺，必不敢當也。與交游意氣然諾不出几席之間，朝許而晡已不踐，欲求爲託六尺之孤、寄百里之命，必不可期也。是忠信不足恃也。吾人試於平日寢而寢思之，食而食思之。若然者，病根盡本正復何在？大抵古人之於文行忠信，沿其一而可通其四。今人一不成而四有餘喪，良可憫痛。竊意孔門之所謂文，近於《大學》之致知格物。欲與諸君詞章記覽外，先從事於講明義理之學。儻其然乎。

故至誠無息不息則久至博厚則高明

至誠者，真實無僞之稱。要其極，惟天道可以盡之，惟聖人可以當之。世之人，亦有知至誠之爲美，而爲之者矣。爲之而不能無間斷，則其力不能持久，則不能有徵驗。何謂徵驗？我爲至誠而物應之，於此人知之於彼是也。今且以家庭切近事驗之。人未有不誠於父母兄弟者也，今有爲人子者曰：我誠孝於父母矣，而父母或不我悦。我誠恭於兄矣，而兄或不我友。是其理殆不然。誠患不能持久耳。使我能誠於爲孝而持久無間斷，父母安有不我悦？使我能誠於爲恭而持久無間斷，兄安有不我友？推而於夫婦誠其敬，推而於朋友誠其義，皆能持久無間斷。而推而於鄉里、於邦國誠其信，皆能持久無間斷。其行愈力，其徵愈廣。又推而達於四方萬里之遠，而四方萬里之遠服之。質於鬼神，而鬼神宜之。被於豚魚，而豚魚孚之。其精神功用遂與天地同運，爲悠遠，爲博厚，爲高明，爲博厚載物，爲高明覆物，爲悠久成物，而中庸之能事畢矣。然此爲聖人天道極處。吾儕小人，驟焉而語之，固所未喻。敢問平居日用之際，亦嘗有一思一慮、一言一動不離於誠否乎？於居處，有能不欺暗室屋漏否乎？於飲食，有能席不正不坐、割不正不食否乎？於言語，有能儼若思、安定辭否乎？於交際，有能不忘平生之言否乎？於辭受，有能見得思義、臨財毋苟得否乎？於祭祀，有能事神如神在、見其所爲齋否乎？凡一思一慮、一言一動所以養誠之具皆備，尚懼不能無間斷、不能持久，況又不能誠，而何以爲人乎？所以自爲於己未至而何以責物之不我應、人之不我知乎？程明道先生十八歲學顔子，終日端坐如泥塑人。司馬温公孩童時，以食胡桃失言，爲父母所責，從此終身不敢謾語。吕成公伯恭少年，飲饌不如意，輒推案發嗔不食，晚歲涵養成就，至於家人不見怒色。此皆前輩嘉言善行，可以爲至誠無息之助，諸君試相與講之何如。

子曰德不孤必有鄰

此一章，可以見聖人寬容篤厚、與人爲善之意。先王盛時，禮樂脩，刑政舉，爲善者既衆矣，而又有以使之知勸；爲惡者既鮮矣，而又有以使之知恥。傳稱堯舜之俗，比屋可封成周，人人有士君子之行。雖不盡然，其風氣純美可知矣。後世不復望其如古，然人心天理何嘗一日見其斷絶？故鄉里之故家遺俗，學校之明師良友，常隱然相與扶持之，或豪傑興起，或聞見濡染，大抵俱爲善人之歸，無有有倡而無和者。此之爲德不孤，必有鄰，言其理勢自當如此也。今且與諸賢試以目前事驗之。徐行後長者坐不欹，立不跛，此近於有德人也。謙沖退讓，恂恂然言若不出諸口，此近於有德人也。諸賢以此人爲何？如若見之，則必敬之重之，心然之。退而之其家，易欲其子弟效之〔二〕。其有麤率躁競、憸中而利口者，此近於無德人也。諸賢見此人，則必惡之賤之，心非之。退而之其家，則不欲其子弟似之。如此朝咻暮誘，年遷月革，見一不善，自然如覩怪物，惟恐不相離。見一善人，自然如對芝蘭玉樹，惟恐不相入。行之愈久，習之愈熟，何患風俗之不美？何患教化之不成？刑不清而盜不弭邪？此聖人周流環轍之餘，捄時扶世之心尚有見於此也。講學不明，人多以異於流俗爲賢。夫既爲賢，則自然與流俗異，但秉彝好德之良心初不相遠，其機括在父兄師友先覺者倡率開導之耳。

校勘記

〔一〕易欲其子弟效之：『弟』，底本作『則』，據文淵閣四庫本改。

謙尊而光卑而不可踰

謙者，人之盛德。然徒謙而不知所以爲謙，則處己接物俱失其宜，而不足以爲德矣。故曰：謙尊而光，卑而不可踰。言善爲謙者，尊則能使其道有光，卑則能使人不可踰己也。人情居富貴鮮有不驕。自古以來，公侯將相，如四豪之結客至三千人，卑躬厚禮以畜養之〔一〕；如公孫弘之開東閤以收四方奇士，其身甘脱粟飯布被而不以爲恥，可謂能謙矣。不知有何功業及於萬物、著於史册，此尊而不能光也。貧賤之士，人所易踰。所以自重者，謂有名教之樂、道德之美耳。彼以其富，我以吾仁；彼以其爵，我以吾義。樂天知命，謹身節用，以遠悔吝，以安隱約，所謂賢者不過如此。雖帶索行歌，飢色滿面，而當路之三公、千金之子欲與之交，而恐不我屑也，尚得而慢之乎？苟使執柔行諂、召侮取辱而不知謹焉，則卑而人得踰之矣。古之善處富貴而謙者莫如舜、禹、周公。以大聖人而能取人爲善，能聞善言則拜，能小心恐懼流言，天下誦其功業，燁然至於今不衰。善處貧賤而謙者莫如孔孟。孔子能困厄陳蔡而彈琴自如，孟子能不見諸侯而辭萬鍾之禄。天下後世誰得而並之？按，謙卦艮，以一陽爲主，在上卦三陰之下，下卦二陰之上，上於下卦則止也。時止則止，時行則行，動静不失其時，其道光明。其象曰：君子思不出其位。夫動静既不失其時，而又思不出其位，雖舜、禹、周公、孔、孟之事不過是矣。

校勘記

〔一〕卑躬厚禮以畜養之：『畜養』，文淵閣四庫本作『養畜』。

菁菁者莪　四章

此詩四章，章四句，作序者以爲長育人材之詩。鄭氏直云：長育之者，既教學之，又不征役，則斷爲學校所作。儒者傳授，可信不誣。今試以大意逐章釋之。首章言『菁菁者莪，在彼中阿』者，喻人材之在學校，亦如莪草之生於阿中，得其所養而茂也。先王盛時，其於學校之士，豈徒寬容逸樂之而已。想見一飲食、一射御、一步趨、一坐作之間，不言而知有所謂父子尊卑之節焉，知有所謂君臣忠敬之義焉，知有所謂長幼揖遜之序焉，知有所謂師友聚辨之道焉，知有所謂交際辭受之方焉。故曰：『既見君子，樂且有儀。』若樂而無儀，則散慢猥媟而不足以爲樂矣。次章言『菁菁者莪，在彼中沚』者，喻人材隨其高下左右無不得所，而暢達如莪草之或陸居、或水處，而皆莪也。道化流行，禮義習熟，耳不聞可非之言，目不見可鄙之事，身不居可侮之行，生乎其時，而遭逢教養如此，心烏乎而不喜。故曰：『既見君子，我心則喜。』三章言『菁菁者莪，在彼中陵。既見君子，錫我百朋』者，陵淺於阿而高於沚，所及者愈廣，所被者愈深。古人粟帛泉布外，兼以貨貝爲用，而五貝則爲朋。至此，諸生自喻其遂心慰意之樂，雖錫我百朋之多，不足以爲賜也。四章言『汎汎楊舟，載沈載浮。既見君子，我心則休』者，舟之爲物，可以涉險，可以行遠，可以載重，喻人材長育之久，其氣質皆有成就，可以見用於世而不必於用，進退從容，行藏自在，原其功效之所以然者，有以使之而然也。休之爲言，歎美饜足之味。此四章，非先王學校全盛，不足以當之。吾徒生長於二千年後，不宜妄自菲薄。何代無賢？十室之邑必有忠信，一卷之書必立之師。自今以往，相與講明探索，求古人居學校所樂者何道，所以得者何業，所以欲用者何才，必有異於後世之汲汲而求，求之不得，則悒悒而困者矣。

仲弓爲季氏宰問政一章

古之君子，苟自知其道可以及人，才可以用世，則皆未嘗有必不仕之心。何也？天之生斯人，必有所託以治之。我幸可以治之而又不屑爲，則徇己之私而絶物太甚，非君子之事也。孔門諸弟子，其賢者多不仕，而仲弓之徒仕於季氏。夫季氏非可仕也。季氏不可仕，而天下皆季氏，則賢者有終身不仕而已。賢者不仕，則不賢者必仕。賢者不仕而不賢者仕，則天下愈病矣。仲弓之賢豈不知此？故不以季氏爲嫌而仕之，非獨仲弓不嫌〔一〕，而夫子亦不責。非獨不責，方且因其問政而教之曰：『先有司，赦小過，舉賢才。』嗚呼，旨哉！人之患莫大於自用其聰明。非聰明不可用，而事物之多，非一己之聰明所能盡也。故爲政者必先使有司各任其職，然後我徐考成否而賞罰之。此先有司之説也。君子誰能無過，過之少者於事又未害也。人未得展其大能，而先録其小過，則人無可用而事必多廢。此赦小過之説也。先儒有云：强毅聰察之謂才。强毅聰察，小人如鯀、共工、桀、紂亦或能之。惟賢才則可用，而不害於政。此舉賢才之説也。仲弓於前之二言油然領會，不勞致疑，而惟以舉賢才爲問。此其真知爲政之要，而不苟於問也。知人，堯舜所難。雖夫子不免失之宰予、子羽，而謂已足以知之乎。迨夫子教之以舉爾所知、爾所不知人其舍諸，而取人之道始備。此三言者，豈但可爲季氏宰，蓋千萬世宰天下法也。聖道未明，人才日陋。爲學者未能治己而治人，爲政者不暇信人而信己。

纖悉於小節而鹵莽於大綱，牢籠於虚譽而闊略於實德。聞仲弓之風，可不愧汗自省也哉。

校勘記

〔一〕非獨仲弓不嫌：「不」，底本作「爲」，據文淵閣四庫本改。

子曰觚不觚觚哉觚哉

人才之升降，觀於風俗之巧拙，驗於器物之真濫，蓋有其用至微，而所關甚重，若此章觚哉之歎是也。觚以角爲之，或用之於飲，或用之於書，大抵取有稜角、不桯杌爲便。今者觚名雖存，觚制不古，於事未大害也。夫子反覆形於嗟惻不置，此豈爲一觚發哉。竊嘗思之，吾徒雞鳴而起，日入而休，凡託於居處、飲食、衣裘、翰墨、交際、動作之間，修名而責其實，恐無一可合於古，惟偷安目前，苟且滅裂，不暇思及耳。偶一思之，有不惕然汗下者乎？學校所以講習道藝之區，今所講者何道？所習者何藝？坐斯席也，想斯名也，安乎否乎？古之人皆躬耕而食，惟仕者以禄耕，爲其勞於治事，力不能自耕也。今一名爲儒，則棄耒耜，離阡陌，終日不知何勞，而仕者之勞復何所爲乎？衣本以蔽體，厚之以禦寒，短之以便事，華之以致飾，嚴之以成禮，惟儒者得服寬博逢掖。今嚴華短厚與寬博逢掖混然雜居，亦有知其然乎？李斯、程邈之學興，人以科斗大篆爲古。今則又以李斯、程邈爲古，是字書不可知也。《離騷》、河梁之體作，人以《國風》、《雅》、《頌》爲古。今則又以《離騷》、河梁爲古，是詞學不可知也。推之於官名、於儀禮、於日用常行諸事，種種豈得皆與古合。而吾持己處物，憧憧然皆如暮夜遊昏霧中，投坑墮井不可自保，何望目槃杅几杖之銘、耳珩璜琚瑀之音而相警爲聖賢哉。故夫子之歎非歎於一觚，殆憂風俗之變將至於如此也。且夫子不獨於觚然也，歎拜下，歎麻冕，歎先後進禮樂，歎借馬、闕文，不啻屢拳拳焉。以風俗之將衰，在夫子尚不能如何，不過私憂隱慮而已。吾徒則又何説？惟當精考而謹修之，存之於心，持之於身，或可傳之於書，告之於其人。其人萬一有知其説者，逢可爲之時，得以漸而正之，風俗猶有望也。

子曰回也其庶乎屢空　一章

人資質雖甚高，苟飢寒衣食之不給，則十有八九難乎其爲賢。學問雖不深，使生理有以養其心，亦未至遽然流於不肖。此論本止中人以下發。夫子之門人最聰明者莫如顔淵，其次子貢。今也平居商略二子，而乃有『屢空』、『貨殖』之歎。何耶？嗚呼，此不可以小事觀也。《洪範》曰：『凡厥正人，既富方穀。』穀之爲言，善也。且既謂之正人，安有必待既富而後爲善？蓋先王之時，天下無甚貧之民，惟賢者在高位，有俸禄采地之厚，始得以言富。惟既富，而所以居富者，斯有道矣。顔淵之時，井法雖壞，竊意猶有壞之不盡者，故莊周言其有郭外之田五十畝、郭内十畝，固非皆寓言也。但支持有所不贍，而時時不免空乏耳。夫子於此歎其居窮守約之操，簞瓢飲食，天樂内足，泊然不以外物累其靈臺。此與陳蔡絶糧而彈琴自如者何異？其曰『庶乎』者，蓋引之以自近也。至若子貢之貨殖，先儒以爲未能忘情於豐約。夫未能忘情於豐約，則是其中已爲貨殖所累，惜一金與貪萬鍾同一不化。天之命人如是而貴、如是而賤、如是而貧、如是而富，此理誰不能知？惟安之爲難。彼冉求、季路輩地位高人幾等，夫子亦甚賢之，然見其昏昏於辭受去就之間，仕不擇地，食不擇粟，譴怒之極，惟取其名教最不可容者攻之，未嘗以貨殖爲責。其以貨殖責子貢，殆愛子貢之深、期子貢之遠，欲其至於顔子之屢空而已。顔子未嘗多言，言則中理。子貢惟多言而屢中，故出於億度，在同門中亦不見其比。今人見夫子一抑一揚，遂疑子貢不得齒於顔子之列，又謂處飢寒逆境爲小節，皆未深考也。

子罕言利與命與仁

利者，四德之一。命者，天之所以賦於人。仁者，人之所以爲心。聖人何以靳於言哉？曰：利非君子之所急。其罕言之是也。至於命，至於仁，亦若是焉。蓋夫性理之學，其體也，在於心傳而不可以耳受；其用也，在於躬行而不可以言説。今姑毋論夫子時。夫子没，夫子之道湮塞晦昧者數百年，賴孟子明之。孟子没，又湮塞晦昧者千有餘年，賴濂洛周程以來諸儒明之。方諸儒之未明也，人人以性理爲難言而不敢言，故講學者必尊所聞，讀經者必闕所疑，推賢敬古，風俗朴厚，而真修實踐之意常踰於議論之表。自諸儒辯析既精，記録亦繁，字義無所窒於心胸，談柄無所滯於唇舌。向也，白首老生之不能論者，五尺童子類能言之。可謂家游夏，人舒向，而淵源根柢有不暇計矣。以此推之，聖人所以罕言者，豈非慮其弊之將至此哉。區區以空虛倚席於斯，亦既再歲，愧無所發明以稱答父子兄弟之意，切願閒暇之時，有惑相訂，有益相告，取五經諸子之遺言隱義，雖易通而非盡解者常常質難。傳曰：『毋勦説，毋雷同。』如利，一也。孟子之所非，與《周易》之所取，何以異？命，一也。修身之所俟，與巖牆之所避，何以殊？仁，一也。司馬牛之所難，與管仲之所近，何以别？不徒求之，又從而紬之；不徒獲之，又從而賾之。朝夕復熟，彼此浸潤，庶幾修辭存誠，致知格物，不無膚寸之益，諸君子以爲何如？

祭如在　一節

祭之以禮，難言也。其禮之所以然，不可以不知也。惟知其禮之所以然，而鬼神之狀、陰陽之故，皆瞭然於胸中，而祭可言也。此章『祭如在』，謂祭先祖時也。祭先祖如先祖之存，脈絡相通，精神相接，此易言也。『祭神』，論祭外神，若天地社稷山川五祀之類，脈絡何以相通，精神何以相接，此難言也。古之人，食則祭先炊，飲則祭先酒，馬祭馬祖，田祭田祖，以至捍大災、卹大患、有功於國、有德於民者，舉不遺其祭。今且静而思之。人惟不知恩義則已耳，稍稍知有恩義，則凡有力於我者豈能忘之。厥初生民風氣朴野，不但拙於防患，患亦未生；不但略於息争，争亦未有。洎乎争鬬患作，人且不免與禽獸相食。先後聖賢相繼出而憂之，於是乎，有管攝，有拯助，有教導。又知夫人之衣食居處，生息於宇宙之間，一物必資一物之力，資其力者必懷其感，懷其感者必圖其報，此祭祀之所由始也。籩豆誠陳，尸祝誠設，登降瞻仰若將臨之，周旋磬聽若將語之〔一〕，精神安得而不接，血脈安得而不通乎？至若吾夫子之恩之德，開吾人耳目，洗吾人腸胃，易吾人心胸，續吾人命脈，隆於天地，深於父母，又當何如其感，何如其報！丁祀在邇，誓戒有言，謹爲諸君誦所聞，而諸君省焉。

校勘記

〔一〕周旋磬聽若將語之：『磬』，文淵閣四庫本作『傾』。

卷二十六　講義

孟子曰子路人告之以有過則喜　一章

善者，天理之總名。人人有之，人人有之而有不能有之者，心不在焉故也。心於善者，不但能有己之善，又能有人之善；不但能有人之善，又能與人同其善。心不在於善者，人己兩失之矣。今且以此章三節逐一紬繹。『子路，人告之以有過則喜』，是取人之善以去己之不善，猶未免於有不善，惟能去其不善，斯美矣。此賢者事也。『禹之聞善言而拜』，是喜人之善與己相契，雖有人己之分，而同於爲善，比子路相去甚遠。此聖人事也。至舜則『善與人同，舍己從人，樂取諸人以爲善』，一人之身，而耕稼陶漁之類，亦取於人而能之，取於人以爲善，則人益勸於爲善，是與人爲善者也。舜禹俱大聖人，不宜分別。就吾黨今日所學，且論子路。子路在孔門最爲多過，初見時，氣象麤暴可掬。從游雖久，而鼓瑟言志、侍側之頃，威儀應對每見譏斥。後來出仕，黨季氏、爲衛輒，平生本末無一合於正理，不知聞過而改者何事。想見其爲人純誠信勇，但有所聞知其不善，隨即羞悔不敢復作，故能日克用厲，薰摩浸灌，陶寫濡染，而卒成大賢，而稱其可爲百世之師也。今人隨羣而趨，逐隊而處，一般浮沈，一般容悦，故終身不見有過。又或位高齒長，則人方譽之；權隆勢盛，則人方憚之，真見有過，亦無人言。蕩者奪於外馳，鄙者安於近務。幸人不言，偃然以爲人事不過如是〔一〕。尊卑相承，前後相襲，耳不聞善言，目不見善事，既以誤己，復以誤人。悠悠兀兀，坐成凡庸。此皆子路之罪人也哉。

校勘記

〔一〕偃然以爲人事不過如是：是，文淵閣四庫本作『此』。

曲禮曰毋不敬儼若思安定辭安民哉

《曲禮》者，先儒以爲委曲説禮之事。雖是委曲説禮，此起初一章卻是禮家大綱目處。『毋不敬』者，禮以敬爲本，戒人常常警畏，不敢放縱怠惰。『儼若思』者，人思事時顔面必端莊儼恪，持敬者其貌亦當如此也。『安定辭』者，人之發言不可輕躁，必審定其是，使之穩當無有後悔，方可出口。『安民哉』者，言人能行此三節，不但可以自安，而見於政事，亦可以安民也。總而論之，其目三，曰貌，曰心，曰言。其綱一，曰敬。心在於敬，則貌與言皆在於敬。心不在於敬，則貌與言皆不能無失也。世之儒者多言心屬内，貌言屬外，既分别爲二，遂以爲敬當主於心而已。一戲笑過差，一諧謔失節，未害於道，殊不知心是貌言之根苗，貌言是心之枝葉，未有枝葉有病而根苗無傷者。故其始不過小不敬，而其終也，卒陷於大不敬，不可不察。衛武公之詩曰：『善戲謔兮，不爲虐兮。』韓退之則直云：張而不弛非文武之道。夫文武之道，豈使人謂戲謔可爲者邪？春秋之時，一執玉惰，一受脤不敬，一行人失辭，識者知其年壽祿位之脩短。《尚書》傳《洪範》五事，一曰貌，二曰言，所關順逆休咎尤如影響，猶是古人告戒流傳常法如此。今人所以不然者，蓋緣常情以禮爲拘束禁制之物，强而持之，令人血氣不暢，筋骸不舒。此不知理者之論。吾黨試以《曲禮》此一章玩味而習復焉，心常常不敢放縱；容貌常常端莊，不敢輕於戲笑；言語常常謹重，不敢易於諧謔，但見氣象詳和，身心安樂。今日爲生徒，則禮行於學校而爲賢生徒；爲子弟，則禮行於家庭而爲賢子弟。它日爲人師長，爲人僚佐，則禮行於州里邦國而爲賢師長、賢僚佐。推而大之，無往而不宜，無爲而不順，其效豈不章章可覩哉。

大畜象曰天在山中大畜君子多識前言往行

物之大莫如天，而山能藏之。以此言學，何學不充？以此言德，何德不具？又《大畜》之卦，内乾外艮。乾者，健也。艮者，止也。人之學行，於内能健，則無間斷不一之病；於外能止，則無淺躁輕出之悔，皆大畜之義也。易卦本不專爲一端而發，此象既取『君子多識前言往行，以畜其德』爲辭，於義亦不爲小矣。『前言』者，自聖經賢傳，及載於簡書、聞於談論之善者，皆是也。『往行』者，古人立身行事可聞可法者，皆是也。今之君子所以不如古人者，多是自倚其聰明才智，師心而行，據己而發。其天資純美者或能暗合義理，無大差繆。而思之不周，講之不熟，反致禍患。其他强敏者强敏而失，矜驕者矜驕而失，苛細者苛細而失，遲重者遲重而失。惟多識前言往行，則念念有龜蓍，事事有軌範。平時或得於考究，或聞於講明，耳濡目染，心領意會，今日積一善，明日積一善，日日積之，以至無所不通、無所不悟，如富人多藏貨物而不妄用，如深山大澤，草木生之，寶藏興焉，而不見其運動。一旦臨是非，據利害，剖析無不中節，施行無不合宜。此大畜之所以爲美也。按《大畜》以艮上九一爻爲主，而初九言『有厲，利已』，九二言『輿脱輹』，九三言『利艱貞』，六四言『童牛之牿』，六五言『豶豕之牙』，皆以止而不行，爲無災尤，有吉慶，至上九始言『何天之衢，亨』。象曰：『道大行也。』言畜多而至此始可行也。人不多畜其學問德行，而速於欲行其志者，可不爲戒哉。

周禮天官冢宰以九兩繫邦國之民一曰牧以地得民二曰長以貴得民三曰師以賢得民四曰儒以道得民五曰宗以族得民六曰主以利得民七曰吏以治得民八曰友以任得民九曰藪以富得民

此章言周公之所以聯綴邦國之民，使之綢繆固結而不散者，有此九事。兩者，耦也，猶言均平備具、不偏枯孤單也。一曰牧，鄭氏以爲州長是也。民無土地，則無生業使相養育。九州之長各有土地以養育其民，豈不上下相得？凡言得民者，非謂得而有之也，謂得其心也。二曰長，鄭氏以爲諸侯是也。九州内之諸侯，公、侯、伯、子、男，各貴於其國。然苟徒以貴臨之，則威權控制，勢分扞格，而不相得矣。古之諸侯蓋以貴養賤，非以賤養貴也。三曰師，師之爲言，凡能以善教得民者皆是也，故以道。四曰儒，儒之爲言，凡能以善道得民者皆是也，故以賢。後世言師儒拘於學問文藝，故失其指。如古之禹、稷、伊、傅之流，朝爲田夫，暮爲卿相，所吐之言皆爲經，所行之事皆爲史，至今千百世下，遵之則爲聖賢，悖之則爲愚不肖，非師儒而何？五曰宗，民無族則離，惟有大宗小宗之法，則有族以相糾合。六曰主，民無主則亂，惟有世世食采之主，則有利以相賑恤。七曰吏，民羣居易争，惟有吏以治之，則不至於無統攝。八曰友，民分耕必力弱，惟有友以任之，則不至於無救助。九曰藪，民各産常産而不及乎其它，惟有藪以富之，則不至於無儲畜。以上九事，於居民之法、養民之具，纖悉備盡。人以爲非周公之書，非周公誰能爲此書哉？吾黨今日學問，且先於師儒二項討論玩味，所謂賢者何説，所謂道者何物，設使居田里，其何以爲俗，設使居官府，其何以爲政。賢莫先於自治，而後可以治物；道莫妙於無爲，而後可以爲事。二者其何以能得民之心？知之必可言，言之必可行，惟毋汎汎然以爲方册之空談，幸甚。

説命惟學遜志務時敏厥脩乃來允懷於兹道積於厥躬惟斆學半念終始典於學厥德脩罔覺

古書言道德，未有如此數語明白詳盡者。天下事物莫不有道，惟我能自修之於心，則德爲吾德。而所以能積之修之，則在於學。當傅説時，異端諸子之説未興，文辭利禄之誘無有，其所謂學，其所謂道德，可以想像按據而知也。《説命》三篇説學，惟説學於古訓，要自是一種格言大訓，載諸學宫簡櫝之中〔一〕。老師宿儒伏於田野耕樵之流，當時尚可致問，而今茫然遠矣。如傅説其人即是其類，今試以意求之。學惟虚心可以大受，先若傲然以己見實之，它有增益，由何而入，故貴於遜志。然一於遜志而不及時用力，又失之悠緩，故貴於務時敏。既遜既敏，所修者滔滔而來，而愈信愈懷，不敢怠忘，則積於厥躬。此一節也。學不止於獨善其身，必有以及物，而後可以驗學之進，故始於自學。而終於教人體用，内外各得其半，雖已能如此，惟念念主於學，功力無間斷，則所修之德有自然而然、而莫知其然者矣，此下一節也。兩惟字、三厥字、三學字，此其立言之精、垂教之切，誠可爲學者警枕。又三篇中指實事多，引空言少，期其身必以伊尹，期其君必以堯舜，淵源氣象，上與禹、稷、皋陶，下與孔孟，初不相遠。漢儒明經家『説若稽古』已三萬言，豈足以知此。而況於後世生於異端諸子，文辭利禄之俗穿鑿剽竊，又出漢儒之下者乎。

校勘記

〔一〕載諸學宫簡櫝之中：『櫝』，文淵閣四庫本作『牘』。

子路使子羔爲　一章

子路之爲人，最多過，最勇於改過。惟勇於改過，故雖多過而不害爲君子。此章『何必讀書』之云，發於爲季氏宰時。從游既久，漸染既熟，何以有此麤率，可謂駟不及舌矣。然不知此乃子路進學之候，以自信，可也，而以處子羔，則非矣。子路以政事稱，其於治民人何疑之有？若鬼神之事，固嘗親問於夫子。所謂社稷，亦必講習有素。此二事雖不必讀書而可以爲學。子羔之資質雖美，度不敢望子路，敏不及子貢，勇不及子路。其從游之久，漸染之熟，又未必及子路，而子路遽薦之爲宰，又遽然許之『何必讀書』，何其容易之甚邪？又況人之聰明有限，事物之義理無窮，假使讀書已多，見道無蔽，尚不可廢學。故夫子老而學《易》，其語人曰：『仕而優則學。』而子路未知子羔之何如，乃先斷之以『何必讀書』，幾何不以人民社稷爲戲乎？夫子既斥其佞，子路亦必愧悔。聞其説者宜可以爲戒，而流俗之弊至今反以爲口實。得百里之地爲古諸侯，見儒如仇，見書如毒藥怪物，悍悍然曰：儒無益於世。曰：書能誤人。相率擯而棄之。嗚呼！　安得知過服義如子路者而與之語哉。

子曰中庸其至矣乎民鮮能久矣

中是不偏不倚，無過不及，庸是平常，此二字惟聖人能行之。若非聖人，決然有偏倚，決然有過不及，決然不能平常。故處事而無偏倚、無過、無不及，與夫合於平常者，天下之至理也。既是至理，自然民鮮能行之。堯舜之禪授，於理當禪授，堯舜不容不禪授；禹之傳子，於理當傳子，禹不容不傳子。以至湯武之應天順人，伊尹、周公之訓太甲、教成王，仲尼之轍環天下，由後世觀之，其事至難，其跡各異。在聖人當時處之，不過當然之理。此所以爲中庸也。道學不傳，漢儒遂以胡廣爲中庸。夫胡廣阿時取容，持禄固位，其所長但能記誦典章儀註，以爲口耳之資，用心行事全不正當，何哉其所爲中庸乎？近世士大夫説及中庸，又降而歸之中才庸人。聞中庸之名，往往諱而歎之。故每發一議，每創一事，必求以異於人。嗟夫！中庸者，夫子、子思諄諄以教天下後世，以爲之難能，而士大夫諱之不爲，亦可傷哉。

良冶之子必學爲裘良弓之子必學爲箕始駕馬者反之車在馬前

天下之藝，惟其辛苦力學而後能者，不如天性之自然。天性之自然發之於内，耳目之聰明接之於外，有不學，學必積矣。良冶之子當學爲冶，良弓之子當學爲弓，父業而子世之宜也。今曰：良冶之子必學爲裘，良弓之子必學爲箕。何也？以言爲冶之家，習見其爲冶之事，錮補穿鑿者有似於爲裘，故不用之於冶而用於裘。爲弓之家，習見其爲弓之事，調揉撓熨者有似於爲箕，故不用之於弓而用之於箕。此亦天性自然之所近，得於聰明之所接，故不待力學辛苦而能者也。豈惟藝，人之學爲聖賢君子之事亦如此也。學仁者始於孝弟，學義者始於不妄取，學禮者始於不妄動，學智者始於不妄爲，學信者始於不妄語。學仁而能孝悌〔一〕，雖不得仁，去仁不遠矣。學義而能不妄取，雖不得義，去義不遠矣。學禮而能不妄動，雖不得禮，去禮不遠矣。學智而能不妄爲，雖不得智，去智不遠矣。學信而能不妄語，雖不得信，去信不遠矣。故曰：『性相近也，習相遠也。』性本有此仁，而不能孝弟；性本有此義，而不能不妄取；性本有此禮，而不能不妄動；性本有此智，而不能不妄爲；性本有此信，而不能不妄語，是得之於性而失之於習也。是良冶之子不特不爲冶，而併不能爲裘；良弓之子不特不爲弓，而併不能爲箕也。爲冶爲弓也者，性也。爲裘爲箕也者，習也。仁、義、禮、智、信也者，性也。孝弟也、不妄取也、不妄動也、不妄爲也、不妄語也者，習也。聰明者，所以嚴其性之所從出，謹其習之所從入者也。《禮記》又曰：『始駕馬者反之，車在馬前。』何也？此言馬之性難馴，人之教之者勞，故始駕馬者，車反在馬前。人性之易學不如此也，人之聰明，所以能爲萬物之最靈者，謂如此類也。人之子弟有聰明而不能用，至於自汙其所習，自棄其所學者，真可惜哉。

校勘記

〔一〕學仁而能孝悌：『孝』，底本作『弟』，據文淵閣四庫本改。

子曰善人爲邦百年至誠哉是言也

善人，慈祥信實之稱。爲邦，猶言治國。凡今子男百里諸侯屬，皆是也。勝殘去殺，是化殘暴之人使不爲惡。既不爲惡，自然不用刑殺。此是功效比於唐虞三代、雍熙泰和之俗有深淺，然亦可以爲難矣。夫以慈祥信實之人臨民莅政，能使其人不爲惡而免於刑殺，此非一人一日所致，故必待於百年之久。先儒謂漢自高惠至於文景，黎民醇厚，幾致刑措，庶幾近之。唐虞三代既不易爲。儒者説漢初禮樂則不暇興，經術則初未講〔一〕，風氣可謂朴陋之甚。其爲政者，蕭何起自刀筆，曹參、周勃輩皆百戰行伍，而一團真淳寬厚之味令人感動，蓋承秦人刻薄之餘，真所謂飢者易爲食，渴者易爲飲也。蕭曹既創之於前，相接爲政者申屠嘉、周亞夫之徒，亦如泰山喬岳儼然不動。雖無善人之名，而有善人之實。後來公孫弘以明經封侯作相，儒術始顯，海内亦紛紛多事。以此想望善人爲邦氣象，欲如漢初以來何可復得。論者遂疑儒者無益於世，多虚而少實，徒勞而無功。儒者亦無以自解。殊不知漢初魯國兩生及申公、董仲舒等若幸而得用，又久其歲月，又推舉其同類使相繼，至於百年之浹洽，安得無效？祇如陳太丘、魯恭、卓茂，僅得尺寸之地，亦自移風易俗，恥於爲惡，大概可以見矣。豈可謂儒者無益於世，而皆可疑耶？

校勘記

〔一〕經術則初未講：『初未』，文淵閣四庫本作『無人』。

子曰伯夷叔齊不念舊惡怨是用希

天下之至難平莫如怨，而至易偏莫如好惡。我有是善也，而人不知以爲善；我未必有是惡也，而人斷之以爲惡，怨斯興矣。人有是善也，而我不知以爲善；人未必有是惡也，而斷之以爲惡，好惡斯不足乎於人矣。伯夷、叔齊以清隘聞於天下，鄉人一冠不正，望望然去之。與惡人居，若坐塗炭中。意其平日必持己太嚴，而責人已甚。夫子乃以爲不念舊惡，怨是用希。以謂所惡之人，今日爲惡，明日能改過爲善，則伯夷、叔齊亦不追記而咎之。審如斯言，豈有一毫芥蔕荆棘之意。以此道處一家，則一家可以無怨；以此道處一鄉，則一鄉可以無怨；以此道處一國，則一國可以無怨；以此道處四海，則四海可以無怨。先儒疑二子舊惡之事無以考。以愚觀之，武王以至仁伐不仁，八百國之諸侯同心歸之，而二子獨非之，是與八百國諸侯宜爲怨者也。然天下後世至今以武王爲是，亦不以二子爲非，蓋各當其理也。然則用伯夷、叔齊之道，豈獨四海可以無怨，雖萬世無怨可也。今之人好惡不由其理，一杯羹德色，則悦之；一睚眥反脣，則仇之。聞二子之風，亦盍少動心乎。

子曰後生可畏焉知來者之不如今也四十五十而無聞焉斯亦不足畏也已

爲先生長者之法，主於教言遜讓，安有以後生爲可畏，又許其有求聞之心者哉？嗚呼！此可以見聖人教人懇切之極矣。人非生而知之，誰能廢學？學則雖單夫寠人，而可以爲君子爲聖賢。不學者，雖堯舜之聖，不免爲小人愚不肖。爲君子者，爲聖賢者，人常畏而敬之。爲小人者，爲不肖者，人常賤而鄙之。此必然之理也。今夫一等同鄉井、同國族，人物相似也，家世相似也，年位相似也，而能修飾衣冠，遵守禮法，口無妄言，身無妄動，衆必共相指目以爲模楷。此聞其人而可畏者也。其有沈酗佻達，狎暱非類，幼不遜弟，長不慈敬，衆必共相指目以爲疵癘。此聞之而不足畏者也。推之於庠序、於朝市，皆聞而知之。善者必有舉之以爲公卿士大夫，不善者必不免糾之而蹈於罰。善有可舉爲公卿士大夫而不得爲公卿士大夫，君子謂之命惡；有可蹈於罰而不及蹈於罰，君子謂之倖。而人之爲人不可不自擇也，爲先生長者之法不可不勸其爲善，而阻其爲惡。當夫子之時，風俗猶美，先王遺文餘澤猶有僅存於草野之間，惟無老成師傅以接引將就之，故悵悵然不知所歸。夫子勸善阻惡之權既不得見於爲政，拳拳此歎必發於倦遊歸魯之日，然則亦可傷矣。其曰『四十五十』云者，人能自少小始有知識之時而學之，則年之至此，必有一善以聞於人，非謂四十五十而始考之也。吾黨之年視四十五十爲有加，所可以聞者何事，所可以畏者何道，所可以教後生者何業，亦盍先講明之。

有孺子歌曰滄浪之水清兮可以濯我纓滄浪之水濁兮可以濯我足孔子曰小子聽之清斯濯纓濁斯濯足矣自取之也

人必自貴也，然後人貴之。其賤也，亦惟自賤，而後人賤之也。《孟子》此章引孺子之歌、孔子之言，本爲當時禍福而發。其實天下之理莫不皆然。夫滄浪之水有清有濁，水幸而爲清，則人取之以濯頭上之冠纓；水不幸而濁，則人取之以濯足。是因其體之有清濁，故人用之有貴賤。今有人焉，口誦聖賢之言，身履君子之行，則鄉里必取之以爲師範，國家必取之以備官府，是猶滄浪清水之貴而人取之以濯冠纓也。又有人焉，言不出於禮義而鄙悖是習，行不準於先王而市井是行，則朋友必棄之以爲惡子，官府必擯之以爲凶徒，是猶滄浪濁水之可賤而人取之以濯足也。同一水類也，而用之有如此其殊；同一人類也，而待之有如此其遠，亦可以自擇矣。或曰：水本清也，而人有用之以濯足；人本賢也，而人有不用之以居高位，則奈之何？曰：是有命焉，不可以概論也。故君子得福以爲常，而小人得福以爲不幸。小人得禍以爲常，而君子得禍以爲不幸。季氏世爲大夫，而孔子懷羈旅之憂；臧倉、王驩得君，而孟軻有不遇之歎。亦猶水之清者，人固辱之以濯足，而可貴者無損；水之濁者，强用之以濯纓，而可賤者猶在也。循理以安分，修身以俟命，事之在我者，謹而行之，事之在人者，靜而聽之。學問之道，其庶幾乎。

惻隱之心仁也羞惡之心義也恭敬之心禮也是非之心智也

此四句，孟子前篇已嘗言之。引仁義禮智，歸於人心，最爲親切。大抵天之予人以此性，止有仁義，禮只是以恭敬爲仁義之節文，智只是分别仁與不仁、義與不義之是非。三尺之童亦知仁義非心外物，而其初本因告子義外之辨，今天下後世但知告子之害仁義，而不知其害實起於老子。老子於孔子爲前輩，多讀書，識道理，孔子亦嘗問禮。而其言曰：『大道廢，有仁義。智慧出，有大僞。』曰：『絶仁棄義，民返孝慈。絶巧棄利，盜賊無有。』嗚呼，是何言乎？然老子之説險怪不經，其害在孔子前，而孔子終身無一辭非之。告子之説緩於老子，而孟子略不少容，何也？夫子道高，以爲我之教行，則彼論自息。孟子則不然，以爲失今不攻，後害愈甚，故當時亦稱孟子好辯。卒之，天下後世因孟子而遂知仁義者，辯之力也。吾黨今日不必追咎老聃，深非告子。羣居終日，固未暇憂人之憂，急人之急，且問自身當惻隱者何事。居窮無事，固未識讓千乘之國，且問自身當羞惡者何物。出門，固未能如見大賓，且問居家能不欺暗室否。居鄉，固未能使人質決曲直，且問能無間言於父子兄弟間否。是四事也，惻隱也，羞惡也，恭敬也，是非也，皆良心也，皆非他人所得與也。盍亦返自思之。

卷二十七　五言古詩

大名元復初郎中擕示感遇五言八章次韻并簡東平曹子貞編修薊丘曹克明教授〔一〕

美人乘天風，手吹玉參差。我有龍門桐，綴之冰蠶絲。空中一偈答，聞者爲忘機。神馬已出河，凰皇且鳴岐。悠悠百年内，儻有相逢時。

我登海山巔，羣丘眇如芥。客來談九州，更詰誰小大。神疲穆滿馭，足繭神始載。終然方寸心，擾擾軀殼外。流光如急水，一去難復再。歸來坐虚室，始覺身安泰。老馬寧爲駒，即且或甘帶。名跡吾不嫌，全生聊遠害。

明有不見睫，智有不衛足。學静三十年，晚始悟無欲。履卑懼名高，居羣忌行獨。不見歌鍾家，白日卧金谷。不見帶索生，行吟扣哀竹。爲君慎燕息，顧兔方在腹。

校勘記

〔一〕詩題：曹克明，文淵閣四庫本作『曹克朋』。

東陽方韶卿惠古意七篇久不得和五月二十六日將假館宗陽橋稍有閒暇乃爲次韻因寄訊彼中吴子善前輩子善陳文毅公同父甥孫

長歲狎紛諠，新廬稍疎静。虚名亦相累，簪珮來整整。青天戍樓柳，白日仙林杏。散書一長謡，消此清夏永。

二

營營寄巢蜂，白晝争空花。跋跋緣壁蟲，喧飛亂如麻。譬如惡俗士，便不揮鞭撾。桐君何處來，隔壁聞瓠巴。

三

舊交空中雲，零落跡易消。新交江上流，來去同奔潮。藹藹玄英孫，望之十舍遥。願爾多黍稌，相投共簞瓢。

四

人膽小於壺，揣想無限極。及其遂所願，不過一消息。金華文物府，前哲餘楷則。千年萬年名，豈使夸者得。

五

作詩如挽船，學力乃篙櫓。向來牛耳盟，諸老肯多許。玄暉雲樹荒，仲宣江海阻。之子歸未歸，相思慰風雨。

六

德孤誰願高，氣寒誰願清。斯文鄒魯來，壈坎勞其生。豈無性命憂，艱難愈同情。如何及門士，亦作胡越聲。

七

永康經濟學，近古將無同。甥孫世其業，汗馬收全功。我欲攬遺跡，雙眸冰鏡空。君亦跨黃鵠，吹簫白雲中。

韓君美經歷賦孟夏木長五詩示僕因寫鄙懷通呈阮使君君美時與諸公講易〔一〕

吾評陶淵明，略似段干木。詩文雖滿家，不飽妻子腹。仰瞻清風柯，俯窺白雲谷。誰能爲升斗，辛苦受羈束。因君寄高韻，千古動遐矚。

校勘記

〔一〕詩題：『孟夏木長』，文淵閣四庫本作『孟夏草木長』。

以羔裘如濡洵直且侯韻爲八詩送夾谷子括赴明州推官

鑑虛磨愈明，絃柔調自直。臨民要儒術，非但用三尺。君看春秋學，從士能斷國。人情豈相遠，贈子以不惑。

二

水耕當用牛，陸行當用馬。詩書無近功，平世安可捨。吾州兵荒來，冠蓋多苟且。寧無段干木，意氣能少下。

送袁季源之婺州因簡范經歷

爲山不願高，爲水不願深。水深蛟龍集，山高虎豹蹲。我有避人法，終日衣冠林。煌煌錢塘城，游塵晝爲陰。豈無青雲交，難在相知心。豈弟袁大夫，寒窗理閒琴。峻坂爲牛力，炎天九秋襟。膠漆四十年，齠齔以至今。天欲饑餓我，使子無黄金。勸仕拙不諧，驅耕弱難任。低回向誰門，後生氣髮髮。今晨積潦霽，烏烏有好音。約我共行役，東平步嶔嶔。皎皎婺女精，瀰瀰雙溪潯。臺有白馬生，風棱共蕭森。文林惜妄動，動必向所欽。吾評古毛義，志行近騫參。公府許辟召，屈身非祿淫。斯人我知舊，長髯善哦吟。穴蟻夢離合，風花命浮沈。往者納千贄，終然遺一簪。欲行又不得，出門失前禽。子往再拜問，何由振聾喑。

次韻答朱侯招遊海山

江南春草黄，江北秋雁飛。窮居念還往，故物悉已非。我有青雲交，山林可同歸。十年學撫琴，對客輒累欷。豈不願和悦，調苦心易爲。青天無古今，白日相因依。向來炎炎人，所得一何微。成者化埃塵〔一〕，不成翻禍機。玉美受雕鐫，馬良遭絆鞿。所以曠達士，但貴知我希。請休接輿歌，且急梁鴻噫。名微少士責，身閒免官譏。寧無一日力，相尋盡崎嶇〔二〕。霜魚碧玉鱠，冰菊黄金輝。君歌我按筑，我舞君攬衣。此日爲君歡，醉遊敞船扉。

校勘記

〔一〕成者化埃塵：『埃塵』，文淵閣四庫本作『塵埃』。

〔二〕相尋盡崎嶇：『崎嶇』，文淵閣四庫本作『嶇崎』。

題陳高士所藏冬青枝上白頭翁畫

飛高得珍叢，青子飢可食。不知何憂愁，二鳥頭亦白。道人天機深，清齋意相許。賴汝不能鳴，一鳴嫌殺汝。

以空飛本無跡韻爲五詩往扣廣微張公

智有不近名，賢有不踐跡。百年如飄風，誰作遠行客。所要在持久，以道自消息。吾師豈欺我，白首方學易。

浴蠶沙溪水一首爲上饒陳烈婦作烈婦信州上饒人嫁同郡葉氏年二十五生子四齡而寡丙子兵寇起能以智全其家歲饑發粟賑貧類大丈夫慷慨知大節非徒守閨門貞行而已有司上其事賜旌表蠲復如法

浴蠶沙溪水，採桑玉山巔。絲成白棱棱，膠作烈婦絃。烈婦何所言，絃中意纏綿。一説鸞影孤，一訴雛巢穿。巢穿尚可葺，影孤恨終天。有食不自肥，衆禽仰喉咽。真宰憫其疲，勞役盡弛蠲。及今雛長成，雛羣亦蹁躚。朝陽照巖林，枯槁生光妍。黄蘗誰謂苦，鐵石誰謂堅。請君屏俗耳，聽我沙溪篇。

書歎七首

王生困縲紲泳道，劉子急徵追正仲。舒叟挈家走，幾遭鞭與笞東野。我無三人辱，闔門但窮飢。飽死世更多，徒憂何以爲。敢作小夫歎，聊爲才士悲。

舒子高品藻，王生怪衣冠。處世那得爾，譊譊真自殘。劉子最多愛，逢人傾肺肝。勸我學其道，縮身可泥蟠。胡爲亦不免，念此坐長歎。

英英天上星，碌碌澗中石。升沈雖不同，精爽或相激。我有知名文，四海邯鄲壁子昂。遭逢不自閟，頗爲談者惜。談者自不知，斯人寧易得。

袁弟豁達人，陳兄静默士。平生少附麗，頗與同憂喜。邇來怪事發，談笑不可擬。一爲脱淵魚，一爲墜柯蟻。吁嗟其奈何，天運固如此。

數友越州居，無書已三年。台州已無數，逢人每相賢。日夜憶遠友，遠者隔蠻煙。風氣不擇州，俗情輕目前。管鮑死何處，寄酒灑其阡。

結友何用多，管鮑無三人。讀書何用博，得少全其身。君有徇名子，擾擾起風塵。朝逐富兒滄，暮聯豪士茵。歸來反如客，魚鳥亦相嗔。

蘇州米空熟，越州人不來。緩急託遠婚，不如傍蒿萊。蒿萊在籬落，爲我障浮埃。生女屬他人，生男尚嬰孩。從何得饘粥，作此聊自咍。

觀村中禱雨三首

十里不同雲，五里不同雨。天公白茫茫，乃爾多肺腑。人言蛟龍神，象類可以取。蛇蟲當此時，行路誰敢侮。飛騰信有術，忍待號者苦。咄哉神禹功，浩蕩流萬古。

二

昨日苗穗赤，今朝灑然青。頗知窮旅人，百金換顔形。念爾雖微根，同稟造化靈。自古有枯旱，人類幾千齡。恐是自生化，難皆問蒼冥。野草人不憐，何獨不凋零。

三

西村送龍歸，東村請龍出。西村雨綿綿，東村猶出日。共稱西人良，或是窮可恤。誰知所雨粟，盡入東村室。儒生無愛憎，但喜蔬蓏實。通年一飽廚，猶在兔園帙。

山中譏物雜言十首

時露下百草，流螢此飛翻。初如灰燼微，忽作秋星繁。念彼生育處，回光照其根。君莫輕流螢，流螢尚知恩。

二

青橘霜露時，英英秀中園。問訊訊居人，今歲胡不蕃。云有孤兒來，手觸枝上丸。嗚呼此義木，痛感在吾言。

三

野果散高林，雀鼠食之宜。設非人所殘，一顆不敢窺。寧由網罻防，亦無神物司。食道固當爾，雀鼠猶有知。

四

見狗須不走，見蛇須拱手。不走爾非偷，拱手亦相厚。無欺物自信，能勝誰肯負。不見吳山虎，郭文探其口。

五

鳥有反舌者，自古比讒人。時氣一朝遷，此舌竟不伸。衆鳥莫不然，更鳴以存身。如何能言士，聒聒無止辰。

六

犂牛有土德，體厚静綏綏。豈無牝牡情，不自求其雌。終朝草棧間，若忘渴與飢。嗟彼位兒高，乃爾難自持。

七

精衛勇填海，鶡旦苦求明。明尚可得求，填海何時成。我觀飛鳴族，一一各有營。但爲口腹謀，遂爾遺其名。

八

燕是孝義鳥，常棲孝義家。堂簷白日暖，上下静無譁。以此託軀羽，禍福審不差。誰云知數曆，俗士義之夸。

九

圃人憂孽蟲，爲蔬畜雛雛。小雞擇蟲啄，大雞遂啄蔬。蟲去蔬亦盡，對之可欷歔。昂昂高冠幘，反不小雞如。

十

蚯蚓食土壤，蚩蚩何所爲。蜩蟬飲風露，蜕上高高枝。卑者慕其仙，飄飄安可追。倘令智相及，無羨亦無悲。

自居剡源少遇樂歲辛巳之秋山田可擬上熟吾貧庶幾得少安乎乃和淵明貧士七首與鄰人歌而樂之

貧賤如故舊，少壯即相依。中心不敢厭，但覺少光輝。向來乘時士，亦有能奮飛。一朝權勢歇，欲退無所歸。不如行其素，辛苦耐寒飢。人生係天運，何用發深悲。

二

我居在窮巷，來往無華軒。辛勤衣食物，出此二畝園。薙松鬱朝露，桑柘浮春煙。以兹亂心曲，智計無他妍。擇勝不在奢，興至發清言。相逢樵牧徒，混混誰愚賢。

三

松風四山來，清宵響瑶琴。聽之不能寐，中有怨歎音。旦起繞其樹，磈砢不計尋。清音可敷席，有酒誰與斟。由來大度士，不受流俗侵。浩歌相倡答，慰此雪霜心。

四

中年涉事熟，欲學唾面婁。逡巡避少年，起穢不敢酬。旁人吁已甚，自喜計慮周。微勞消厚疚，淺辱勝深憂。從知爲下安，處上反無儔。人生各有志，勇懦從所求。

五

古人重畎畝，有禄不待干。德成禄自至，釋耒列王官。不仕亦不貧，本自足饔餐。後世恥躬耕，號呼脱飢寒。我生千禩後，念此愧在顔。爲農倘可飽，何用出柴關。

六

村郊多父老，面垢頭如蓬。我嘗使之言，辭語不待工。古來名節士，敢望彭城龔。有叟誚其後，更恨道不同。鄙哉譊譊者，爲隘不爲通。低頭拜野老，負耒吾願從。

七

去年秋事荒，販糴仰鄰州。健者道路間，什伯成朋儔。今年漸向熟，庶幾民不流。書生自無田，與衆同喜憂。作詩勞鄰曲，有唱誰與酬。亦無採詩者，此職何可修。

丁氏厚德堂

賤士懷永憂，一物常恐枯。貴者止營私，智或遺妻孥。肉食從古鄙，黄金使人愚。我游四十年，錢塘車馬區。但見插桃李，誰曾種桑榆。白頭識丁子，儀冠儼于于。示我厚德編，嘉名在塘隅。談之爲踴躍，喜氣生眉鬚。願子富倉庾，人人飽餐餔。願子多酒漿，日日開樽壺。行藏自有命，不謁守錢奴。

排律十七韻賀阮侯得子〔一〕

芳城春樹晚，清海月弦初。瑞出三神島，光纏五馬車。眼中新鸑鷟，膝下小璠璵。錦裓看争羨，犀顱畫不如。試啼賓錯愕，獻夢媪勤渠。庭舞張公鶴，門填孔氏魚。一時官府慶，數世甲科儲。聞説衣冠里，高增棨戟閭。民隨阮公姓，鄰禁宛溪魚。東去龜浮印，南遊雉遶車。陰移棠芾芾，騎擁竹舒舒。政有兒童戀，謡聽父老餘。攢眉詢賦額，正色署刑書。暗室天如鏡，心田老自畬。看騎金腰裊，待弄玉蟾蜍。我欲歌三買，誰能説兩徐。先隨湯餅祝，聊當賀錢醵。

校勘記

〔一〕詩題：『得』，底本作『伯』，據文淵閣四庫本改。

傍家東北有山曰紹地余幸得之規以爲素莊也

紹地吾所欣，他時以藏我。岡原見逾美，松柏栽已夥。雙流交在右，一几平連左。憶惜初經營，登高忘蹩跛。年衰已漸怯，步暫石頻坐。居然契券叶，偶爾龜策可。心手之勤勞，軀骸庶安妥。況復近芳茨，時能薦蔬果。雖無劉伶锸，備慕王孫祼。

謝陳君祥憲使時郡家以余充歲貢陳侯頗憐之令無行

鸞凰不鷙暴，珪璧無鋒銛。評材容一切，未覺世論嚴。僕昔江東歸，一紀操鉏鎌。聞山但廬霍，慕水惟沱潛。官車歲千兩，未省謁帷幨。豈無趙張倫，居窊不得黔。新年有吉語，所在興循廉。惟此沮洳氓，生涯嗇而孅。廛營疲負挈，陸取困塗霑。赫赫金鋪門，風雨今無簷。皎皎華裾生，塵土今無襜。分臺得陳侯，笑語脱烹爓。仁賢所居國，不言革頑憸。侯家仲舉峻，何如太丘謙。問侯何所爲，深坐静春簾。問侯何所學，浄几飄風籤。儼雅菑川公，高節齊晋瞻。横流滔天來，挺身卧西崦。何以贈陳侯，孟光書滿奩。名曰事言補，其辭清以恬。豈但資稗官，五經之韜鈐。從來名世士，必有淵源漸。侯識民蓍龜，侯材國梅鹽。誠令以德舉，遐陬詎能淹。愚者理宜止，容僕守窮閻。

往時王達蓋嘗與予評陶顔二公云魯公乞米於李大夫者李大夫光弼也而怪淵明所乞食失其主人名氏以爲恨余按淵明乞食詩云飢來驅我去不知竟何之行行至斯里叩門拙言辭則是淵明爲飢所驅本不知爲何人家而叩之亦可憐矣然淵明家有五男子傳稱翟氏志趣亦同能安苦節夫耕於前妻鉏於後又責子詩雍端俱年十三或當别有庶母淵明又嘗助其薪水大約計之不翅百指之家而當飢餓單身竟行望屋求食不知其家何以爲處乃不如魯公闔門同飢共飽擇英賢可語者通情焉不亦可乎余家與淵明略相類不敢用淵明法壬辰春有感於故人之言遂和淵明詩韻將求如李大夫者而告之

今朝胡不樂，取書一哦之。飢窮古不免，陶生良有辭。骨肉同天倫，僮僕緣食來。如何長年中，萬事付酒杯。脱身得一飽，激烈陳歌詩。不如魯公仁，借貸英雄材。嗟余亦有作，欲向誰同貽。

君莫誇少年一首贈俞光遠

君莫誇少年，與我德者疎。我亦嘗少年，少年君不如。談諧今已忘，猶有少年餘。東南山水國，早得飛長裾。春園虎丘樹，夏檻玉泉魚。吴妍與楚豔，過眼目千車〔一〕。當此秋風淒，遊子易欷歔。我時未更事，意氣益發舒。出門有佳侶，遇勝不得虚。惟憂日晷短，當去亦躊躇。官曹人所厭，高士不肯居。平生縱觀處，最在客南徐。姻黨四面集，綵衣擁安輿。停舧待淮蟹，醇甘逮僮胥。道路無此願，此願勝鄉閭。自從秣陵歸，鬱鬱不再攄。三間風雨屋，僻其荒林墟。非君好事者，誰能至吾廬。今來建溪上，逢君屢相於。行藏且勿問，人世有乘除。舊狂我已悔，新鋭君當祛。男兒不用世，資身在犂鉏。臨風贈君别，勸君惜居諸。勸君重桑梓，勸君重名譽。歲晚未相忘，頻寄山中書。

校勘記

〔一〕過眼目千車：「目」，文淵閣四庫本作「日」。

老樹

老樹老且枯，數柯枝綴之。蟲來食其葉，藤來纏其皮。幸然根本堅，未至甚離披。風霜既無損，雨露猶見私。如何烏鳥輩，同巢自傾危。鬬擊翼似斧，啄傷嘴如錐。樹色歲時減，樹力日夜衰。回頭試一顧，但可相扶持。

伯收東岡麥

伯收東岡麥，仲移西塍秧。四季各有役，餬口走皇皇。豈不惜冠履，兼嘗業縑緗。憐爾衣食微，及兹筋力强。古來經術士，什九起耕桑。窮通自天命，謹勿事胥商。

邀陳氏子飯歸似銅山珣老丁酉五月十五日也

飯子山下麥，羹以山上筍。筍堅煩齒牙，麥糲哽喉吻。相邀豈云厚，竟去良不忍。林園隱趣出，魚稻秋事近。短歌訊而翁，贈子以一哂。

飢旱

旱風爍我膚，飢火煎我腸。春夏猶自可，入秋始難當。簪珥陡頓盡，衾裯纖細將。奪從女奴手，併入米客囊。但冀喘息延，敢憂生理妨。山州古磽瘠，歲計仰蘇杭。發地流玉粒，浮天駕牙檣。如何水後郡，翻糴浙東糧。行路急促促，人情沸皇皇。焦枯望一雨，禬禱願千方。雲氣亦偃蹇，魃妖轉炎揚。浮生想有屬，沈憂聊暫忘。

余居之西偏有小室名嗇菴詩以識之

嗇語養氣海，嗇食養脾土。嗇慮養心神，嗇勞養筋膂。衰年百事祛，寄息此環堵。危如突圍將，鈍似滯風賈。顛仆冀賒延，空羸待償補。夸虛道蟊賊，遑獲命斤斧。收君詅癡符，佩我養生主。

鄰峰

霜嚴火炬青，月淡兩峰白。堂堂夜行誰，鄰峰販醝客。販醝事且止，歸農收又薄。枝擊習鞭撾，鮮肥憤烹炙。外雖刑憲拘，内實飢困迫。鹿窮有狂奔，虎斃猶恐擲。如何隴上豪，坐作溝中瘠。世無卓魯化，名在跖蹻籍。感難重徊徨，羈危轉驚赤。

春日城南聞禽鳥聲喧甚爲賦二十二韻

今日春氣至，新禽各啁嘲。豈無好唇舌，入耳何怓怓。雊雊最多端，能以巧自殽。黄頭亦翾給，微吭和且調。無計頗滑熟，烏鴉與鵂鶹。自餘不知名，喧呼雜竽簫。黑衣猥雄黠，晝動固非梟。均爲樂其性，幸此風日朝。城南六七曲，荒園繞榛茅。我來感物變，何異在山郊。惟聞黃鸝至，不聞叫交交。當由戀幽谷，畏寒還避囂。羣英蓋壤内，小大一逍遥。得氣不足悦，觸情遂相遼。乘墉少年兒，挾彈欲見邀。所規不滿掬，翻令汙廚庖。鷹鶻勢險薄，爪長尤善梢。同羣自戕擊，此禍極無聊。深藏務遠晦，尚懼形色招。危機布平陸，況乃縱輕慓。悲憐復譬釋，當鳴詎爲妖。但懷道傍樹，信美非其巢。

林貴父投老謁銓有贈

天寒道路長，行子難爲客。況復迫衰暮，視近步憧憧。干世悔古學，費時慙惰農。誰知凍雪巷，忽視戟髯翁。袖有排闥書，談如發硎鋒。聽之不能竭，浩氣生奇胸。從來庠序師，專以處龍鍾。才高得教誘，禄休尚遭逢。此職今不少，有求豈難從。去去善自愛，春禽語晴墉。

陳晦父赴銓十三韻

古人取遠士，得一以爲豪。江左貢千百，選掄今始勞。占對混童廝，趨蹌偕吏曹。以兹寓繩準，棄髓索皮毛。遂乃考卷業，成文喧誦號。其次嚴保舉，虚櫝相籠叨。富儒坐可得，貧儒走滔滔。有司見其然，厭賤如蓬蒿。誰知真儒者，百黜寧不遭。陳生青紫門，佐書越江皋。秩滿在選中，家寒無所操。虞翻顯憑易，買臣進緣騷。吴士例則然，且毋衒名高。

次韻答鹽官傅秀才

欲有險於穽，千金身陡沈。争名急飢渴，對面九關深。誰知海城畔，山水發清音。蟾蜍泄喜慍，籧篨閲晴陰。意到得所指，不作寒鳶吟。斯人定不惡，我輩許同襟。去去復去去，白鷗未遐心。

南巖留宿分韻落字

遊歡值暄秋，飲狎得嘉客。嵌巖復在眼，徘徊忘還郭。款款坐向疲，喧喧笑多謔。低簷近見出〔一〕，竇乳時聞落。防闇燎蒸薪，驚虚摇鼓鐸。僮憨榻露處，僧馴茗頻瀹。竟隱諒未能，羨彼高棲雀。

校勘記

〔一〕低簷近見出：「低」，文淵閣四庫本作「短」。

朱使君家諸郎將别十一韻

東南典藩材，朱户賢第一。天生好兒郎，玉筍森六七。俱能弄文翰，那教踰户室。伯也秀英英，珊瑚映初日。翁仲最似古，鼎鼐熊彪質。叔季相和鳴，笙入鐘磬出。人言有陰德，我愛少權術。公退亦見容，老衰時自失。官期忽在眼，別語常促膝。江湖芥舟小，歲月翎箭疾。善保清明心，臨歧莫輕怵。

掩篋

十客九不解，一解值吾仇。譬如巧蛾眉，同鏡見之羞。結交恨不廣，難在相綢繆。掩篋謝年少，所藏非所求。

次和焦治中雲洞紀遊十四韻

是身虛空中，如雲本無有。遊行又其寄，縱樂安得久。嵌巖大磈質，鑱削奇鬼手。棟宇起何年，名稱出誰口。憶昔扳藤蔓，淩空訝雞狗。疏疏石生竅，剡剡室懸斗。乘峻開棧梯，緣明掛窗牖。豈無題壁堂，多逢斫畬叟。賢侯韋平家，雅韻王謝友。驪珠百四十，模寫已八九。坐我南樓牀，澆我北海酒。人生主客意，如此豈云偶。風花命浮沈，木雁天可否。悠然付一噓，山靈倘回首。

信府同知黄侯名其讀書之室曰廣居

隘夫護藩畛，得少便有餘。達士心曠然，清明如太虚。海岳陳鼎俎，羲駕走軒車。唯諸無不行，尚懷豚與魚。嗟兹山城氓，憯長逮其胥。好語朝索茅，怒攻晝攘裾。侯來未數月，眉頭笑舒舒。退食掃一室，焚香展羣書。舉頭窗楹間，有榜揭廣居。力行守仁義，鄒公不欺余。

丙午二月十五日以府檄出宿了巖

衰年慕棲息，役役殊未休。天明發東郭，日晏泊西州。豈其千金軀，爲此一湌謀。宿麥青已鬱，穲桑黄亦稠。欣然一會意，所愧非吾丘。悔日諒不遠，誓言良未酬。揮手謝還往，伊嗄自伊嗄。

送官歸作〔一〕

生世悔識字，祝身如野農。勤勞養尊老，膳味日可重。晨芻熟新黍，耕林有過從。行吟答松籟，此樂踰歌鐘。

校勘記

〔一〕《送官歸作》、《七陽字》，此二首《剡源佚詩》亦收，爲組詩七首中第六首、第七首，組詩題爲《九日索居以滿城風雨近重陽爲韻七詩》，題下有小字『案二首集有』。

七陽字

雁雁西北來，亦復東南翔。動物各有時，吾當謹行藏。厚□違嚴風，密袂禦凜霜。陶然茅簷下，一篋生春陽。

班溪

我愛班溪班，班班爲誰好。於時九秋晚，霜葉紅不埽。石摇未歸雲，水映欲衰草。累累牛羊隊，灑灑魚龍道。崇丘尚多菜，殘村幾經潦。故物一若斯，今我胡不老。過從幸相狎，聊坐暢懷抱。

宿福海寺

嶄巖蒼龍角，汲流紫雲根。道人不絕俗，自然無耳喧。屋脊掛修嶺，一日過千轅。此中但高卧，松風有清言。聽之亦無有，風定松在門。炊成我欲去，獨鶴鳴朝暾。

六月十三日壽陳子徽太博十首以無官一身輕有子萬事足爲韻

一無字

驕雲散飛雨，隨風爲有無。老農終歲日，望施在須臾。平生官田粟，長此禮義軀。置之且勿戚，一飽任妻孥。

二官字

青青澤中蒲，九夏氣淒寒。翾翾翠碧羽，照影蒼溪間。巢由薄天下，俗士營一官。小大各有適，自全良獨難。

三一字

窮居無公憂，私此長夏日。蚊蠅如俗子，正爾相妒嫉。麾驅非吾任，遁避亦無術。惟當俟其定，静坐萬慮一。

四身字

流螢出草莽，空飛亂星辰。蜻蜓水蟲質，一變能輕身。物情羨速化，過眼異新陳。嗟嗟白屋士，吾方保吾真。

五輕字

當暑苦炎暍，日□秋風生。窮憂在衣褐，霜露亦可驚。徘徊念年少，歲月去已輕。歲月可奈何，學道恐無成。

六有字

自古皆有隱，陶生隱於酒。炎氛四面集，一窟在北牖。世人羨桃源，桃源復何有。惟容醉鄉徒，百世得相友。

七子字

永日豈無飢，盜粟非所擬。暍行豈無勞，惡木非所止。君家碧梧軒，蓮荷汎芳沚。我來息涼陰，嘉賓薦君子。

八萬字

幽蟲聒午枕，掩抑聲千萬。風前以虛鳴，蟋蟀最多怨。我静乃得聞，一一來自獻。憧憧道傍子，與爾故相遠。

九事字

炎方有朱鳥，璀璀顔色異。土人目爲鳳，信爾可安致。生雛固當奇，千歲會一至。紛紛鴻燕期，寂寂非我事。

十足字

朝遊剡山巔，暮戲剡山足。英英丹霞洞，不受塵土辱。飛仙復何許，諸子如立鵠。酌君滄浪泉，和君紫芝曲。

陳茂陽書監赴史氏塾

青天碎浮雲，飄落隨長風。當年江海心，聚散豈謂同。我髮春霰白，君顔秋樹紅。各將飛騰具，坐受窮困功。懷書更何罪，暴客歲不容。數夕稍振發，共語涼天中。天明换顔色，囊瓢赴羣童。此事本下策，改道無所從。猶勝古俠士，儈牛市牆東。

春風

春風吹愁端，散漫不可收。不如古溪水，祇望鄉江流。新花紅爍爍，舊花滿山白。昔日金張門，狼藉餘廢宅。回頭語春風，莫向新花叢。我見朱顔人，多金亦成翁。多金不足惜，丹砂亦無益。更種明年花，春風多相識。

八月十五夜雨中微有月色

雨色今夜别，映門白鮮鮮。踰知萬古月，自在最高天。天高無陰晴，月亦無虧圓。中間隔雲霧，頃刻變態千。惟當自作樂，上界豈我憐。接竹風撼郭，倒尊水號川。狂歌眺渺莽，恐有浮槎仙。

九日與兒輩遊中溪

悠悠循澗行，磊磊據石坐。林垂短長雲，山綴丹碧顆。蓼花最無數，照水嬌婀娜。何知是節序，風日自清妥。羣童競時新，藕果間蔬蓏。欣然爲之醉，烏帽危不墮。此日山中懷，孟翁不如我。

閬風舒先生客居棠溪袁仲素家見示竹簾詩戲作問答二首

剡竹吾問君，班班爲誰設。一登君子堂，迥與凡界絶。陂龍鱗故鮮，湘娥淚猶熱。既能露文章，匠手安得輟。所憐無可娱，如伴枯禪滅。千金散紅裙，一鏡垂白髪。定非夏侯衣，高堂挂秋月。

其答

何物非可憐，聿向翁户設。翁好詩更佳，蕭然得三絶。他家少年叢，徒爾歌舞熱。正如閱優場，未久意先輟。翁今一室老，高卧百念滅。湯爐松林風，紙帳梅花雪。時時有佳客，文字送日月。

古詩十五韻送胡天放西遊名僑，淳安人

有鐵莫忘鎔，鎔作俠士椎。有帛莫妄縫，縫作山人衣。君看天放翁，氣貌絶清羸。濩落七尺身，仁義充膚肌。無家救人窮，無田恤人飢。江湖三十秋，白頭轉嶇崎。餘情尚灑灑，不吐酸寒辭。事慕古豪傑，諸兒那得知。或云有仙骨，深中愈難窺。趫騰華佗戲，偃蹇梁鴻噫。世態貴反覆，口語瀾翻飛。夫子顧之笑，百觸不發機。寧當待溝壑，西山古誰悲。佩君珊瑚鉤，酌以玻璃巵。相知豈云無，去去勿復疑。

舟中望紫巖

近山如畫牆，遠山如帚長。我從雲中來，回頭白茫茫。惜去乃爾覺，常時自相忘。相忘豈不佳，遣此春懷傷。飄灑從何來，衣巾徑微凉。初疑雨氣集，冉冉遊塵黄。無歸亦自可，信美非吾鄉。登舟望東雲，猶向帆端翔。

次韻答二袁

相逢何草草，不念别日長。别我我在山，别君海茫茫。慰别有難易，我老不易忘。今此春雲篇，來别已悲傷。春雲雖多態，與世無炎凉。朝出山路白，暮歸海天黄。人生不免别，與君非異鄉。我詩不如雲[一]，春雲解飛翔。

校勘記

[一]我詩不如雲：『詩』，文淵閣四庫本作『思』。

感物二首

騄驥今失羣，亦自矜趫騰。俛仰歲時久，帖然困蚊蠅。豪鯨逸其穴，天水成滄溟。豈無魚黿交，望望爲所憎。物理有翕張，達人同廢興。幸無怵迫憂，聊復曲吾肱。

其二

魚目出泥沙，空村百金珍。豫章值擁輳，細細供蒸薪。論材何必多，適用即能神。託交何必深，寡求永相親。鮑叔拙羈鲁，張生窮厄陳。茫然扳援際，豈意出風塵。

八月十六張園翫月得一字

明河盪殘雲，清海收晚日。婆娑林端月，爲我良久出。洗杯問勞苦，天女笑肸肸。月行虚空中，萬古無損失。且可娱今宵，勿復思昨日。歌情天水遥，坐影入樹密。嗔醒有微酒，徵詩或呼筆。仲容歡入林，懷祖嬌在膝。初猶整裘褐，久乃忘冠櫛。趨鏘翻弈盤，笑傲驚帳室。寧來共喧呶，不許私暇逸。蚩蚩復擾擾，醉態不可一。情知此月下，此樂世無匹。月光本天性，清瑩本其質。動定極渟涵，聲沈轉蕭瑟。怱忙寄醉語，悟遲已難述。

送鄉友林耕道往信州因寄李明通余與林李皆遊故中書盧公威仲之門

盧公全盛時，桃李何紛紛。冠蓋蔽白日，談笑起青雲。林翁我鄉曲，同業又同門。如何三十年，白頭始相聞。全家作楚鬼，隻影窮江源。起手問曲折，口澀不肯言。寧非衣食牽，猶賴我齒頰存。歎此皆有數，吾書已云云。下盡浮世塵，上通先天根。事來即順受，不得勞悲欣。我老耕破硯，百錢混人羣。聽之如飲醇，油油至微醺。所恨各有役，東帆復西轅。平生李元禮，歸爲致寒暄。

鹿頂山朝暉軒爲東玉師賦

金雞警神開，燭龍轉嚴車。陰蒙欲銷散，巖谷開噓呀。急然蒼蘿顛，湧出紅蓮華。天暉初照爍，六合無藏遮。而我靈臺中，善根始萌芽。珍重慎消息，外物如塵沙。

鄰友陳養直請賦山心樓樓乃入剡舊寓也

諸峰何盤盤，四起如帷牆。試問客主誰，茲樓山中央。面勢既環合，結構欲飛翔。我來名山心，一笑借胡牀〔一〕。左手南風絃〔二〕，右手北斗漿。山靈亦我笑，夜夢車兩廂。一坐三十秋，林篁鬱相望。花鳥天語默，煙雲野行藏。開通勿障蔽，百世敢遺忘。

校勘記

〔一〕一笑借胡牀：『胡』，文淵閣四庫本作『繩』。

〔二〕左手南風絃：『絃』，底本作『矧』，據文淵閣四庫本改。

刈園詩爲竺秀才作越靈峩人

朝從園中去，暮從園中歸。園中何所有，雜草青離離。刈少猶未覺，刈多還漸稀。豈憂筐筥頻，要使牛羊肥。但放刈手緩，勿傷蘭與葵。葵高葉難護，蘭弱根易萎。惟彼惡草種，刈盡轉蕃滋。此理不可詰，此語令人思。

送陳養晦赴松陽校官

書生不用世，什九隱儒官。抱璞豈不佳，居貧良獨難。陳子剡中秀，盛年早彈冠。嘗搴丹丘雲，亦窺滄海瀾。仙真願喜笑，魚龍從盤桓。天風一吹激，卻步赤松關。諒子太宇定，悠然置悲歡。但令懷居輩，極目勞追扳。

秋蟲歎

夏蟲聲漸微，秋蟲聲漸繁。微物何所知，時至不得閒。嗟我鏡中髮，亦復就凋殘。淒然雜憂患，霜風掃茅菅。反不如彼蟲，自得草莽間。所以達生士，逃名在空山。客居雖云樂，不如早知還。

卷二十八　七言古詩

聽琴行贈沈秀才

君不見江南琴師海與聰，誰與傳者夢溪公。又不見醉翁詩中沈夫子，聽水作琴琴譜起。祇今人間何處無琴師，問渠端由渠未知。錢塘東風萬人裏，沈家還見奇男兒。沈家家住鴛湖曲，夜理漁絲朝采菊。菊苦難餐魚又寒，彈出歌聲寄凄獨。近來攜琴東海行，清音應滑如流鶯。湖園日煖百花笑，彈徹滿樹春風生。我不識琴識琴理，爲君悲酸爲君喜。相逢正值酒錢空，徉狂攘臂紅塵市。琵琶阮咸休羡渠，相知豈須頻曳裾。醉毛死久髯徐去，洗手空山脩樂書。

赤泥嶺行

種桑三年寒得衣，養犢作牛堪挽犂。生男衹解戀鄉土，五日溪船催父歸。行前倉庚後杜宇，去家漸近聞剡語。恨身不作田舍兒，騎竹摶沙遶牆户。人生衣飯取裁足，阿奴碌碌猶類福。獻書覓舉真下策，年少奔馳頭已白。君不見燕山萬里客更難，赤泥嶺上春風寒。

建溪精舍得本字

四山條條風日煖，白髮看花惜春晚。當時衰草牧羊坡，今日池臺紅霧滿。最憐幽篁手所植，兒戲成業亦千本。舊遊聚散萬事拙，客夢悲歡百年短。荒涼處處經戰馬，寒食家家澆祭盌。踰知地下不識醉，祇合生前尋酒伴。蒼苔白石堪枕藉，野鳥清溪自絃管。同遊飄揚正捷步，老我摧頹甘負眼。風牀溽暑新候濁，江樹飛雲故人遠。出城少事幸縱恣，賭令争歡君莫懶。

夜寒行

昨日天寒不成醉，今日天寒不成寐。醉遲得酒可强歡，寐少愁多頻發喟。紫竿葦炬鬧荒城，役夫遥作鸛鴨鳴。擁衾高枕未云苦，熟聽但覺令人驚。烏孫黄鵠飛不返，遼城白骨填未滿。朔風蕭蕭吹戍旗，居人何如去人遠。丈夫無成霜滿鬢，沙場萬里星河踈。南牆詩翁窮據爐，北窗少年猶讀書。

騎馬行答贈吴中張子潛鄉貢

君不見天上續絃膠，又不見海外切玉刀。傍人錯愕心自快，痕跡過眼無秋毫。吴江先生淮海客，長篇大章歌落托。白袍只作東土音，黑頭曾射南宫策。霜清水落芙蓉開，酒酣獨上吴王臺。緘書右望寄飛鳥，乘風忽擬穿蓬萊。人生相逢不在早，賈生太少顔生老。興來亦欲向西遊，約君騎馬閶門道。

自信上歸遊石門訪故人毛儀卿鎮卿兄弟作長句贈之丙午冬

山開未開白雲梯，人行不行青麥溪。五年清夢隔蟻穴，千里飛塵深馬蹄。重來交遊亦笑樂，但覺几杖煩提攜。門閒霜葉無數積，風定水禽時一啼。藥草春暄夜更長，木蘭花下聽天雞。

昨日行

種樹莫種垂楊枝，結交莫結輕薄兒。楊枝不耐秋風吹，薄交易結還易離。君不見昨日書來兩相憶，今日相逢不相識。不如楊柳猶可久，一度春風一回首。

招子昂飲歌

與君相逢難草草，與君相逢苦不早。人生何處少泥塗，此日飄零武林道。武林城中馬如雲，閉屋狂歌人不聞。狂歌自笑君亦笑，依然狂絶不如君。君歌豈是真狂者，青衫少日春瀟灑。至今俊筆五花紋，最惜青眸十步下。虛名何用等灰塵，不如世上蓬蒿人。黃金偏趨不貧室，白髮難老無愁身。風雨無情亦如此，凄凄但聒窮人耳。不見朱樓高到天，鳳簫龍管連朝起。連朝笙管可奈何，我歌且止須君歌。青天白雪望不極，坐見緑水生層波。我生胡爲被狂惱，江頭魚肥新酒好。從今作樂拌醉倒〔一〕，與君相逢難草草。

校勘記

〔一〕從今作樂拌醉倒：「拌」，文淵閣四庫本作「拚」。

雁南飛

雁南飛，飛且鳴，我不愛爾絶漠排雲之健翼，愛爾秋來意氣各有適。江湖萬里同風聲，風聲萬里秋蕭索。山鄉田荒水鄉薄，不應專爲稻粱來。得飽且住今亦樂〔一〕，羣飛嘹唳奈爾何。青天茫茫無網羅，誰知世有苦心者，夜半聞聲悲轉多。雁南飛，勸爾飛時莫近征婦舍，手觸邊衣添淚下。更莫飛近貧士屋，絃絶樽空怨悽獨。雁南飛，飛且止，世事驚人例如此。我昔扁舟五湖水，年年見爾秋風裏。如今未斷少年情，一度雁來心一驚。今年雁來明年去，明年去去江南路。欲將書寄去邊人，明年認作書回處。

校勘記

〔一〕得飽且住今亦樂：『且』，文淵閣四庫本作『自』。

剡氏飢

剡氏飢，山前山後尋蕨萁。斸萁得粉不滿掬，皮膚皴裂十指禿。皮皴指禿不敢辭，阿翁三日不供糜，不如抛家去作挽船士，卻得家人請官米。

俞光遠父子歸馬奧兼託問訊故舊

君不見深山野馬生龍駒，又不見荒林老鷹鳩作雛。男兒似種世所少，俞郎三世成清儒。祇今道路滿塵土，大袖已覺妨奔趨。提攜逐食何足羨，羨子有策寧親軀。蠲符晝行雞犬静，餐錢下歲鮭魚須。機神有餘自静重，蔚蔚老氣生眉鬚。高堂百客森冠裾，四座指點看明珠。誰能對此心不動，歸來轉覺羣兒愚。峽南雲深山氣冷，今歲亦聞愁旱枯。但憐四壁愈憔悴，傍人解笑吾人迂。書來隔宿發夢寐，便買舴艋隨僮奴。山籬語喧聽榔栗，晚閣糊罷懸蜘蛛。暫違相見喜定劇，勝似朝夕趨庭隅。因子此去傳區區，先從賢翁到吾徒。劉郎癯絶今更癯，香巖老人安穩無？

採藤行

君不見四明山下寒無糧，九月糧麥五月嘗。一春辛苦無別業，日日採藤行遠岡。山深無虎行不畏，老少分山若相避。忽然遇藤隨意斫，手觸藤花落如蝟。藤多力困一舋伸，對面聞聲不見人。日昃將來各休息，妻兒懶拂竈中塵。須臾叩門來海賈，大藤換糧論斛數。小藤輸市亦值錢，糴得官粳甜勝乳。明朝滿意作晨炊，飽飯入山須晚歸。南村種麥空早熟，逐日扃門忍飢哭。

杖錫虎

杖錫山中深，與世絶往還。從來稱是仙聖窟，虎暴不得奸其間。今年山神大失職，虎來山前搏人食。傳聞此義我亦怪，歷問更爲居者惜。杖錫山中民，獷健疎農耕。老稚爲樵壯爲獵，朝朝暮暮山中行。山獐野雉收當糧，天寒果熟霜狸香。腰弓度壠矢插房，黄茅覆溪機半張。鳥啼犬奔風箭急，機鳴未發且前立。平生聞虎不識面，顛倒窮塗忽相及。驚呼頓迅聲漸微，妻兒駭呀不即歸。循蹤走至設機處，但有血漬斕斑衣。嗚呼哀哉乎，此民良足悲。嗚呼嗟哉乎，此事不足疑。吾聞以毒殃物者，物亦以毒殃其身，我不敢以爾爲仁。以餌鈎物者，物亦鈎爾以爲餌，我不敢以爾爲智。杖錫山，山絶深。無虎不必古，有虎不必今。天生此物居山林，有虎無虎視爾心。但令爾心無干戈，虎居深山奈爾何。

少年行贈袁養直

我昔如君初冠時，見君垂角兒童嬉。君今長大一如我，但少頭上斑斑絲。誦書如流日千紙，更出清言洗紈綺。明珠在側真自失，挾册茫洋吾老矣。人言四十當著書，春風半負黄公壚。僮奴哂笑妻子駡，一字不給飢寒軀。儒學無成農已惰，履窮始悔知無奈。人生少年還易過，請君努力無如我〔一〕。

校勘記

〔一〕請君努力無如我：『努』，底本作『奴』，據文淵閣四庫本改。

義蜂行

山翁愛蜂如愛花，山蜂營蜜如營家。蜂營蜜成蜂自食，翁亦藉蜜裨生涯。每當山蜂採花出，翁爲守關司徼遮。朝朝暮暮與蜂狎，頗識蜂羣分等差。一蜂最大正中處，千百以次分來衙。叢屯雜聚本無算，勢若有制不敢譁。東園春晴草木媚，漫天蔽野飛横斜。須臾駢翼致雋永，戢戢不翅輸牛車。似聞蜜成有所獻，儔類不得先摩牙。重防覆衛自嚴密，雖有毒螫何由加。一朝大蜂出不戒，春容靚飾脩且姱。蜻蜓忽來伺其怠，搏擊少墜遭蝦蟇。羣蜂倉皇迷所適，謁走欲死聲呀呀。求之不得久乃定，復結一聚猶如麻。我來訪翁親目覩，搏髀不覺長咨嗟。翁言蜂種幸蕃盛，衆以義聚猶堪嘉。烏衣槐安傳自古，蠻觸分據兩角蝸。雖云彷彿存國族，徒以紀異其辭夸。博勞舅婦恨翼短，鱉靈異姓争荒遐。豈如兹蜂互推舉〔一〕，一體同氣無疵瑕。我憐翁言私誚責，扶傷蚕愧隋侯蛇。況伊二毒俱下類，瑣細不足勞鞭撾。前尤往悔俱勿論，事會倚仗來尚賒。新房纔成蜂未壯，舊房委棄墜泥沙。

校勘記

〔一〕豈如兹蜂互推舉：「兹」，文淵閣四庫本作「此」。

雪後況湖歌爲阮使君作

君不見明州城中日月湖，縈藍繚白如畫圖。良時樂遊古亦有，何人破雪浮官廚。金猊暖壓紅氍毹，紫貂醉拂青珊瑚。麈尾高懸前唾壺，使君霜鬚雙臉朱。同時僚客總豪秀，陸池閬苑羅仙儒。名談鋒湊初不惡，安得玉人歌縷珠。似聞州民喜公出，終日繞岸狂驩呼。淫絃濁管何足道〔一〕，入耳得此成真娱。城尖數峰大模糊，山郭何路通樵蘇。年年臘前得三白，樂歲仍然多餓夫。定知新年稍安樂，風流使君江左無。

校勘記

〔一〕淫絃濁管何足道：『絃』，文淵閣四庫本作『絲』。

山茗行

茗花如雲色如雪，萬壠千溪看不絶。風吹日炙自鮮明，棄在空雲誰愛悦。遭逢偶入山人手，縛作蓬鬆掃塵帚。鬅踈髪落已蕭然，時對西風一回首。人間貴賤不須論，此物古來從至尊。猶勝長抛霜露裏，秋蟲野燐愁枯根。

啄木行贈浄珇上人

東園嘹嘹還剥剥，有鳥晨飢啄霜木。天寒蟲豸得幾何，爪觜披猖良爲腹。華堂蝙蝠添毛衣，飛蚊浄盡何處歸。海山野鶴亦有飢，飢絶不向人前飛。

又坐隱辭

『坐隱』，字出顔黄門《家訓》，而其義非也。余雖移家棠奥，居猶未定，每往城南寓舍，城中無所營，交遊益踈，或至堅坐踰旬不出。遂取二字榜其室，而作《坐隱辭》以儆之。

快馬疾馳不如徒步，多金善賈不如躬耕。日食八珍不如强飯，封侯萬里不如還鄉。我觀古來丈夫子，何用桑弧蓬矢射四方。蘇秦生爲六印役，主父死願五鼎烹。不如諸葛草間談管樂，陶潛醉裏傲羲皇。南面之尊何如於據梧之賤，環轍之智無預於荷蓧之狂。高岡峻谷久亦變，青天白日晝夜行茫茫。胡爲憂愁浪自苦，百年齒髮誰得長堅强。不如搒關埽跡成坐隱，清齋永日一爐香。

賦意未暢復拾前韻之餘者作廣坐隱辭

我作坐隱辭，客來問我坐隱方。開門進客還復坐，爲客歷落言其詳。隱朝市，我不能衝塵冒暑走遑遑。隱江湖，我不能披蓑戴笠操舟航。隱山林，山林白晝行虎狼。隱田里，田里赤立無資糧。窮觀六合内，投隱幾無鄉。是以古來人，失路多猖狂。或隱伶官俠客，或隱藥肆僧房。或爲君平隱賣卜，或稱陶朱隱行商。雖能逃世網，於事未爲良。況我難攜一身隱，二親白髮垂高堂。神仙拔宅古亦有，無翼不得高飛颺〔一〕。不然少自屈，歸去隱耕桑。隨傭竭作既無一夫力，買田築室又乏千金裝。僮奴揶揄親友棄，往往人厄非天殃。悲來俯仰尋隱處，欲親書册依杯觴。引酒未一酌，狂風鬱律衝肝腸〔二〕。讀書未一卷，噫嗚感慨淚浪浪。酒能觸人生憤激，書能覽古知興亡。非徒不足充隱具，反緣二物來自戕。覆杯掩卷且默坐，氣定始覺如平常。因思世上百千事，是非榮辱俱可忘。楊朱墨翟悲泣兩無益，伯夷叔齊浪死埋首陽。不如隨緣委運祇塊坐，冥心徑往遊黄唐。不論辨，不憂彈射相摧傷。不還往，不憂風露沾衣裳。人生衣食分已定，登塗役役空自忙。不見啄木鳥，終朝一飽如不償。不見守蓍龜，窮年引息泥中藏。目前伸屈君莫問，此鳥孰與龜年長。坐歎自笑客亦歎，烟□暗室生天光。

校勘記

〔一〕無翼不得高飛颺：『翼』，文淵閣四庫本作『羽』。

〔二〕狂風鬱律衝肝腸：『風』，文淵閣四庫本作『氣』。

行婦怨次李編校韻丙子台州作

赤城巖邑今窮邊，路傍死者相枕眠。惟餘婦女收不殺，馬上娉婷多少年。蓬頭垢面誰氏子，放聲獨哭哀聞天。傳聞門閥甚輝赫，誰家避匿山南巔。蒼黄失身遭惡辱，鳥畜羊縻驅入燕。平居鄰牆不識面，豈料萬里從征鞭。酸風吹蒿白日短，天地闊遠誰當憐。君不見居延塞下明妃曲，惆悵令人三過讀。又不見蔡琰十八胡笳詞，慚貌千年有餘戮。倫生何必婦人身，男兒無成同碌碌。

飛花行贈馬衢州時馬在建奥別業

山上風花山下飛，花飛欲盡山翁歸。歸來亦自忘行跡，但覺滿地紅依依。餘花更惜隨春去，溪上遊人山下路。戀家漁父斷來蹤，難老劉郎記前度。花開花落春風前，我昔與翁同少年。祇今鶴去但華表，何處鳥啼悲杜鵑。遊人自遊春自暮，從翁問花花不語。且當向花日日醉，醉倒花前學花舞。

織錦迴文苻堅時秦州刺史竇滔妻蘇蕙若蘭爲其夫徙流沙作

君不見秦州城中雙蔕花，春風吹散著流沙。流沙千縈復萬轉，織入綵機歌不斷。歌不斷，可奈何，人生富貴憂患多。不如窮山饁田婦，白頭不識遷移苦。

石湖范至能嘗作姑惡辭以爲婦怨非天下之爲婦者所願聞故作續姑惡辭以廣之〔一〕

姑惡姑不惡。人言姑惡人豈知，爲姑作婦百不辭。婦在姑尚可，婦死姑方悲。恐傷姑意不敢違，化作異物鳴無時。姑不惡姑不惡。怨姑還當被姑責。但願生身復作婦，死別不如生見樂。

校勘記

〔一〕詩題：『辭』，底本作『詞』，據文淵閣四庫本改。後文『續姑惡辭』同。

余博士家貓相乳歌

上饒余宗鐘鼎家，孫枝十世猶清華。南昌博士最賢者，膝下燁燁開緋牙。我行其庭值供頓，食指半千聲不譁。女帨男鞶況脩謹，冠立童趨知等差。江南族聚盛亦有，如此禮法嘻可嘉。長公公退忽語我，瑞貓之篇題滿車。二雌同時各生子，一雌病僵如卧瓜。一雌端來代其乳，顧睨愬惻呼嚶啞。子衆身疲乳亦竭，病母起將新乳加。天寒繡褥更枕藉，日暖花磚羣戲拏。我憐二貓有至性，欲脱毛尾升笄珈。北平將門粱肉窟，此事尚得昌黎誇。公家儒化鬱積久，義感宜可馴豚豭。願公盡力持閫範，彌補始終無闕瑕。不見古來歌舞地，祇餘猿鶴與蟲沙。

贈天台潘山人號秋崖

老潘雙眸如紺珠，帶以秋陽朝露之清腴。山形水態出没千百變，經君指顧不得藏錙銖。我昔少年好狂走，風餐雨沐逐逐忘朝晡。至今卧遊想共處，但覺雲濤煙瘴千里行須臾。匡廬春風鍾阜雲，彭浪之磯大小飛來孤。秦淮震澤洞庭野，峩眉縹緲南接五嶺東蒼梧[一]。歸來把鉏剡山下，有時一竿釣月賀家湖。籠鷹櫪馬困羈束，每逢風鳴草驚動號呼。聞君談診到骨髓，褰衣振迅恨不六翮生形軀。尋牛卜龍古所有，君家祖孫三葉傳青烏。人言河流可移山可鑿，秦皇漢武已類愚公愚。相留徘徊山南山北一百里，勝處忽然開酒壺。問渠劉伶一童一鍤欲何用，且可從我日日醉倒黄公壚。

校勘記

〔一〕峩眉縹緲南接五嶺東蒼梧：「接」，底本作「棲」，據文淵閣四庫本改。

范文正公黄素小楷昌黎伯夷頌蓋宋皇祐三年十一月在青社所書以遺京西轉運使蘇公舜元者也後二百四十年大興李侯戢得此本於燕及南來守吴乃文正公鄉里即訪公子孫以畀之范氏喜而索詩爲贈

有耳不聽下里巴人，有手不寫劇秦美新。天生靈物寄我體，可惜穢棄同埃塵。清風百世希文老，一字流傳今是寶。誰知堂堂伯夷頌，曾借春暉發枯槁。韓子也復英雄姿，冰寒斗峻餘文辭。吹噓自起北海隱，膾炙聊慰西山飢。天荒地老精靈在，處處江湖紅散彩。昔離孔氏忽自歸，今遇龔侯如有待。世情愛古兼愛奇，書奴滿眼非吾師。請君焚香盥手拜此帖，歸洗人間兒女癡。

送程敬叔教諭赴建平

爾之王父東諸侯，朱門行馬高修修。嚴君家學又繼美，年少鄉書推上游。我生苦晚百無益，猶及步趨陳太丘。飄零不死見三世，爾復預此能言流。風神清羸談炙轂，生理蕭條書汗牛。今年别我忽遠役，天馬放靶難停留。問渠何官縣博士，横山之西江東陬。此邦固是吴楚會，風淳土朴衣冠稠。亦聞巖谷多古跡，最喜道塗稀使騶。公堂講罷看山坐，香鼎茶鐺相勸酬。熱官千騎豈不好，白日公庭愁督郵。飲冰茹蘗善自愛，歲晚相期釣滄洲。

題陳貴白畬齋

海山作農農較苦，累級開畬燒宿莽。畬成得粟不償勞，歲晚空瓶誤飢鼠。不如陳郎腹果然，日日閉門耕紙田。餘糧尚許餉遠客，植來時和南風篇。

余既題畬齋有聞紙田之説而笑者復作長篇

學農無年尤可待，學儒無成祇益餒。羨君終歲作書癡，聚室嗸嗸窮不悔。客來問計何所出，一飽自懸饘粥外。平生據案畎畝心，汗簡爲犂筆爲耒。蘗芽百氏草避耨，膏澤羣經泉赴澮。日高洛誦烏烏悦，夜半吴吟風雨會。世間粱穀何足道，開卷穰穰心欲醉。旅熏辟蠹防雀鼠，更繕巾箱築倉廥。古言樂歲生禮義，先見儒門消鄙悖。租符且免里正索，子本時容書客儈。東鄰有田多牛翁〔一〕，日執牙籌親細碎。困糧竟作誰腹飽，騎吏驚惶汗流背。此時畬齋談無事，峩冠正與周孔對。禮義適口即爲味，牛心菊苗皆可膾。我詩君意兩自知，且勿譊譊語兒輩。

校勘記

〔一〕東鄰有田多牛翁：「鄰」，底本作「憐」，據文淵閣四庫本改。

剡箋送任叔實

剡溪春水碧粼粼，剡水野藤如亂雲。剡人伐藤就溪洗，匠出素箋黄土紋。大箋敷腴便竿牘，小箋輕盈日千束。我昔少年貪著纂，累笥連箱輸不足。年來棄置百事休，引腕就書如畏囚。有時得箋不自愛，杜曲蠻歌相獻酬。世人貴賤隨人好，西家棄物東家寶。退筆成山何足道，爲我攻修太玄草。

次韻和郭祐之雙桔堂趙母壽詩

嚴親不待高官秩，一刻歡娛勝千日。趙郎宦薄母八旬，自採芳甘充俎實。堂前酣酣雙桔紅，童兒見客笑滿容。有田得耕我亦去，繡衣御史語生風。

醉歌贈袁茂才

君休呫囁語，我欲顛狂歌。君語雖工不可多，我歌顛狂如我何。君不見蘇季子，腰橫六印車如水，奇禍一朝生口齒。又不見朱買臣，朱綬煌煌不庇身，不如會稽喑啞人。南山山頭北山下，亦有騎牛唱歌者。行人不訶官不問，歌罷牛歸卧牛舍。我歌屬君君爲歌，桃花醉面春風和。君歌不成春亦老，虛客江城車馬道。明日酒醒應絶倒，剡源溪上看芳草。

題范道士來鶴亭

仙客已騎黄鶴去，道人自愛白鷗閒。白鷗萬里猶可狎，黄鶴已去何由還。借君剛風七龍轡，返此靈物三神山。天空海闊望不極，回首正落樊籠間。

題李伯時畫五馬圖

嗚呼良馬不世出，今人但尋李侯筆。五龍忽墮白雲鄉，海角孤臣看自失。太平天子開明堂，前驅麒麟後鸞凰。當時此馬來萬里，想見顧盼生風霜。龍眼老仙亦如此，揮毫談笑羣公裏。官閒禄飽少塵埃，霧閣雲窗天上起。風流轉眼餘山河，人間荊棘何其多。臨風卷圖三太息，此馬今存知奈何。

孫使君飛蓬亭

江南澤國多煙水，年少輕身作遊子。適來衰懶畏奔馳，忽見飛蓬平地起。飛蓬主人人中仙，曾乘千斛淩風船。船頭畫鼓催行酒，船尾紅妝歌采蓮。收篙卷綸今尚樂，卻悔從前風浪惡。青雲裘褐一鷗身，白髮山林五湖客。我來花霧紅霏霏，此蓬如山何處飛。但當共坐索酩酊，溪塘過雨春魚肥。君不見鴟夷名成滄海去，富貴畏人如脱兔。又不見羊裘釣客桐江上，一出張皇動星象。何如飛蓬主人亭上飲，醒與客論酣即寢。寢酣忽作江湖夢，風雨漂摇蓬不動。

題峴山圖

山頭種石懸蒼雲，山下急流風卷紋。何年荒碑當嶺立，龜趺圭首猶鱗皴。神龍驅毫鬼輸墨，羊公精神荆楚色。想當意匠經營初，已盡東南煙霧跡。從來登覽非真遊，襄人正樂吴人愁。尊前鄒湛亦不惡，江山千古同悠悠。君不見征南後來人姓杜，自喜作碑心更苦。祇留陳跡笑癡迷，行客何曾淚如雨。

看花曲

種花郎君愛花好，看花兒女笑花老。牆東花開鬧喧喧，馬蹄蹴碎牆西草。遊人賤草只看花，明日重來還可嗟。但見萋迷青覆地，千紅萬紫成泥沙。君不聞明妃當年辭漢宮，黄雲塞下白楊風。又不聞馬嵬山前玉環血，歲歲春風吹不滅。詞人正賞浯溪碑，千秋妖恨無人説。一朝邊亭静烽火，詔書自議麒麟功。紅顔誤人何足憐，花開花謝春風前。猶勝淒涼後庭樹，離歌未斷江南暮。

東門行二首時鄞城火，第宅遭燬，故有此作

春風顛狂卷地起，吹動江城寒劫灰。江城千家丹碧窟，過眼不復餘樓臺。九輈燭龍竟爲爾，六尺海鵾安在哉。平原無人金谷散，惆悵東門歸去來。

其二

松枝可餐不可久，蕨萁可舂難入手。書生身業值無年，翰墨千囷不充口。煙洲何客釣寒魚，江郭誰門倚殘柳。琴臺歌管無處尋，惆悵東風幾回首。

江行雜書

荒城日暮秋江長，穲稏野熟秋風香。青天茫茫不知處，扁舟卧入菰蒲鄉。波深浪静魚鴨樂，遥林墮影同飛揚。平生見畫無此本，便欲默寫懸高堂。須臾雷雨漲深墨，漁户悉閉收牛羊。篙人軟語似憐我，拗蓬蓋頭編蒿牀。此時殘怒尚什七，瀟灑幸爲清蚊蝱。無人静覺物性出，蚯蚓草蟲歌晚涼。銅山乳竇青最遠，羞縮不似來時糚。但餘田鳥如匹練，雙雙飛點暗煙黄。山川一日幾變態，人事百年安可常。停舟起問魚酒户，此地幾年成戰場。虹梁羽化新起廢，白骨無數埋前岡。惆悵令人百憂起，飲客正酣歌發狂。坐中悲樂誰竟是，歸來玉兔摇滄浪。

吴姬曲五首

吴姬來，吴船蕩漾湖花開。隔堤迎笑欲飛舉，不用少年多槳催。問君青春得幾許，看取架上紅玫瑰。

其二

吴姬歌，歌聲宛宛歌情多。當尊一闋且呼酒，酒遍餘聲無奈何。春風顛狂亦如我，坐見花外摇湖波。

其三

吴姬舞，朝看成雲暮看雨。偶然欲笑一回眸，錦段金錢落如土。誰家學取野鴛鴦，終日癡迷弄沙浦。

其四

吴姬醉，濃花爛蕊春憔悴。當筵賭令諱空拳，忘卻拈三并數四。坐中癡客儘偷看，翠觶雲翹欹不墜。

其五

吴姬歸，潮光燭影紅輝輝。中心有語不敢吐，安得作月生汝衣。明朝花下更須醉，放取後園鶯燕飛。

達觀亭歌爲建康徐氏作

天風颯爽巖曦開，雲溪縈環芳樹來。林棲島處眼未識，何人擇勝誅荒萊。仙跡着人清辟易，徐郎襟懷趙郎筆。經營須通山鬼意，開鑿曾煩祖龍力。高亭一區尤絶塵，滄浪捧足芙蓉雲，憑危醉歌敞花氣。九衢塵土何紛紛，客來問名名達觀。對此心情轉蕭散，想見千秋争戰場，只把雲霞眼中換。浮名絆人兹可憐，飛鴉落日釣窗前。何時真脱塵纓去，我自網魚君刺船。

春愁曲次劉正仲韻

山翁隱居雁蒼谷，春樹年年爲翁緑。耕休坐樹作勞歌，山光水影相徵逐。歌成無人祇自娱，行人頗怪歌聲殊。循蹤歷歷見井舍，恐是避秦來此居。花煙溟濛亂晴雨，山前倉庾後杜宇。客來不喜亦不驚，但道寒暄無俗語。山中今歲是何年，黄旗徵樹裝樓船。淺村已盡到深谷，逢人未説先淒然。憂來宛轉歌不已，我樹非材端後死劉號樗園。五陵當日蓊如雲，如今何處悲風起。山南老農亦不憂，機淺不爲妻子謀。日高飯飽牛背坐，日晚放牛溪上游。人生逐名被名誤，十年車馬長安路。長安路絶雲霧昏，歸來棄筆尋農具。舊遊年少難與隨，夢境一笑難重追。惟有剡源窮掌固，相思望斷西天垂。

正仲復有倒和春愁曲之作依次奉答

漸老之日來垂垂，已去之日不可追。傷春畏老兩作惡，世事嘗與愁人隨。忽得君家遺愁具，行歌日日春溪路。不知愁緒逐詩來，更惜芳顔被春誤。王孫草暗誰重遊，曲江痛哭窮參謀。燕騎琵琶渭城酒，居人不覺行人愁。行人欲歸瘻思起，白髮逢春心未死。水流花落無處尋，燕去鴻來何日已。溪村此日更蕭然，强笑爲君呼酒船。黄雞唤日不待曉，蟠桃一熟三千年。草間管樂真浪語，鳥雀應門蓬柱宇。衹餘平世畎畝心，夜半吴吟泣風雨。高人與虎能同居，壯士斷蛇應不殊。年高漸欲置憂患，每賴君語相調娱。昔日劉郎悲放逐，看花惆悵春無緑。何如今日春愁曲，爛醉佯狂白雲谷。

題趙子昂畫馬

趙子奇才似天馬，頃刻飛龍生筆下。畫成撫卷復長歌，坐客喧喧不停寫。蹄勢經鞭秋跌蕩，鬃毛出跣風瀟灑。似嫌文繡減天真，盡脱鞍韉轡輕把。青袍洗足巧眉睫，馱坐奚官亦閒雅。我來一見驚欲拜，曾識鸞和趨廟社。千金朽骨古猶惜，况此難分毛色假。瑶池路斷伯樂盡，日暮嘶鳴氣喑啞。爲君昂首一慰意，猶勝無逢老巖野。

南山下行

南山高，北山高，行人山下聞叫號。旁山死者何姓氏，纍纍骸骨横林皋。鳥喧犬噪沙草白，酸風十里吹腥臊。中有一人稱甲族，蔽膝尚著長孺袍。不知嬰觸爲何罪，但惜貴賤同所遭。妻求抱尸諸子哭，魂氣滅没埋蓬蒿。人言損身由貨寶〔一〕，山村豈得皆權豪。一言不詶兵在頸，性命轉眼輕鴻毛。龍争虎鬭尚未決，六合一穽何所逃。振衣坐石望太白，寒林夜籟聲濦濦。

校勘記

〔一〕人言損身由貨寶：「損」，底本作「投」，據文淵閣四庫本改。

相逢行贈文伯純同年

昔日相逢面如雪，今日相逢面如鐵。人生年少得幾時，動作風塵十年别。十年别久未爲惡，頻見亦無年少樂。寒棲夜雨金瑣夢，故園春風白袍客。雕鞍駿馬紛紛來，西城亂花春漸開。與君追逐覺老醜，一笑且醉高陽杯。相逢得醉今日好，醉眼相思還易老。只圖留君日日醉，醉裏忘卻江南道。

壽陳貴白

祝君以陸地千蹄牛，君言不如扁舟江海狎浮鷗。祝君以通侯尺二組，君言不如草屋三間卧風雨。富貴何人不解頤，君視二物如兒嬉。我今贈君亦無物，但有聱牙佶屈村田詩。我歌詩，君進酒，客主讙譁起相壽。尋常此日費千金，京洛奔馳今白首。江風颯颯吹黄塵，對面樓臺不見人。與君漂泊爲何事，一笑幸是山林身。寡語薄味足以養氣，少求簡出足以養體。奇章鍾乳本斧斤〔一〕，胡廣菊潭堪唾涕。君不見南方贔屭五色龜，窮年引息不嫌飢。又不見曲轅擁腫百圍木，匠石捐棄反爲福。蝸封蟻壤何足論，歸來未廢蓬蒿園。我更搜詩君釀酒，通家德公有賢婦。

校勘記

〔一〕奇章鍾乳本斧斤：「本」，底本作「木」，據文淵閣四庫本改。

春溪惡寄孫常川〔一〕孫有約不至

春溪惡，日日春風吹過客，千車萬轍不相嫌。一客歌來吹倒卻，旁人借問客爲誰。咸淳朝士今布衣，聲名欲隱人自知。君不聞孫興公，逃亂走入黎州峰。子孫百世居峰下，往往翰墨餘仙風。鶉衣藿食何足恥，頭白河清吾亦俟。向來南面五馬車，只飲西山一盂水。青牛處處迷行蹤，白鶴歸來餘故宫。道逢樵客知去遠，遲君不來三日晚。溪水猶能作吴語，似續君家遂初賦。

校勘記

〔一〕詩題：『川』，文淵閣四庫本作『州』。

碧桃花歌爲王丞作丞名子兼字達善丙子家燬於火瓦礫中自産此桃

君不見孔家藏書屋，屋壞猶聞起絲竹。又不見鄭家註書老，書帶後來垂作草。如今王家萬卷文字林，桃花一樹春沈沈。花成不勞主人種，花落更同山客吟。從來春花重萼不綴實，此花可玩實可食。我擬天公出奇物，來壽主人并餉客。春前待花花下狂，春後待實林下嘗。定知此桃不作尋常草木味，祗作舊時文字香。王夫子，多釀酒。春風亭館何處無，天錫名花祗翁有。從翁乞醉三萬日，仍令醉後花從筆間出。

王丞分惠碧桃樹再賦奉謝

木星之精天上遊，春風歲歲蒼龍頭。偶然根葉著下土，散作人間百花樹。莫疑君家此花無種生，定是天上蒼龍精。白玉之趺青玉簇，開花既奇成又速。三年方駭大如林，五年已見高踰屋。我來吟作書林花，煙塵萬捲重抽芽。君家原有孝義種，自來青州丞相家。爲君出芝草，芝草那能千日好。爲君結琥珀，琥珀恐爲貪者獲。不如此花混在春花叢，歲歲與君同春風。春風同賞復同吟，願與主人同好心。更令此花分作千百本，處處種成君子林。

贈趙子實

北風吹沙溪倒飛，白日未落山中歸。千邀萬覓不相就，誰信有人穿翠微。幅巾大帶長襦袍，韋篋錦囊鮮綵毫。名門發身合燕頷，一經傳家真鳳毛。坐車侯嬴吾不讓，白社寒林氣清放。驂麟翳鶴誰不能，要職神光牛背上。蓬萊山，丹霞谷，天仙留書三萬軸。聞君暫去還復來，許君細和滄浪曲。

積雨小霽喜袁太初舒叔恭兩生至

春山日日寒風雨，一日天晴花欲舞。林暄洞屋散窒煙，水活溪巖落冰乳。嗟余鬱鬱無所適，方對青山一開户。蒼袍紫帢兩少年，健足齊扳氣如虎。名區入眼疑未快，忽肯捫蘿到兹土。霜蔬處處稀尚摘，臘酒家家寒未煮。相看氣味太村野，自喜談諧少城府。舒郎十八白眉長，四海龍門有明父。袁郎皎潔巧步趨，出語珠圓吾所許。人言風骨須晚秀，早慧譊譊天謾與。吾評此論殊未公，峻詆曾經孔文舉。歌成高軒已年倍，賦解鳴蟬容客覩。吾山雖窮有靈跡，雪瀑丹崖相媚嫵。留君待作大雷吟，莫學癡兒生吴語。

謝李仲賓墨竹

君不見李侯筆端如渭川，頃刻匹紙生琅玕。霜柯雪幹鐵石色，忽作小山煙雨寒。問君何從得此本〔一〕，湖州嫌濃眉州軟。風軒月檻一相逢，妙處不與人意遠。人言學畫先學影，此君風骨青雲並。林深有路鳥聲真，日高無人山氣静。平生見此我不疎，逢侯得畫兩有餘。從今洗眼空山底，更讀人間瀟灑書。

校勘記

〔一〕問君何從得此本：『從』，文淵閣四庫本作『處』。

題王敬仲野亭宣城

王家野亭蒼翠邊，秋山萬疊相鉤連。披衣曉霽伴雲坐，散髮夜涼須月眠。主人清豪亦好客，常有車蓋來翩翩。門閒無煩鶴通謁，酒散有時風掃筵。問君生涯幾何許，笑指渺漠滄洲煙。朱門千礎扃嬋娟，豪絃急管争暄妍。何曾一日能免俗，稍來對談心爽然。古人去遠吾不識，今日汨没難爲賢。長公高談少公和，魯山伯鸞相後先。名成但恐累隱趣，莫遣妙語人間傳。

贈彈琴衡山蕭道士

寂寂歷歷不足聽，聽久亦復難爲情。名嗔勢忿大如屋，袖手對此須臾平。一拊再拊玄鶴舞，三四拊之淒風生。天寒歲晚行路遠，湘水日夜東南傾。

登新嶺

犖犖确确白石溪，綿綿茫茫青草磎。四山陰雪溼灰色，六月杜鵑深樹啼。田盧經漂有高下，麻豆滿塢無東西。隔巖飛流送人語，對面喧風吹馬蹄。衹今莫辭榔栗杖，與子更上巑岏梯。登高意遠會有極，回首煙海令人迷。

送葉伯幾赴奉化録杭州作

君不見東海獰龍子，學飛便逐風雲起。又不見西域豪馬駒，墮地一日能馳驅。葉家翁季亦如此，一經接武成師儒。毛錐如風腹如笥，快書疾讀三千字。頗聞曾下仲舉榻，不爲頻通禰衡刺。臺書翩翩江上來，吾州自古多賢才。裹琴攜硯速相就，爲子歸埽山中萊。

歲晚次韻答李在明

墨鄉守墨不作惡，歲晚左就辛鄉公〔一〕。何人吾伊驚夜半，大雪北窗歌國風。

校勘記

〔一〕歲晚左就辛鄉公：『辛』，文淵閣四庫本作『醉』。

仇山圖爲仇仁近作

仇山山下仇山人，白頭宦學走風塵。問渠家在山何處，雲氣漫漫不知路。詩人作事例多癡，逢山且畫且題詩。不如鄰翁不識詩與畫，一生耕釣仇山下。

卷二十九　五言律詩　七言律詩

三次韻寄戴祖禹

同分剡溪派，自喜小王書。野服調驍馬，濃香薰蠹魚。歲時趨闕里，早晚上公車。與我真兄弟，風流但不如。

苕溪

六月苕溪路，人看似若耶。漁罾掛棕樹，酒舫出荷花。碧水千塍共，青山一道斜。人間無限事，不厭是桑麻。

道桐川欲訪梅右司不知其處

桐川瀟灑處，面面碧芙蓉。峻塔當闤獨，清溪抱郭重。市多吴客語，祠有漢時封。欲覓梅仙去，知藏第幾峰。

故總幹潘伯可從大挽詞二首

落落知難久，堂堂竟不還。江湖官七品，風雨屋三間。已矣烏頭白，嘻乎豹管斑。兒曹莫輕脱，英爽在空山。

得死何須哭，偷生正可疑。倉皇歸印日，慷慨卻金時。規矩諸郎有，襟懷我輩知。平生郭有道，消得蔡公碑。

和鄧善之秋興二首

鬢髮日夜老，神仙那可求。揚雄識字苦，玄晏著書愁。碧酒紅蓮夜，朱絃白雁秋。論心得少暇，同上最高樓。

鶴化城猶在，龍移井未枯。百年吾道半，六合此身孤。西嶺栽花屋，東風賣酒壚。佯狂覓耆舊，處處土音殊。

渡長泖投小蒸邵教授宿

清曉浮雙槳，黄昏值一飧。風鳴長泖浪，雲擁小蒸村。饞極知鱸美，驚還覺雁喧。同袍恩有愛，燈火細温存。

客遊

客遊吴楚地，最好是秋天。三泖團臍蟹，雙溪縮頂鯿。桂林雲頂寺，蘆蕩月中船〔一〕。酒醒□□雁，猶勝聽杜鵑。

校勘記

〔一〕蘆蕩月中船：「蕩」，底本作「湯」，據文淵閣四庫本改。

自宣州至湖州風雪中十日始達

江湖老未休，十日走三州。南雪馬没耳，北風船打頭。窮猶攜筆硯，寒欲貰衣裘。漸喜家鄉近，兒童浙語稠。

十二月二十三日華亭小泊華亭近方通潮

一一歌遊處，今年又寂寥。雞聲生塢樹，蜃氣雜江潮。斑白尋遺老，丹青詫麗譙。衰懷緣子女，不憚往來遨。

次韻答應德茂雪後遠寄

山中不來久，何處度殘年。人悶如中酒，村荒似禁煙。將茶冰箸煮，移枕雪蓬眠。更肯狂歌否，春風雙玉船。

贈上饒道雲仲

江上青雲客，天邊白馬生。百年文物似，一席笑談傾。問舊能枚舉，論財比莽輕。徘徊亦自好，可便濯塵纓。

送鄉同舍黄君賞謁陳提學

六館賦聲在，五陵遊伴稀。如何趨仕版，猶自着儒衣。春晚鶯羞語，城寒花慢飛。江湖陳仲舉，相見肯空歸。

六月朔日再會再次韻與胡氏謙避暑

臺屋深難暑，湖林近易風。高歌送長日，醉眼睨涼空。雀舌纖纖碧，雞頭淡淡紅。行藏數子別，談笑一樽同。

次韻蔚上人見寄

流落誰相憶，山林蔚講師。玄機魂夢接，詩力鬢毛知。舟去須尋處，書來不記時。君看東海月，今夜亦追隨。

道衡書寄求詩

烈士蹈東海，公仍歸白雲。龍藏誰顧蛻，鶴去不隨羣。道貌青難寫，香風遠自聞。人間塵垢子，羞讀徑山文。

次韻蔚講師新春之贈

每見輒自失，春風雙鬢斑。詩囊貧裏富，藥市鬧中閒。甃路通湖寺，敞樓當郡山。清緣事事足，聽此屢開顔。

史昭甫招陳宗魯之長興

之子滄浪去，三吴西更西。白鹽蓴菜膾，紅酒稻花雞。地少驚雲滿，天空見日低。錦囊看爛漫，佳客醉留題。

風雨行湖山村

風雨湖山暮，屠村又鮑村。鳥巡漁退艇，犬認獵歸門。天作蠻雲暗，溪憑剡漲喧。十年燈火伴，草次共魚飧。

詠蠶

物亦有仁者，蠶功不可量。將身甘鼎鑊，與世作衣裳。過棧蒼雲濕，登山白雪香。未知龍種似，猶與馬羣妨。

柏坑

西去疑無路，誰知是剡津。行多收柏客，住有掘苓人。寺隱山前古，村經水後貧。時時百里外，來此祭田神。

證道寺

彎環青徑斜，自是野僧家。滿澗瀉巖液，插天排石牙。爐寒餘柏子，架静落藤花。記得逃兵日，門多貴客車。

喜王丞病較

塗窮已難忍，那許病經時。學到自無鬼，命强容有醫。飯爲扶壽本，書是解煩資。便作天台約，山行未覺衰。

丁亥歲除前二日書事

索索寒搜客，沈沈雨洗年。殘林生獵跡，歸鳥避窰煙。節物杯漿外，溪山鬟影前。行藏都未定，筆硯底能捐。

寄雪竇何長老嘗許畫蘭不至

高高山頂寺，更有最高人。定起松鳴屋，吟圓月上身。雲藏三伏熱，水散百溪津。曾乞蘭花供，無書又過春。

鄞城火後見光遠

火後丘墟市，兵前風雨春。那知攜手地，俱是皺眉人。海柳吟猶弱，山鶯聽未真。明朝各分路，何處避風塵。

客言劉樗翁事

俗薄名難盛，人窮跡易危。從來天下士，不計里中兒。隱玉看虹氣，堅松任蠹枝。相知不相識，況又不相知。

蔣堯仁監簿挽詩二首

家廠宣和後，官名德祐前。不圖諸老盡，竟得一身全。月旦懸虛鑒，巾箱有秘篇。堂堂何可得，誰乞畫圖傳。

照席鬢眉古〔一〕，傾筵咳唾清。緋魚前進士，刀筆老儒生。政熟元無譜，書高別有評。百年茲士少，諸彥自偏名。

校勘記

〔一〕照席鬢眉古：「鬢」，文淵閣四庫本作「鬚」。

四十

四十不解事，真成無用人。交遊青草盡，塗路白雲新。漸覺名妨静，難將學濟貧。堂堂楚襲傳，猶有隱流嗔。

夜坐

愁鬢丁年白，寒燈丙夜青。不眠驚戍鼓，久客厭郵鈴。洶洶城噴海，疎疎屋滿星。十年窮父子，相守慰飄零。

晦亭

東海窮詩客，西風古驛亭。髪從殘歲白，山入故鄉青。世事徒三窟，兒童且一經。丁寧速賒酒，煮栗試沙瓶。

孫常州挽詩

白髪何人在，青山此老歸。殉攜貧日硯，斂着賜餘衣。文物鷗興滅，園林鶴是非。諸公莫惆悵，英爽世間稀。

嚴提舉挽詩

判得身煨燼，歌銘尚爾爲。可憐蟬脱蜕，還許豹留皮。剡水歸來棹，柯山看斷棊。平生觸心處，臨卷費相思。

霪雨溪漲抵郭可畏

黑雨連三白，黄流迸一川。盡漫騎馬路，衹有釣魚船。城郭功如此，江湖興豈然。兒曹卻輕捷，來往似飛鳶。

夷齊

夷齊棄封國，虞芮讓閒田。如何後世士，尺寸事争喧。鄰居有愧恥，況復兄弟間。揜卷三歎息，古風何時還。

贈針醫范秀才

不但針經熟，言談語語真。鍊形如鐵佛，信手合銅人。秘攝魚千里，空飛鶴當輪。功成倘相挾，平地脱風塵。

遊登袋寺寺出茶筍甚佳獨無杜鵑

苦雨忽相貸，名山難久孤。春泉新雀舌，野苑嫩龍鬚。土宇錢王日，風煙釋氏徒。行人逢不問，松吹自傳呼。

其二

路絶猶人跡，山空惟水聲。如何芳樹裏，不著杜鵑鳴。筍市層層出，苗田寸寸耕。緇流太清朴，亭榭不標名。

偶得巾樣問老匠云正古漉酒巾也

漉酒陶元亮，名傳尚有巾。方成執鞭志，更著捧心人。待菊須簪髮，臨流擬祓塵。乃翁真處士，吾黨祗閒民。

又作散愁

説窮人不信，欲説更何爲。日永書腸覺，霜濃病骨知。□家兵潰後，交絶廩空時。頭白風塵境，消磨尚有詩。

太學冬至日同齋朋友先以兄弟叙拜訖遍詣諸齋行禮出遂置酒湖上衣冠談笑之樂至今栩栩在念問也因至日去近二十九和爲正仲道之

畫閣東爐早，黄簾曉燭遲。名函僮僕滿，齒拜弟兄疑。歌酒神仙舫，衣冠宰相碑。如今窮海上，逆旅話襟期。

舊里火後多有築宅者太平客户也

人説離鄉賤，歸鄉更莫論。許詢家莫幹，杜甫客東屯。廢井微蹤出，新鄰雜語喧。平生江海意，歲晚白榆村。

食淡

世亂謀生拙，村深食淡能。沙蔬羹白煮，山稻飯紅蒸。暑豉方傳友，寒糟共學僧。庖廚尚如此，未歎室生冰。

寄謝王侍御

雲氣蓬萊閣，霜威獬豸冠。躭書真柱下，執法更臺端。步驟三台近，聲名七郡寒。誰知階級禮，許爲腐儒寛。

久客且歸留别郭于昭憲掾

久客令人厭，初春乍許寒。飛蓬妨覽鏡，脱粟愧加餐。坐有誇羊酪，門誰住馬鞍。重來會相見，老性忍悲歡。

趙壽父遊杭

東浙飢難住，西湖遠不多。好辭松葉麪，來聽竹枝歌。水屋花千繞，巖林錦一窠。秋深道塗好，老子亦婆娑。

鄰友疫

歲惡災妖熾，人窮性命輕。如何赤髮鬼，亦及白眉生。忍楚嘗親藥，停哀寫子旌。鄉鄰拘俗忌，哭弔並無聲。

老態

老態誰能脱，中年子自如。丹胎三轉候，卦氣一周時。倦動身如客，平眠力勝醫〔一〕。看書亦漸懶，意到或成詩。

校勘記

〔一〕平眠力勝醫：平，文淵閣四庫本作『單』。

頓寒懷單祥卿教諭時新開酒禁

霜花一夜白，風葉滿村黄。欲出歲華老，相思江水長。留枝遮鵲户，存蜜補蜂糧。想見山行處，開窗新酒香。

蘇伯清席中領張仲賓所寄二詩兼聞陳無逸已從湘南官滿歸養喜而有答仍次來韻

我愛張公子，清言氣不低。湖溝隨市轉，亭樹與城齊。杯酒方花下，扁舟又水西。祇愁騎馬滑，難惜錦障泥。

次韻蘇教授立春書事

病老空山客，寒紆積雪春。麥苗青有主，桃板粉成神。短策陶元亮，輕舟賀季真。征徭幸不及，游眺雜閒民。

讀閻風題林隱詩追和贈汪秀才

山林一跡地，塵土二毛年。避世書爲屋，謀生藥當田。卉衣從俗製，疏供學僧煎。渺渺滄溟去，今誰魯仲連。

送謝教諭

聞説龍泉縣，儒風最可人。墨池千澗縮，石室四山鄰。北學中連剡，南音漸帶閩。峩冠作賓客，罄折不須頻。

蝗來

不曉蒼蒼者，生渠意若何。移蹤青穗盡，眩眼黑花多。害慘陰機蜮，殃踰蠱毒蛾。秋霖幸痛快，一捲向滄波。

丁丑歲初歸鄞城

城郭三年別，風霜兩鬢新。窮多違意事，拙作背時人。雁蹟沙場信，龍腥瀚海塵。獨歌心未已，筆硯且相親。

夜坐示友

夜久燭花落，淒聲生遠林。有懷嫌會淺，無事又秋深。黄葉歸田夢〔一〕，白頭行路吟。山中亦可樂，不似此同襟。

校勘記

〔一〕黄葉歸田夢：『田』，文淵閣四庫本作『山』。

宿永固寺

小寺如山艇，坐來風雨宵。榻分椶樹影，饌帶菊花苗。親近談難褻，狐馴聽不妖。許由渾欠達，嫌到野中瓢。

孫太監挽詩 餘姚人

禹穴收雲氣，滄江亦斷流。真成掃地盡，同作上天遊。銘誄看遺史，衣冠入隱丘。空餘平世眼，尊望李膺舟。

其二

穆祖收英俊，斯人晚更成。白頭真老監，褐服舊諸生。仕國餘波遠，儒鄉巨棟傾。蒼蒼無處問，西望累吞聲。

風雨遊小大浦

海塢秋風裏，無悰眼亦開。潮銜烏嶼長，雨過象山來。畬父收牛種，漁丁拾蠃胎。乘桴吾豈敢，人說近蓬萊。

方處士挽詩二首

不謂高名下，終全玉雪身。交猶及前輩，吾不似今人。別號行鳴雁，遺編感獲麟。斂儀應自定，只著古衣巾。

其二

不比他人死，何詩可挽君。淵明元嬾仕，東野別攻文。滄海諸公淚，青山處士墳。相看莫浪哭，私謚有前聞。

宿趙崍丞家

溪山兵後縣，風雪旅中人。迫夜愁嚴鼓，銜寒託軟巾。摧藏名字在，疏率饌殽真。今代徐元直，高風自可親。

社日城南山作

社日年年雨，江花處處春。漸成垂白老，不見踏青人。榆柳邊聲雜，龍蛇歲事新。端來近城郭，猶自厭風塵。

趙君理約同途不至

待子不來久，煙山看樹青。爲吟天外句，更立水邊亭。雨暖催科斗，雲深長茯苓。鄰居亦有約，休待鬢星星。

送雙溪汪和仲往象山見周使君兄弟

五馬天邊外，雙鳧海上翁。白頭真避地，黄卷舊趨風。歲月搜詩味〔一〕，山林把酒同。漂零誰得去，羡子逐飛鴻。

校勘記

〔一〕歲月搜詩味：『味』，文淵閣四庫本作『老』。

聞應德茂先離棠溪有作

落日蘆花雨，行人穀樹村。青山時問路，紅葉自知門。苜蓿窮詩味，芭蕉醉墨痕。端知棄城市，經席許頻温。

交秋不雨

淤水飛成雨，焦田灌作秋。江湖雙趼底，伏臘兩肩頭。鰕蠃知何罪，蛟龍自不憂。吴兒有高廪，正蕩采菱舟。

曉行

漸漸路可識，紛紛山轉多。數雞啼遠塢，一鳥起滄波。藤杖溼雲石，筍鞋濃露莎。何人尚高卧，層構着煙蘿。

同諸子行上畈山

白石秋更潔，清溪寒自鳴。牛羊争道路，鳥雀聚柴荆。野果高低熟，山田早晚耕。吾歸任衰懶，兒輩託平生。

晚投韓采巖

冬日寒難瞑，巖溪淺易冰。猨飛紅果嶂，人度白雲層。望屋多依竹，逢樵半采藤。艱難吾甚厭，何處學孫登。

下郝長塘小憩示陳養晦

野水通田白，村山貼縣青。兵荒猶古道，暑喝且長亭。稻地晴耕犢，瓜田晝撲螢。吾詩不寂寞，細諷與君聽。

此地

又説風塵起，人來似水流。飢窮餘此地，嘯聚是何州。野白荒荒闊，雲横莽莽浮。相逢問田父，未可賣耕牛。

送徐生仁榮侍親遊山

蚤識梁松拜，居成潘岳游。一年歸雁雨，四月落花秋。溪味涼供酒，山聲晝入舟。歸來佇新語，莫但作吴謳。

簡王元剛并寄意王理得君玉

見説頻相憶，新年已兩書。雪肥秦望草，春動鏡湖魚。繭紙堆成屋，烏蓬走當車。諸公有遊事，少待意何如。

紫溪鄔義翁挽詩

先君老交友，最是後凋人。開館日千屨，藏書山四鄰。門迎新印綬，壙掩古衣巾。會哭皆英俊，哀風暗海塵。

題陳秀才溪山佳趣

城郭尋尋盡，溪山宛宛來。同誰遷蠟屐，爲子破蒼苔。書欲斕斑設，花須爛漫栽。趙郎題墨妙，煙霧眼中開。

東離湖州泊南潯

張帆出東郭，沽酒問南潯。畫屋蘆花浄，紅橋柳樹深。魚艘寒滿巷，橘市晝成林。吾道真迂闊，浮家尚越吟。

次韻答寄閬風舒先生

聞說薌巖老，風情不減前。菊盤秋熟蟹，竹枕晚涼蟬。碑碣僧頻謁，詩囊客自編。梅花紫溪路，一別又三年。

送陳養晦教諭之象山

聞說橫經處，潭潭坐翠微。開窗見日出，拂席有雲飛。藥市山山古，魚餐水水肥。新篇應爛漫，休遣遞筒稀。

趙孟㯶脩職挽詩

辦得從容死，知渠磊落人。風雲數世澤，玉雪百年身。譜牒圖經舊，園林墓道新。不知滄海上，更費幾沾巾。

送羅學正赴歙

文公湯沐邑，子去作儒官。馬首千峰秀，鶯聲二月寒。山禽攢俸納，溪友借書看。近日科名闊，青雲上不難。

杜子問赴建康南軒祠長祠前花木可愛

一席清溪上，深衣雪鬢翁。揮犀談孔氏，釋菜禮宣公。堂饌淮鮮白，賓筵楚醴紅。花臺無恙否，回首幾春風。

己亥歲歸過泉口紫芝山傷謹講師

行路夢猶在，入門人已非。山青古佛頂，雲墨祖師衣。賭弈曾同拙，看真似欠肥。百年誰免此，只合早忘機。

三山鄭君挽詩

近日經師少，人中又哭君。遺編空白屋，同列盡青雲。塵土千金產，湖山數尺墳。紛紛粱肉種，誰得致斯文。

送穹上人還里

但得扁舟便，春風處處行。定中三竺月，禪外五□□。海角雕胡飯，山畦玉版羹。清緣倘相就，談笑解塵纓。

褚叔豪赴山陰和靖祠長

此老真迂闊，白頭方出山。一燈河洛後，千礎剡湖間。講鼓驚雲動，書船載月閒。可無容席地，容我了躋攀。

逢翁舜咨

相逢渾不覺，衹似宛陵貧。裊裊花驕客，瀟瀟雨浄春。借書消茗困，索句寫梅真。此去青雲上，知君有幾人。

舟過嚴州

溪石茸茸出，冰泉滃滃懸。銜杯仙洞頂，挂席客星邊。古岸魚爲市，窮鄉繭當田。生涯著處有，奔走愧華巔。

招王奕世

聞説銅山下，書屏四面開。就僧煮紫筍，共客席青苔。鐵畫年俱長，霜根頂未裁。何當端午暇，一别剡鄉來。

再招奕世

雷晚還多雨，山寒只似春。野榴開向客，籬笋長過人。一寸書看懶，三叉路走頻。王郎肯來否，談笑共南鄰。

山中

野水晴猶漲，春雷晚始鳴。地閒無堠邏，山遠有犂耕。身世通寒暑，交遊半死生。方知一杯酒，真勝百年名。

七月初五夜養正堂示諸友

客裏猶多事，秋來又一旬。青天星斗浄，白露稻粱新。留落空存節，炎涼莫問人。儒堂得佳伴，吟諷動比鄰。

袁提幹挽詩二首

短世誰無死，深山獨有歸。送車晴起霧，埋碣夜生輝。晦朔雞鳴在，江山鶴夢非。剛言仁者壽，近事例多違。

其二

我昔攜家走，君曾埽榻招。亂離心易感，生死義難消。雅魄歸泉壤，潛光出市朝。平生五字苦，寒淚灑山瓢。

單澧貢君範挽詩

竟抱遺經死，斯人亦可哀。傳家一夔足，涉世萬牛回。白屋身空脱，青山手自開。樵蘇且莫近，玉樹炯泉臺。

久客鹿頂承張景山寄詩次韻奉答

但得無拘束，身輕處處仙。清談煨芋夜，陳夢種花年。水竇羊腸折，山籬麂眼編。詩來正清絶，松下忽聞鵑。

梅山

梅尉功成後，安知不此來。路逢耕者問，山是化人開。樵隴低通海，茶村暖待雷。談玄亦可隱，不用墾蒿萊。

乙亥歲毘陵道中清明

百年只有百清明，狼狽今年又避兵。煙火誰家寒食禁，簪裾那復麗人行。禾麻地廢生邊氣，草木春寒起戰聲。渺渺飛鴉天斷處，古來還是闔廬城。

丙子除夜

富貴如今似駭機，漂流未遣壯心違。鄉鄰有酒貧能醉，村落無醫病亦稀。客任低頭從狗竇，妻休掩面對牛衣。十年涉世渾如此，除卻躬耕事事非。

杭城風雨中簡子昂

五月錢塘風雨秋，懷人頻倚面山樓。雲收樹色遥成海，水學江聲暗入溝。一斗盡輸無事飲，千金不買辟寒裘。自憐寂寞無玄學，車馬門前過似流。

東湖第三溪上皆史氏故第

日晏霜濃十一月，林疎石瘦第三溪。雲沙有徑縈寒燒，松屋無人鳴晝雞。幾聚衣冠塊作土，當年歌舞醉如泥。早知涉世真成夢，不棄山田春雨犂。

史亨父挽詩

玉食嬋娟非壽資，清懷猶勝幾男兒。壺觴竹寺尋秋月，燈火荷齋聽雨時。補衲有衣曾禮佛，吞丹無訣莫憑醫。平生瀟灑王文學，地下相逢且説詩。

吴允文參議同登金陵凰皇臺醉作

百年訪古此徘徊，更上山椒掃草萊。一巒地腴胡馬瞰〔一〕，數圍天險化龍開。時聞營籍傳謡曲〔二〕，誰見禪宫離劫灰。李白不生王謝歇，西風日落凰皇臺。

校勘記

〔一〕一巒地腴胡馬瞰：「巒」，文淵閣四庫本作「段」。胡，文淵閣四庫本作「奔」。

越城待旦

策策虚樓竹隔明，悲來輾轉向誰傾。天寒胡雁出萬里，月落越雞啼四更。爲底朱顔成老色，看人青史上新名。清溪白石村村有，五尺烏犍託此生。

林村寒食

出門楊柳碧依依，木筆花開客未歸。市遠無餳供熟食，村深有紵試生衣。寒沙犬逐遊鞍吠，落日鴉銜祭肉飛。聞説舊時春賽罷，家家鼓笛醉成圍。

寄天台舒閬風先生初丙子，同避兵台之硤石

嶺雲盡處是台州，有箇詩翁住下頭。不寄一書春又晚，相思百里水空流。新蹤凍合鶯雛谷，舊夢花迷燕子樓。聞説道旁烽燧急，定應重作峽中遊。

火後

當年歌酒留連處，火後來看一惘然。傍水幾家初飲馬，入春三月未聞鵑。炎涼世事殘城樹，歌哭人聲去客船。不是危腸拌醉得，顛狂無處着詩篇。

過應浩然先生墓

人間萬卷厖眉老，眼見堂堂入草萊。行客須當下馬過，故交誰復裹雞來。山花不語如聽講，溪水無情自薦哀。猶勝黄金買碑碣，百年名字已煙埃。

劉正仲至寶山不值主人而去次韻奉寄

日日松間過□□，詩成忽在水雲西。何人夜榻愁聽雨，無數春船倒上溪。燕筍出時斑豹美，鳳花開處杜鵑啼。東歸更踏來時路，醉筆山牆取次題。

遊陽明一洞天呈王理得諸君

禹穴蒼茫不可探，人傳靈笈鎖煙嵐。初晴鶴點青邊嶂，欲雨龍移黑處潭。北斗齋壇天寂寂，東風仙洞草毵毵。堪憐尹叟非關吏，猶向江南逐老聃。

送旨上人西湖并寄鄧善之

聞説西湖也自憐，君遊更傍早春天。六橋水煖初楊柳，三竺山深未杜鵑。舊壁草生尋舊刻，新巖茶熟試新泉。城中新友須相覓，西蜀遺儒解草玄。

辛卯除夜

臘月今年只今夕，春風明日是明年。狂歌把酒屠蘇地，醉眼看梅霧淞天。碧玉千壺喧坐次，紅牙六博鬭飛錢。頭顱雪白心情在，聽説承平一惘然。

拜袁越公墓因遊定水寺有懷源老

乃翁已作飛仙去，猶得潭潭好墓田。老樹背風深拓地，野雲依海細分天。青峰曉接鳴鐘寺，玉井秋澄試茗泉。我與源公舊相識，遺言瀟灑有人傳。

陪阮使君遊玉几

花滿車茵酒滿船，亂雲堆裏訪枯禪。林深何處無芳草，人静有時聞杜鵑。神屋畫飛青礲礴，靈潭陰罩赤蛇蜒。居然悟得松風夢，回首廬山二十年。

雪竇飛雪亭和孫使君

匡廬亦有千尋瀑，無此陵虛翠玉臺。身倚老松天上立，眼看飛鳥雪中來。山神禁肅難投唾，木落魂清得浣埃。見説下巖堪對望，道人臨壑翦蒿萊。

邑中滯雨示陳貴白

猶及相逢鬢未華，故鄉春盡不須嗟。園林處處生新草，風雨年年送落花。高樹晝寒歸有鳥，小溪湍急走如蛇。方知傲世不在隱，高枕北窗聞打衙。

十月朔旦寄貴白兄弟

黄牛村前秋葉飛，青螺峰外海雲歸。故人相思雪滿鬢，客子獨行風舉衣。烏鵲定占誰屋喜，鱸魚知比去年肥。當時歌酒江湖上，百里音書今亦稀。

次韻任起潛謀隱之作

江邊秋日逢任子，大醉索詩吾欲狂。爲問山資何次第，衹餘丹訣轉淒涼。黄金范蠡曾辭禄，白首虞翻未信方。千古浮雲共歸意，曉風城郭水花香。

晚秋遊中溪四首戊子

淡竹岡前沙雁飛，小花尖下柘丸肥。山雲不見雨自薄，天氣欲寒人正歸。招伴衹須新稻酒，臨風猶有舊苔磯。風流鬢髮莖莖在，怪石老松今是非。

其二

經秋溪水碧洄洄，無數曉山如鏡臺。紅葉流從龍奥出，白雲飛向石門來。亦逢紙户曾相識，尚有樵蹤且莫回。端爲何人作風物，漫山漫谷野花開。

其三

休折山中松桂枝，溪魚亦小莫垂絲。沙田翻白收秔後，霜樹著紅嘗柿時。日落牛羊歸徑熟，天寒烏鳥向人慈。出雲數里成官路，問事如何總不知。

其四

樹淡雲濃又一坡，招邀處處是行窩。梯巖危似蟻緣木，架屋高如鵲結窠。水味野栽茭白瘦，山毛人摘芋紅多。行年四十不稱意，更欲客遊知奈何。

春夜喜陳汝晦見過

乃翁治獄多陰德，之子論文有古風。尊俎祇容吾黨共，衣冠能得幾家同。書林有業何妨隱，徭籍無名莫怨窮。百歲相期今夕意，賴君咳唾起諸童。

鄉君子肯堂董君分教貴溪作詩奉寄

舟車赤日千餘里，筆硯清風二百年。開口人知宗洛派，舉頭身欲近閶天。絺袍涼擁松皮几，桂酒春浮藥玉船。猶有英髦卧空谷，閒將名字訪華顛。

次韻答陳叔高

蚤種青蒲已滿溝，暮栽黄菊亦成丘。不辭西日射牛背，尚勝北風吹馬頭。新雨客疏塵鎖几，故山秋淡樹藏樓。艱難終竟鄉情耐，準擬行窩處處留。

次韻寄陳達觀少府兼簡叔高

懷人路絶雲歸海，避俗門深草蔽丘。萬事漸消閒客夢，一生虚白少年頭。山蟄叫緩從除架，淮雁來多莫上樓。近日鄰家有新釀，每逢詩伴得淹留。

過清凉寺王參預墓下

江左風流廊廟人，荒墳拋與梵宫鄰。多年羊虎猶眠石，敗壁貂蟬祇貯塵。萬古雲山同白骨，一庭花木自青春。永思陵下猶淒切，廢屋酸風吹野薪。

送僧無等遊華亭

華亭是我曾遊處，記憶端然不作疏。地帶三吴猶壯麗，人經二陸自詩書。輕身羨爾能隨鶴，薄味從來不爲魚。未卜西遊時遠近，道成相問定何如。

送陳彦恂北上兼簡李奇卿學士

天末翛翛起畫舲，離歌清切也堪聽。十年夜雨頭垂白，萬里春風草又青。莫戀皋比專魯席，終須豸角瑞堯庭。平生短李江南傑，今作文昌第幾星。

於杭州九月送袁太初赴寧海教官

憐君跋涉走風沙，九月江城飛雪花。黄蝶終歸穿硯手，青藜曾□聚書家。吟圓坐石題山葉，講退登樓看海槎。年少文遊渾好在〔一〕，何時相伴訪煙霞。

校勘記

〔一〕年少文遊渾好在：『文』，文淵閣四庫本作『交』。

次韻王監簿春前對雪之作

情懷未厭日如年，幻境先看海變田。梁苑貴遊圖畫裏，山陰風致酒尊前。蝦鬚簾濕閒春曉，猊舌香濃凝午煙。肯信高人有高卧，磯頭新泊釣魚船。

陳秀才問詩於余次韻贈之叔壹

秋半説詩秋又闌，覓從忘處更哦看。不妨味熟心自悟，祇恐業成身轉寒。竅木野風天倡和，崩溪怪石鬼鐫刊。扳君更上最高頂，莫羡千金遊子鞍。

次韻答胡山甫兼簡汪日賓

白髪詩翁南峽居，肯來與子不相疎。久知諸老難折簡，端爲此家多貯書。談吐清無涉俗處，容顔衰似避兵初。溪梁一别還經歲，接得新詩錦不如。

其二

亂後交朋星散居，如君那得易親疎。耐多但有客滿座，忙絶不令兒廢書。萬里山河蓬鬢底，一春風雨杏花初。閒身共遂耽詩老，野服枯藤得自如。

寄袁季厚

莫笑衰顔老剡翁，凶年過徹贍頑窮。坐窗漸愛日南至，行路不愁天北風。清話客多無酒款，白頭交在有書通。聞知别野林泉美，一策一簦吾欲東。

挽舒君實名襟，號亦山

玉比清癯鶴比羸，相看中路忽相遺。詩才萬斛難供歉，藥論千箱不起衰。定有意遊輕竹杖，猶餘手剪碎松枝。南山山下徘徊處，曾指佳城示阿宜。

感事

死生契闊强兄弟，南北分張好友朋。戰國幾人成漢鬼，劫灰今日信胡僧。翰林身後詩千首，工部丘前米五升。山路陰寒魚雁絶，舊遊何處寄椷縢。

夢覺

夢覺依然一草寮，浮蹤已慣任飄摇。虚簷晴氣生朝露，遠樹寒聲過夜潮。白骨又驚山下滿，朱顔剛向客中消。時平不愛通侯印，且願深林作老樵。

黎州山下有坡曰響地平黎州自孫興公經始至今有祠其上

蒼茫一片莓苔地，隨意觸來還有聲。定是戰坑餘箭戟，不然琴屋貯瓶罌。名真過客多能記，跡古居人不敢畊。孫叟有靈應索笑，賦成留此試鏦錚。

寄趙子昂濟南

濟南官府最風流，聞是山東第一州。户版自多無訟獄，儒冠相應有賓遊。秋風魚酒黄粱市，夜月笙歌畫舫舟。行樂使君詩筆俊，一篇肯寄剡溪頭。

陳無逸張仲實皆授徒城中相望遣悶小詩往問

閒身不用苦咨嗟，隨分風流閱歲華。白日垂簾同賣卜，清流岸幘勝趨衙。飛書漆槧詩無草，夾註高檠眼未花。更喜芳鄰連二妙，時時衿佩問東家。

蔚講師見示方使君唱酬詩次韻

長汀江上别多時，白髮閒身天所遺。避俗如仇翻好客，知窮爲祟欲耽詩。鄉山雲淡龍移久，湖市春寒鶴下遲。過盡榴梅與甜筍，高侯還許放侯知。

次韻如晦木犀因寄其從父性之老同舍

詩力如弓不易張，煩襟且覺對花涼。玲瓏南雪晴秋樹，淅窣西風夜月香。消得玉人歌古淡，許誰金屋鬬清狂。風流更憶同袍老，一塢閒雲傍水鄉。

徐都目之官奉化

小壘飛書定不難，十年清苦舊儒冠。黄簾日轉山衙静，彩筆春消海驛寒。坂馬易勞須緩騁，潮魚雖美莫多餐。人來肯寄平安不，茅屋三間伴剡灘。

次韻和蔚師鑑師春懷

愁是雲陰喜是晴，春遊何處不關情。黄雞亭館琴三弄，青果杯盤酒數行。滿砌雨添新筍密，隔牆風送落花輕。鑑湖湖上樵山老，破帽枯藜過一生。

次韻王景暘寄軒

江湖猶覺氣横行，羽褐藤冠學養生。掣肘累輕天與福，欺心戒重鬼司盟。行收耕稼閒勳業，别有吟哦好性情。祇恐蹊成似桃李，人來先識隱居名。

卷三十　七言律詩　五言絶句　七言絶句

送柯以善自杭遊鄂

江漢天風日夜清，君遊何處濯塵纓。雲從鸚鵡洲前出，月在鳳皇山上明。已羨經籯吴士黯，行看詞筆楚人驚。殘荄賸芷將何用，歸日分張與後生。

讀福建廉訪輔大使弼字正匡遺事

臬官難稱是閩中，遺愛堂堂得比公。姓字丹青太史筆，歲時籩豆素王宫。一生薑桂那時辣，百死江湖必向東。從古仁賢有家世，名郎臺閣已生風。

客京口

酒釃花穠鼓聒天，百年成此好山川。黄煙暮接淮南火，白米秋攢浙右船。碑古猶多埋鶴寺，田高耕遍卧牛阡。陳蹤興廢何由問，只憶風流老米顛。

金陵贈友

虎變龍阡此一時，春風得似舊城池。宫閒軍賣偷來果，寺廢僧尋斷去碑。水水魚肥供白鮓，家家蠶熟衣紅絲。太平尚屬窮詩客，酒賤如泥醉不知。

湖山村

老去生涯學釣魚，溪山忽憶似湘湖。風林四畔動竽瑟，煙雨一篙行畫圖。小市篝明沽郭索，平園柵樹備於菟。偶然得住何妨住，是處人間足畏塗。

己卯歲初葺剡居

休言聲跡轉沈淪，百折江湖亂後身。窮未賣書留教子，饑寧食粥省求人。坐來齒避樵蘇長，往處蹤迷木石鄰。番笑古來逃世者〔一〕，標名先製隱衣巾。

校勘記

〔一〕番笑古來逃世者：「番」，文淵閣四庫本作「翻」。

耕桑

耕桑本是閒居事，學得耕桑事轉多。失曬麥叢憂出蝶，遲繅蠶繭怕生蛾。調停寒暖春移苧，偵候陰晴夏插禾。衣飯爲誰忙不徹，醉來乘興作勞歌。

秋盡

秋盡空山無處尋，西風吹入鬢華深。十年世事同紈扇，一夜交情到楮衾。骨警如醫知冷熱，詩多當歷記晴陰。無聊最苦梧桐樹，攪動江湖萬里心。

王丞自鄞城歸又許入剡

江城醉別太匆匆，風雪家園一笑同。儘健不妨天子老，絶清那許鬼欺窮。簡書異日關誰事，燈火寒鄉賴此翁。幾度丁寧雞黍約，掃關拂榻誤兒童。

壬午清明

節序愁中都忘卻，見人插柳是清明。登陴戍出吹彈樂，上冢船歸語笑聲。解事濁醪相料理，當權團扇正施行。悲歡寒暑君休問，花鳥年年管送迎。

寒食

寒食清明卻過了，故鄉風物衹依然。窮中有客分青飯，亂後誰墳挂白錢。落魄暖春爲麥地，陰沈溽雨近梅天。閒情正爾無歸宿，石鼎新芽手自煎。

無題

板屋驟喧飛白蟻，紙窗欲雨暗蒼蠅。長勞井臼慚妻子，近絶音書惜友朋。夜半苦吟堪泣鬼，日高甘寢衹輸僧。意衰俗物何難敗，才薄天公卻未憎。

奉題孫使君池館

白髮使君經世材，儘閒猶解暢池臺。雜花屏障四時有，明月鏡奩三面開。各坐山隨人意看，正吟風遞鳥聲來。當年時雨堂前夢，得似從容此一杯。常州有時雨堂。

家西十里外茅洋小山中土塚纍然初不封樹鄉先生舒文靖公墓也

莫輕數尺黄泥壤，埋卻斯人後更無。山上自難生毒草，樹間長見聚慈烏。樵耕可免憑鄉俗，灑埽能來是學徒。後有宣尼須痛惜，待將墓額寫嗚呼。

戊子歲晚贈應德茂

江海悠悠雪欲飛，抱書空出又空歸。沙頭人滿鷗應笑，船上酒香魚正肥。塵土竟成誰計是，山林又悔一年非。平生萬卷應夫子，兩世知名窮布衣。

寶山寺寒食次韻和閬翁

緑陰啼鳥春將老，古寺垂楊日未西。客子欲歸風滿袖，桃花無語水流溪。有人蔬筍忘飢渴，何處松楸雜笑啼。準擬一時僧榻畔，詩翁題後更誰題。

戊子清明前陪王丞度新嶺

一百五日熟食節，七十一曲下山坡。寒暄相逢舊人少，風雨欲盡新林多。青巖不辭掛春靄，白鳥何處生滄波。塗泥同興不同調，我懶且休君更歌。

同陳養晦兵後過邑

搜山馬退餘春草，避世人歸起夏蠶。破屋煙沙飛颯颯，遺民鬢鬢雪毿毿。青山幾處楊梅塢，白酒誰家欅柳潭。休學丁仙返遼左，聊同庾老賦江南。

送人遊霞嶼

霞嶼風煙接渺溟，老仙萬鍤敞林扃。峰前雁起湖雲浄，池面龍來海雨腥。閲世僧閒頭黑白，遊山客爽句丹青。何緣飛去清源國，雨夜翛翛著翅翎。

己丑正月六日袁季源家遭燬次韻書悶

鄴侯家裏書千架，杜老尊前屋萬間。此事吾堪慰流落，邇來天亦妒窮閒。反風待禱真虚語，噀雨無方自厚顔。間挈殘家過西塢，風流還許幾生還。

正仲今年鄞城之約不就因次韻慰悅之

莫怪詩翁不出山，詩多那得是山間。清溪欲暖鶯啼樹，白日無人犬卧關。不惜野花簪素髮，時憑春酒轉朱顔。當年阮籍何曾達，直到塗窮始哭還。

送于知州

居官難得是全名，于守年多政轉清。身爲素王扶墜户，手提赤子出飢坑。使來公館文書簡，吏退私齋几硯横。似此雍容好風度，天邊看著繡衣行。

壬午六月八日書懷

懷人故國鱗鴻絶，避地春園草樹長。四壁空存醫俗具，千金難售賣獃方。共兒坐誦脩吴語，有客行歌衒楚裝。昨夜見花摇作夢〔一〕，南風吹海白茫茫。

校勘記

〔一〕昨夜見花摇作夢：『摇』，文淵閣四庫本作『頻』。

杖錫寺

仙草漫漫路不分，鍾魚那許外間聞。涼天九月已飛雪，晴日西山猶帶雲。火後客誇新屋樣，兵前僧惜舊碑文。藤湖只去招提頂，見説滮田可種耘。

四明山中逢晴

一岡一澗一縈隈，新歲新晴始此迴。莎坂南風兩蛉出，茅簷西日一禽來。人迷白路羊羣石，水捲青天雪裏雷。猶是深山有寒食，棃花無數繞巖開。

魏文節公墓

萬騎南來駐不留，衣冠客此鎮林丘。寒巖碎裂從中起，亂水喧鳴竟獨流。故物今惟存寓馬，當年誰爲指眠牛。墳傍小寺終村俗，畫柱紗籠護冕旒。

辛亥歲七夕醉陪諸公登西湖竹閣

畫鷁淩風汗漫遊，雨聲飛出萬山頭。江湖望闊邊城起，吳越音多客思柔。野樹有枝猶繫馬，官荷無葉不藏鷗。十年浪走紅塵道，今日臨城始識秋。

蔡奥食藕

地逢平處亦縈迴，不是逃兵底肯來。坡上一祠猶姓蔡，山前當路盡通台。高巖童去收桐子，鄰縣人過問藕栽。忽見深衣老儒者，清時不信少遺材。

辛巳歲六月三日書事

急報傳來又不真，迎門翁稚笑聲頻。情懷經苦思平世，顏貌緣愁似老人。兵後尚多難料事，山中誰是自由身。沙瓶酒釃鮭蔬有，領取燈花一樹春。

耕休

耕休何處散煩勞，東埭西梁信所遭。溪水清清照魚影，山風細細落松毛。無名野草疑皆藥，有韻村謡例近騷。稽古祇堪農圃用，莫將車馬誤兒曹。

畬齋次韻

貧賤知心老弟兄，祇疑相得似前生。避窮無地猶貪學，負謗如天底用名。兵後脱身宜共惜，書中薄業尚堪耕。殷勤預約頻頻見，未見亦須頻寄聲。

保福寺

漫天蘿蔓斷追尋，猶有人嫌未苦深。屋古滲當風雨氣，僧馴化得虎狼心。松花晝暖蜂科蜜，梅子春殘鳥戀陰。不應初來便忘去，身閒處處是山林。

張景忠學正之平江

江南最好説蘇州，傍得閒官也自由。市舍酒香春四坐，湖田租熟雪千舟。歌成爛漫烏絲寫，意到縈紆畫鷁遊。我亦少年心性在，經從準擬作遨頭。

鮮于伯機家釣臺石

人間巖石亂紛紛，嚴子臺名最喜聞。何術縮渠千里脈，有人分得兩峰雲。天邊路遠星還動，江上潮回日又曛。解道泥塗等軒冕，東西更有范希文。

辛丑歲十一月二十六日東歸舟中示三子

節物悠悠不負公，江行三日雪花風。雲侵賀監山亭白，日在徐仙海島紅。自笑得雛如病鶴，也思結伴附歸鴻。何時辦得村田活，糲飯魚羹百指同。

歸自西關有作簡余率公鈔使

白髮微官小祝同，也隨年少踏春風。鄉心幾夜馬生角，世味一時龜脱筒。紅旆戊樓花整整，緑莎溪路水茸茸。歸來健羨余公子，卷帙如山一覽空。

貴溪董教諭回里

八月暄暄似小春，鄞江歸客楚江濱。夢中鱸鱠紫蓴菜，畫裏紵袍烏角巾。不枉誇張别風土，有時吟嘯雜仙真。年高官滿身輕健，聊復婆娑亦可人。

陳無逸教諭赴攸州

白露西風湘水清，蒼霞南岳晚天明。離家休説三千里，行道新看第一程。橘味熟來思母遺，草名疑處教兒評。人生誰是安居者，早拾貂蟬映父兄。

周東鄉載酒冰溪上因遊岳祠醉作

葫蘆城下草平沙，狼牙峰前溪吐花。晴日路塵清野馬，空林人語亂神鴉。饞思火甕生燒筍，渴愛山爐熟煮茶。投老遠遊何所惜，爲君歡坐岸烏紗。

次韻東魯省遊石龜山

一舸悠悠醉又醒，溪山無語意分明。龜身何日化蒼石，鶴背有人遊紫清。百榼頻空看少俊，千金難買是春晴。筵端宋玉尤騷絶，游戲長歌復短行。

寄趙子昂

溪上輕雲去若飛，花間密石静相依。遲行自愛款段馬，雜坐誰嗔短後衣。江海於人元不薄，風流如此欲安歸。集賢學士吾兄弟，近日音書亦較稀。

亡友内翰趙公晦叔哀詩

振鷺庭中飣坐身，行藏空寄輭蒲輪。上來鬼泣荆山璞，獵罷人驚魯外麟。死肯扣閽排貴倖，貧猶傾橐施鄉親。平生一一明經術，雋永依然世澤新。

次韻答貴白

斗粟千錢不易酬，海風吹斷寄詩郵。誰家盛設蟹黄餅，有客翻披狐白裘。春樹自隨冬樹老，官河長挾野河流。隔生兄弟何須説，來作城南十日遊。

清華堂

人生隨分有清華，萬竹岡頭第一家。甃塹水温初荇葉，粉牆風細欲梨花。衣冠蒼皓迎如畫，緗素朱黄積滿車。從此儒林添膾炙，老夫先借小詩誇。

陸君采都目入閩

趨閩漸近解閩吟，公子來時夏欲深。捲地翠棚榕樹驛，漫天紅錦荔枝林。官庖雋永多珍膾，野語啁嘲有怪禽。風物自佳難逗遛，淛江歸棹待相尋。

亞尹黄侯慮囚温處婺三州

金華瓌秀抵仙都，雁宕石門天下無。眼見朱幡出雲霧，手提丹筆洗焦枯。海魚味爽休多食，嶺馬程艱合緩驅。定有車前投贄者，幅巾麻褐是真儒。

簡湯及翁

六十三翁尚美髯，今年添盡白毵毵。心如晚路思家馬，身似春筐欲繭蠶。無事官曹容岸幘，有時書帙當清談。風情最苦湯公子，家世衣冠舊汝南。

舒子俊見過

來往通家不厭頻，青山心性白雲身。陰林石溜風傳語，霜月溪梁水寫真。歲儉魚鮭難猝致，天寒烏鳥自相親。燎爐薪暖糟牀響，隨分歡留作好春。

以家事付諸兒惟不得姑蘇陸氏女子消息

祇憐地僻少過從，更許年衰養惰慵。行健有時尋近局，起遲嘗日到高春〔一〕。鹿皮冠野頻頻戴，鵝頂蔬麤款款供。兒女團欒俱在眼，獨憐無信過吴松。

校勘記

〔一〕起遲嘗日到高春：『春』，底本作『舂』，據文淵閣四庫本改。

江海

江海三秋古鄮城，山林百拙剡溪生。歸來鄉國方爲客，絶盡交遊更畏名。白帽管寧形態醜，黄金季布語言輕。荒齋竟日無人事，自作長歌寄好聲。

兵後復還白巖山所舍作

脱命歸來意怳然，餘生堪喜亦堪憐。財逢亂世真如土，人到窮塗始信天。問訊比鄰晡爨後，呻吟兒女夜燈前。明朝又作安西計，飯後誰家沁雪田。

鄞塘田家

經秋心事轉衰頽，客舍山村病眼開。識路牛羊緣坂過，通家燕雀下簷來。飢從野榼分蔬飯，渴指鄰帘貰黍醅。世事百年誰較是，鬅公鼻息晝如雷。

江村遇九日

去年九月江城角，尚得臨風把一盃。今歲併無黄菊看，誰家更遣白衣來。身猶是雁飛難泊，時不如潮去解回。還有南山會人意，晚舟相對碧崔嵬。

再寄曹居士

江海悠悠不爲名，年深識盡世間情。於人有信惟潮候，去處無嗔是鵲聲。新欲收書添累重，舊曾學劍向財輕。如何此日投閒跡，又結精廬傍古城。

兵後見三江口木芙蓉盛開

江上積花無數生〔一〕，紅紅白白照江明。當年茂苑看曾厭，今日荒村望急驚。泣雨羈臣愁去闕，歌風豔女惜傾城。蕭條欲別那拌得，移向東籬配菊英。

校勘記

〔一〕江上積花無數生：「積」，文淵閣四庫本作「秋」。

遊西峰余兒時讀書其旁

山迴水抱西峰寺，二十年前日日來。一出居然負丘壑，深藏還此遠風埃。農樵識面逢多問，魚鳥知心見不猜。家世剡人須住剡，相尋未識百千回。

鮚埼唐鄉貢丈置酒悟空寺見款

南宫通籍唐先輩，白髮天寒海上洲。五鼎已推華屋夢，一尊猶及少年遊。桃源有吏今安避，銅雀何人死亦休。祇羨龍鍾老禪伯，倚欄無語看沙鷗。

調貴白

客裏光陰取次休，嫩寒一夜襲衣裘。不須多畏趙盾日，正好深悲宋玉秋。紅葉舊題猶在手，黄粱新夢又從頭。餘糧栖畝猶圍坐，此事輸君第幾籌。

白巖山

漠漠溪風吹路塵，白巖山下幾窮身。秋深竹色老於樹，晝静鳥羣喧勝人。何處人家藏剡録，有時行客裏唐巾。平生笑殺朱翁子，剛爲乘車棄負薪。

班婕妤題扇圖

時情任銷歇，閨思轉慇懃。也勝山陰媪，揮毫託右軍。

子昂秋林行客圖

石棱棱而白出，樹悄悄以紅披。嗟紅衣之嘉客〔一〕，方策蹇以何之。

校勘記

〔一〕嗟紅衣之嘉客：『紅』，文淵閣四庫本作『縞』。

五雜組

五雜組，金花綾。往復來，官路程。不獲已，始歸耕。

五雜組，斑斕衣。往復來，反哺兒。不獲已，爲人師。

張騫乘槎圖

數尺枯槎底易騎，海風吹浪白瀰瀰。如今市上君平少，曾到天河也不知。

吕氏六桂堂

年少奔馳有底忙，棘闈蘭署夢茫茫。白頭鞍馬風沙裏，聽説燕山六桂堂。

周秀才惠貓

貍兒輕捷豹兒斑，作勢擒生也不難。漸覺形神欲相賀，青奴黄嬭夜平安。

汪濟秀才飯牛稿

冰雪玲瓏汪太中，吟詩十葉有家風。天寒日暮江東道，逢此鬔伸牛口翁。

蘇李圖

塞北中郎雪滿頭，隴西壯士淚沾裘。人生百歲能多少，直至如今説未休。

玄廟二道士俱以酒死

張髯好客月千壺，余吃清貧逐斗沽。二子若逢仙讌會，化成一對酒葫蘆。

湖州

山從天目成羣出，水傍太湖分港流。行遍江南清麗地，人生只合住湖州。

其二

一飽懸天不待求，幾人乾白少年頭。君看滚滚東流水，到海成淵始懶流。

百鷺圖 題陳汝朝

葦折荷枯可奈何，西風吹影浄婆娑。微君作此超摇趣，一箇江天也厭多。

因營張村鑾窩并書所見

老子來無一把茅，居然得此好窪坳。開塘謹避蛟龍窟，伐樹須存烏鵲巢。

其二

頭白西來不買田，時時卻費買山錢。一丘一壑吾歸矣，守得田多是幾年〔一〕。

校勘記

〔一〕守得田多是幾年：『守』，文淵閣四庫本作『待』。

其三

男兒三十氣吞牛，漏盡鐘鳴走未休。不問征西并處士，山中一樣土饅頭。

百雁圖

近看分明遠欲無，水天空闊好江湖。幸然不入虞人眼，又被閒中畫作圖。

題番陽徐氏雙頭牡丹圖

天公幻化不經意，雙萼忽然枝葉同。一似人間好兄弟，朱鞍錦轡踏春風。

陳公哲梅花百詠

梅下故人呼不應，石橋溪寺水泠泠。回頭聽得陳驚坐，一似春風吹夢醒。

其二

雪後西湖空碧波，酒徒消散也無多。白頭醒眼春風裏，奈此梅花百詠何。

張道士求榿林詩

地移淮橘多成枳，人説江梅竟是柟。蜀木似榿成底用，盛時名字落江南。

酬陳秀才

一春一百二十日，日日開眉得幾人。直與破除風雨去，今年渾似不添春。

賦董氏雙歧竹

山莊一對青青玉，瀟灑天然同榦生。説與人間好兄弟，時來林下聽風聲。

讀書有感

魯女悲嗟起夜深，當年枉卻淚沾襟。如今已免鄰人笑，老大知無欲嫁心。

其二

最愛徐生欲避秦，海天東去不通津。絶知勝似桃源境，男女同行五百人。

題子昂照夜白

風前新解錦鞍韉，雪色模糊霧色寒。此物人間無處着，千金祇得畫圖看。

題蘇李泣别圖二首

弓疲矢盡三千里，節弊衣穿十九年。流落天涯有離别，當時誰擬畫圖傳。

其二

沙雲如雪雪如塵，握手相看語語真。多少世間無淚面，一生錯笑隴西人。

馬浩秀才攜秋日海棠詩見過

山城八月有春風，一樹嫣紅淡又濃。縱使失時無態度，也勝茉莉與芙蓉。

奉化城西三溪口

青林白石三溪口，斑筍黄梅四月頭。正好清遊誰懶得，幸無公事且歸休。

題趙子昂疊岫圖

百折雲顛路儘通，無名怪木淡書空。相逢無問秋江客，不是巴中是剡中。

其二

白石青林底處無，侵雲亦有小屠蘇。桔花飛盡不歸去，揮汗江城看畫圖。

九月西城無澗同陳道士衡上人

仙翁面帶江海色，釋子口融冰雪漿。同是西風未歸客，燒香煮茗作重陽。

其二

巾衣三客不須同，泉石相看我亦翁。最惜一軒秋爛漫，芙蓉池上木犀風。

西興馬上

去時風雨客匆匆，歸路霜晴水樹紅。一抹淡山天上下，馬蹄新出浪花中。

贈屋西小陳秀才名公凱，余字以無過

年少飢寒不足憂，笑談有味自風流。等閒輒贈兩兔穎，待看修成五鳳樓。

其二

毛錐自是今無用，鐵硯還知古可穿。不惜日鈔三萬字，勝儲百畝剡中田。

胡蝶

春山處處客思家，淡日村煙酒旆斜。胡蝶不知人事別，繞牆閒弄紫藤花。

夢中作

晴霞冠領朝紅潔，新漲連空晚緑酣。惆悵春風倦遊夢，木蘭亭上望淮南。

入杭

曾江白酒樊江飯，處處當年客似家。垂老重來舊相識，春風只有野桃花。

題東玉師府所藏瀟湘圖

少年魂夢底曾閒，多在江湖煙水間。今日精藍方丈地，倚窗眠看洞庭山。

灼艾戲呈阮使君

鬢毛秋後轉漂零，愁坐窮簷展炙經。得似畫堂歌吹裏，硫黄鍾乳按娉婷。

水墨梅花

江海歸來見似人，離披猶自少風塵。何如淡月山莊夜，百幅清溪亂寫真。

贈陸相師

江南江北路漫漫，七十九翁能往還。今代貴人容易識，卧龍不在草廬間。

題伏生授書圖

白頭不死見時清，子女相依解授經。何用生男作鼂錯，乃翁一語不曾聽。

題江干初雪圖

斷樹寒雲古岸隈，漁翁初撥小船開。看渠風雪忙如許，還有魚兒上釣來。

銅山寺口初見梅花書寄何則顏二首

吳歌楚舞送年華，憶着終還不似家。今日春風吹夢醒，銅山寺口見梅花。

其二

沙疎石瘦水涓涓，折得梅花費兩年。更與何人説瀟灑，香中行坐水中眠。

戊戌清明杭邸坐雪

思鄉處處只愁生，正好春遊又不晴。雪是梨花雲是柳，馬婆巷口過清明。

四明山中十絶

雁飛不斷楚天長，雲路霜林級級黄。何處人煙有墟落，北風高壠散牛羊。右楓樹坑。

山深不見焙茶人，霜日清妍樹樹春。最有風情是巖水，味甘如乳色如銀。右茶焙。

小横欲盡大横來，萬壑千巖洶湧開。聞道洞天深幾許，紫雲深處有樓臺。右大小横山。

亂雲穿盡得平蕪，一段冰寒碧玉壺。猶是春風未相棄，山前吹長萬龍鬚。右北溪。

洞深煙樹碧氤氳，只采靈苗不采薪。聞着蹤由多懶説，相逢莫有姓韓人。右韓采巖。

怪石驚湍吼不休，時時巖客飲寒牛。誰知此水明州去，浸作琉璃萬頃秋。右莽廣溪。

七里黄泥紅樹岡，西風果熟一村香。居人只道山深好，三百年來是戰場。右木蘭。

仙在人間不易尋，當時已道是山深。可憐華表標題處，夜夜猿啼楓樹林。右仙山。

兩頰棱棱額下分，更無坳處可藏雲。西風怕奪行人眼，蕎麥滿山鋪錦雲。右羊額嶺。

劉郎一去杳無蹤，水白山青只故宫。欲問巖前老松樹，人間禁得幾秋風。右白水。

題趙大年蘆雁

寒更索索警霜叢，兄弟當年意自同。猶是江湖太平處，未妨沈着卧秋風。

謝鄰友陳仲學秀才惠王芎苗二首

坊州杜若自堪羞，沛國青粘亦懶求。那似一叢蒼鳳尾，等閒收味古甆甌。

其二

君家自有頭風藥，種在青青竹素園。此物但堪供暑啜，肯來相就發清言。

瑞上人求詩

寶葉山中源悟師，布衲百結面如癡。十年相憶忽在眼，談笑甚似仍耽詩。

其二

源公作詩可憐生，亦有謖謖山林聲。見説丰姿委縑素，霜頰黛頂照人明。

茅齋

紅杏園林雨過花，遠陂深草亂鳴蛙。春風不問茅齋小，自向階前長筍茅。

感舊歌者

牡丹紅豆豔春天，檀板朱絲錦色箋。頭白江南一尊酒，無人知是李龜年。

蕭照春江煙雨圖

波痕如樹樹如煙，更是春陰小雨天。何處得魚何處醉，筍皮蓬底解蓑眠。

西塞山圖

空中生業寄魚蓑，雲是親情水是家。便有蹤由無處覓，春風岸岸野桃花。

李元中秀才歲晚遊諸公間

愁中待醉何曾醉，夢裏還家不是家。輸與山行窮學究，一節一笠看梅花。

丙午清明日青塘道中

三里五里沙路平，一番兩番溪雨聲。無奈春風動人處，紫荆青李滿林生。

桃花寺石臺

臺前藤蘚碧交加，臺下清流直又斜。待得丹成知幾日，春風隨分野桃花。

有人示山水畫卷以爲元暉作求詩

硯山山下小於菟，文彩斕斑今亦無。一塢亂雲濃似漆，春風吹夢過西湖。

題孟浩然霜曉吟行圖

霜風颯颯攬吟鞍，童怖驢愁作許難。便使玉堂遭遇去，朝參更是五更寒。

荀陳聚星圖

州里相過未厭頻，居然蹤跡動星辰。當時多少輝煌者，不畫諸公畫此人。

梁楷畫雪塞遊騎圖

聳胝攢蹄一駐鞍，氈衣韋帽白漫漫。祇應田舍騎牛者，無此風沙踏雪寒。

過姑蘇

水天彌望接青蕪，雲氣漫漫近又無。一色好風三百里，挂帆安坐過姑蘇。

五雲山圖子昂爲戚氏作

林廬深插紫孱顔，一點漁舟帶暝還。但得身閒無俯仰，人間處處五雲山。

雨中過泉教張子開名先遇

平生夢十八九，短策還經静者居。一曲好溪山起處，數聲疎雨雪來初。

其二

衣冠顛倒君休怪，筋力過從我有餘。卻笑秋風洛陽掾，得歸猶望食鱸魚。

次韻答鄰友近況六首

十百琅玕接屋山，麥花淡白菜花斑。有園富貴誰消得，更看溪南墨牡丹。

其二

炊成日影三竿直，睡起溪流一尺高。懵懂不知何歲月，山風吹白鏡中毛。

其三

祝雞歸後放牛初，小立溪梁看打魚。漸喜村鄰盡相識，向來朋舊卻無書。

其四

剡源田舍誰能識，只此桃源有路通。草長岸漫漁塹北，月明人語紙槽東。

其五

三間瓦屋數弓園，旋學桑麻又一年。村酒沾唇頻得醉，山歌出口即成篇。

其六

舍南舍北種田郎，唱得田歌曲曲長。莫學榜村遊俠輩，茜紅抹額臂擎蒼。

送陳養晦謁閬風舒先生四首

嚼雪餐冰二十年，空山日月自風煙。從君識盡搜詩法，不透薌巖不是仙。薌巖，山名。

其二

大篇無法須自悟，小語有益最難尋。祇今人嫌此老謔，後來追憶直千金。

其三

大冠襜袂走紛紛，對面可容三斗塵。便令眼識天下士，此子已勝尋常人。

其四

無詩莫入閬風里，到卻閬風那有詩。拾取松風作新曲，歸來時向夢中吹。

同曹泰宇賦寶化鳳花二首曹名説，字習之

花開難得年年看，住近須還日日來。古壁危闌自顏色，不煩高築鳳凰臺。

鳳凰不出幾何年，莫怪山花惜杜鵑。一樣春風好毛羽，回頭曾管蜀山川。鳳以杜鵑化爲之。

過鄮山祠塾作

滄江城闊三叉口，白日弦歌數畝宮。猶有祠宮舊楊柳，向人離立管春風。

剡源佚文

目録

卷一

卷二

卷一

汝南處士秋君墓表

士有學行成於身而堙沈鬱滯名不聞於當時者，古今何可勝數。賴其遺徽墜美，或爲家庭里巷所記録，後世君子因有考焉，以不至於泯滅。然亦有不幸生於干戈流離、羈窮戹絶之際，雖其子孫宗族，存亡且不自保，而奚暇乎其他。則爲善於此時欲望有所託而傳，豈不愈難哉。若汝南處士秋君之事，實泫然使人傷懷之。處士諱鶚，字百一，河南蔡州人。金之季年，士學日趨於華。處士獨凝然清苦力業，躬古人之操，嘗以治《尚書》進士應鄉貢舉，輒得之，蓋其年纔十七八耳。場屋前輩相指目錯愕，皆欲避其俊鋒。至廷試，輒不偶。處士意亦曰：『吾齒未，他日不憂無名，憂無以將其名者。』益劬學不止。使從容歲年，俟其盈科而行，盡鋭而出，縱名爵富貴制於天者，不可多取。其文章氣燄，較今人所稱譽以爲耆儒大老者，何止可與之頡頏争先而已。甲午之歲，蔡破金亡。處士蒼黄播逃，會有相知者引見宋帥孟太尉。太尉亦知其名，載與俱歸襄陽。館之州庠，廩之餐錢，南中人見處士嚴重有學問，甚禮愛之。後五年，襄陽又破，遂渡漢江北歸，至洛西居焉。當是時，處士老矣，所艱勤勞悴而成者，既不可以少自著見，其心志摧藏材氣感慨者，一一皆非人世當有。一時衣冠名彦，生死浮沈寥寥欲盡。而聞處士蒼顔白髮，生還河洛，問學者隱然依之，以爲盟主。於是汝州士大夫遺人致書幣，邀請歸淑其子弟。處士幡然應之。居未幾，得疾，以甲寅歲四月二十日卒於汝州，享年五十五。配邱氏。子男二，長某，次桂。孫男四人，燦、煒、燧、熅。孫女某嫁王某。邱夫人之卒，以辛未歲正月八日葬，皆在汝州某縣某鄉某原。按秋氏望出天水，宋有名富者，嘗仕至中書舍人。其籍之徙蔡州，不知所始。而處士自蔡州之汝州，凡四徙。其葬題爲『汝南處士秋君之墓』。而以文志其遺事者，翰林學士王君磐，天下尊仰號爲鹿庵先生者也。葬後四十年，而處士之次子，今以奉訓大夫簽浙東海右道肅政廉訪司事，材名方進用於時。一日，大夫嗚咽語剡源戴表元曰：『噫乎！先處士棄諸孤早，童幼不能詳知。先處士言行，今桂猶得以略聞彷彿者，王先生之賜也。王先生平生持道德風裁，不妄以文假人。學者觀於王先生，可以得先處士之爲人焉。抑吾稽諸禮，王先生之文，當薶藏壙中。而有事乎追崇揚顯者，比古之處士，得有墓上之表，敢以累子。』表元辭非其人，不獲。則謹爲撰次本末，且颺諸歌詩，以成大夫之志，以昭處士之澤，使人知夫處隱微而强爲善者，人無不傳而天無不報，亦庶幾風俗之助乎。銘曰：

天水之秋，蔓於汝南，屬時風塵，有儒耽耽。耽耽伊何，虎焯鸞翔，峨冠泥塗，振策頹陽。浮河度沔，跳鞏走洛，匪我之窮，維道之戹。戹不於天，我能亨之；窮不於人，我能康之。山川冥迷，歲月瀰渺，兵休燼息，見此遺老。百舍一師，百世一宗，孰約其生，不隆其終。我聞自古，賢不必仕，褒諡錫名，是曰處士。處士有後，有德有文，我作侈辭，以賁其墳。

袁氏考妣墓碣

同邑袁清之之父死，葬潘隩十年，而母劉氏死於是。清之兄弟從余游，亦且十年。前祔縗經，詣余門請曰：『昔者清之之喪吾父也，嘗使人跡公於天台山中，求公文以誌葬。公辭而不畀之文，雖葬，竊比之猶未成葬也。今者祔吾母，而卜其舊兆不吉，訊葬書，西其兆八十舉武則吉。乃西而新之，而求所未獲於公，幸公哀之。』余受其請，歎曰：『嘻乎禮哉！子之葬其親乎。夫葬親，死事也，而不可死其親。今之人死其親者，既葬而忘之。甚者，安其葬之不可而不改也，曰：「古不修墓。」夫古不修墓，欲其始葬之善，使不至於修也，非謂不善而不修也。而況葬於所不可而安之者乎？今夫清之藏其親十年矣，而哀如始殯，圖安計榮，不盡不止，不禮乎哉。始余自江上歸，猶未識袁氏，倀倀然浮家於邑，而無所託。有指邑西諸山教余，此走黄甘嶺道也。地阨而民儉，必走是間，可以免難，然而無於我乎主。明日有河陽酒官袁生得之，持謁來，問其居，居黄甘。心愜之而難亟言，袁生欣然若無靳容，歸而載其父命，竟闢一堂舍余。當是時，余恩之甚。會余有他役，不果往。越二年，自天台還，所過屋聚荒然，而黄甘獨完。遂決意復尋前言，將求田築室，爲民於其土。及既賴其力，再遷以成今居，而袁生父子皆爲隔世人矣。』嗚乎！人言爲義，爲義良不易。自平居謀富者，戒門以絶過從，如避逋叛。適不然者，蓋有依馮之心焉。若袁氏父子於其羈人遁士窮危迫急之際，而能至是，即其他事可以概舉也。今而繼者又禮，故不敢重違其意而誌之。按清之自爲父之狀曰：君諱鎮，嘗從淮南得一進勇校尉，即棄去。家世籍慶元奉化，窮谷學儒，至校尉，才濟焯焯而性絶孝。王父羸疾，再刲股肉，和湯液以進，王父垂絶而存者十五年。母之狀曰：劉氏嚴敏勤約，相校尉起家，盡力；逮事舅姑，盡養；没而墓，盡哀；爲校尉睦其諸昆弟，盡愛。生四丈夫子，伯得之，河陽酒官也；叔泳之，蚤夭；存者仲清之、季澤之。二女子皆已嫁。校尉終六十八，劉氏終七十五。黄甘之居，鄉曰連山；潘隩之葬，鄉曰禽孝；而近一里。穴用乾兑，日用季秋甲子，而碣用余文，以埋於地中。餘俟嗣興者追銘備書，植冢上焉。

俞肖望哀辭

台甯海馬隩俞氏爲儒久矣。甯海之爲儒者，異時率以詞賦雄其州。州三歲一大比，則其名詞賦充薦書者，甯海什九。又出而試於他司，若上都，莫不皆然。由是甯海窮陬僻聚閒，往往起白屋爲名宦家，而獨不及俞氏。以余所知於俞氏而尤嗟之者，曰渭之，字肖望。肖望曰：『吾志與材豈皆不如諸人，殆命也耶！然自吾高曾以來，所與同場屋爲硯席交者，葉中書、鄭給事，其著者也。兩家後來聲名熏灼如彼，而吾門三世纍纍布衣。然吾爲之不敢廢。三世不能，以至五世；五世不能，以至七世、八世，或者天念之矣。』余聞其言，愈嗟之。當是時，肖望已有子韡，能讀書學爲文章，人謂天之念肖望者在是也。肖望於余里中故秘閣王公爲外家。秘閣之内汪夫人，於先君爲從母之子。余總角共秘閣公家諸兒游嬉，肖望在輩韋中齒貌頎然，談笑儼雅不可褻，亦不能疏也。肖望天資故寬容，余與相往來幾三十年，未嘗一日見其怒駡人。人言劉文饒、婁師德事，何足爲異。然甚質直，見人有不盡善，不喜背訾而多面規之。余年近四十，未有子，不能無憂。一日肖望曰：『子之憂似尚蚤，子之憂其恐不得及强壯，私其子而教之耳。若是者，固無子之道也。』余爲起謝，爽然於其言。久之，問秘閣公家内外及其鄉人，説肖望切劘人，大抵類此。甲子之難，余避地峽石阜筴溪，與馬隩相腹背。於是肖望老矣，日課僮奴，蒔花種藥於所築東谷之間〔一〕，而家政一以付韡。韡内帥婦子，娱奉二老甘旨〔二〕，外載酒餚，接師友問學。於時閬風舒東野、故常熟丞王達善諸公，皆寓馬隩雁蕩，劉正仲、周道士若晦所居五六里外，幸驚遽稍閑，則客主聚首談諧，或遣人送詩篇相倡答慰勞，亦流落中一快也。越一年，諸客皆散歸，居者亦有門户之憂。肖望生産素不甚豐，其子韡又來余里授徒，負米歸養，如此十年。己丑之春，馬隩再有兵禍，肖望不免移家新昌。及還，以十一月二十六日死矣。嗚乎哀哉！始肖望與余得一邱於桐嶺，甚佳。相約視之，異日將穿以爲葬。庚寅十二月某日遂葬。而余自去峽石，欲再過之不能，至今猶未識桐嶺也。獨念余與肖望，少小相從，今且白首。肖望死不克弔，葬又不得臨其窆。肖望不負余，余負肖望多矣。乃爲辭以哀肖望，稍繫平生知見梗概，以附於延陵挂劍之義。其世出生卒行事本末，則鄉里銘誄詳焉。辭曰：

遵剡溪而東寫兮，紛鋆美而林姸；偉夫君之約居兮，秉厖德而不遷。余非逃名而惡仕兮，世亦愛夫詞章；朝發蹤於隴畝兮，暮得志於膏粱。玩千夫之變化兮，起浮雲於平陸；浩投牒而歸來兮，剩石泉而歌茆屋。人各有能不能兮，信其命之所逢；豈擇居之不良兮，亦皇皇乎西東。龜不言以智免兮，胡爲乎豫且之爲獲；老驥蹢躅而伏櫪兮，猶飢寒之時迫。彼衆人之計福兮，求騁躍於華年；力未疲而早休兮，乃中路而齊顛。閔邱墟與朝市兮，渺貴賤之同歸；諒冥懷而順化兮，徒昧者之所欷。問何以逸我兮，有恂恂之良嗣；抱遺書而三歎兮，曰百世其猶未悔。昔兒童之遊戲兮，髮種種而無他；藹清言之不迫兮，亂嬉嘯於咨嗟。擷溪園以肴羞兮，穫山畬而成酭；曾酌別之幾何兮，化須臾於千古。感幽明之精爽兮，嘗發寐乎清覯；物何變而不通兮，疑仙者之無有。吾語常而可徵兮，惟仁人之有後；羨豐碑之璀璨兮，屹梧桐之高阜。曰生不以憂慼兮，死得以禮終；懷俯仰以無慚兮，非夫君而安從。車臨塗而不進兮，傷成言之屢食；標吾辭於墓枝兮，冀冥茫之一識。

校勘記

〔一〕蒔花種藥於所築東谷之間：『谷』，繆本作『閣』。

〔二〕娱奉二老甘旨：『娱』，繆本作『供』。

泰宇居士曹君哀辭

奉化爲邑，於吾州最多士。表元之少也，見鄉丈人陳經述古爲後生講説者，尚十數人。曹君習之諱説〔一〕，年方盛，在數中。於時崇科舉學，君以世家照映里巷，則已罷舉不治其説。獨喜從方外隱逸之士，若爲浮屠氏之法者遊，遊必極意之所如，於浮屠書閲之，連晝夜不厭。察其心，誠不盡溺於此，蓋先薄乎在彼者不足樂而逃之也。表元時雖未知學，輒能誦其遊南山、寶化諸詩而愛之。出而諗於人，曰：『是不爲今人文辭者可學也。』其諫者曰：『是不爲今人文辭而自絶於禄仕矣，尚焉學？』其助者曰：『士患無志耳，名成而學之，何傷！』然表元家方窮，實未能絶意名宦。稍長大，即去遊大都，俛仰就進士，未嘗獲一日問學於君之門也。乙亥棄官家居，始數數從君往來。君性喜著書，有家法。表元謝不能，自取案上書指擿其處，曰：『某義如彼，某義如此，今取此。』表元唯唯，識所聞且謝且請，而君喜見眉顔。方置書離席，自出戒庖廚饌客，每見即出疑義，累十條，戒表元商略。君性喜著書，有家法。於是《尚書》、《論語》諸説略就，注《易》最久。蔬羹果飣，皆如法。雖燕私款狎所與談，皆江淮湖湘間舊事，或北方遺俗，無一語涉鄙俗氣。故喪亂以來，如表元之困且微，公私憂患之所耗，汩宜不得以自振，而猶未棄文墨者，嘗有所受之也。君持己峻而不疏，與人交恕而不污。自三尺之賤童，一簞之窶夫，苟以誠心來，風雨急難，不食其諾。至於非其道而即之，萬鍾之家不屑也。平生絶耆欲，不娶無子，食不近葷血，布袍紗帽以隱約自全於山林城郭間。見人吃吃借書，自餘一無所干於人，其於世念微矣。人有與之反覆於廢興存亡之際，則蹙然幾無所容。嗚乎！何其仁義質直、博雅篤厚君子也。壬午之歲，君年六十二，其歲夏五月，遂以微疾不起於家。鄉人聞其訃，識與不識，皆流涕以悲。其爲士者哭之皆哽咽失聲。既而懼微言之將絶，思表章之以立於世，以繫鄉人之瞻。前葬，相與謀曰：『君嘗榜所居之齋曰泰宇，鄉人尊其道，不以爵貴而稱之曰居士，宜遂以泰宇居士題君之墓。』其從子夢合，□□有文，能狀其行及世出本末之詳，以求銘於蔣大夫堯仁。大夫又賢能，使其言信於人者，君之不泯於傳也，昭昭矣。表元實嘗承學於君，竊自悲其質之愚，學未成而君棄之，懍懍焉將趨於小人之塗也。作哀辭：

人孰無生兮，名微則恥；維君之貴兮，稱非以仕。生孰無家兮，胤絶則圮；維君之久兮，傳非以子。遺榮去累兮，含光内視；浮休一世兮，雲行水止。謂儒非俗兮，謂墨非詭；縣居蟻智兮，非仁不履。我塗多歧兮，行邁靡靡；歸休里門兮，神迷此士。童幼有覿兮，白紛以俟；擲棄純狐兮，羊皮爲美。幸悔非遲兮，病庶遄已；苟以善終兮，孰尤我始。曷去不留兮，遺我如屣；逍遥大荒兮，天弢永弛。君樂則完兮，我憂以毁；匪己獨然兮，鄉之無祉。自古有道兮，雖亡不死；東林之原兮，西澗之涘。我瞻君容兮，百世可起；歎音盈閭兮，頌舌成市。祭當於社兮，行則應誄；誰識素臣兮，徵兹私史。

校勘記

〔一〕曹君習之諱説：『説』，繆本作『既』。

舒將仕哀辭

里之族莫望於舒，舒之先多名儒、秀人。然其警悟俊拔、蚤成而穎立者，以余耳目所及，得三人焉：曰國子監進士湝，字平甫，以清文卓識在六館俊游之目。既而自厭爲未足，著《易説》，垂就而死。自縉紳韋布，雖不識平甫者，人人惜之。曰甯海尉杭，字叔禮，氣骨峭立，視場屋舉子業不足經意，不三舉竟能掇天子科第。至官不數月亦死。斯二君者，余未嘗與之游，其爲人蓋聞而知之。若今將仕君，諱炯，字公明甫者，余誠與之游，見而知其爲人。其才殆敏於叔禮，其志於平甫無不及也。其所欲就皆未概見於世，而其年較二君尤劣焉。嗚呼，兹非大可哀者耶！公明與余居相距無一舍，余貧賤奔走，咸淳十年春，始識之於金陵。公明在父旁，恂恂寡言笑，供弟子職惟謹。他日過之，領客縱談作晉宋間清談，灑脱可人意。尤喜賦詩弄翰，握筆自重不輕出，出則勁麗絶俗。余嘗面言公明能事，止此已不翅佳公子矣。公明不以爲然，時時作尺牘，從余借關洛建上書以報之，曰：『吾所自有將求異聞爾。』性嗜飲酒，能醉而有禮，朋友少小過差，衆折之不爲貸。或言公明毋乃已甚，曰：『此固朋友之道也。』金陵軒蓋如林，公明不喜數數與交黨私，覿諸曹吏立於庭，甚者不識其面，而綜理米鹽，酬答書疏，躬家庭之勞不遺力。故余於其門，進而與賢父言，敬其居官能勤，而無内顧之累；退而與賢子處，愛其居家能理，而無外交之嫌。非是父不足以成其子，非是子不足以相其父也。嗚呼，而遂訣其父而往也邪！公明智不待年而長，氣欲離世而立，豈獨造物者忌其取之多而得之驟，而人事容有不應然者。抑人之生也莫不有死，顧所以死何如耳！公明内行天至，志於爲人所難。當盛夏時，不憚數百里，匍服以反繼母之喪，蒙冒暑雨，强忍飢渴以及於病，病劇不自勝，猶能力憊畢役，以面其父。至信宿而後絶。醫也，得視其藥；斂也，得憑其棺；哭也，於寢；奠也，於次。凡以厚其終者，一一無憾。是公明之死爲死孝，而爲公明父者報之得盡禮矣。夫子曰：『朝聞道，夕死可矣。』又曰：『君子疾没世而名不稱焉。』今世之無所聞、無所稱而死者幾何，人有若公明行事未久而能嗟歎不忘者乎？然則壽夭姑所未計，雖尚謂舒氏有子可也。余知公明惟金陵時爲詳，後一年歸里中，聞之悼公明者曰：『是好學樸願人也，是慷慨急義、能爲人謀而忠者也，是生於貴家、能屏絶聲色以禮法持其身者也。』復皆曰：『是宜壽而貴者也，而今亡矣。』嗚呼！公明真可哀矣。以余知之之詳而猶未盡，則他可稱者可勝書哉！遂爲作哀辭，以申余之拳拳於其家世者，且以釋賢父痛往之懷云：

維天生材兮，孰使之然；厚畀其良兮，亟毁其堅。維人之生兮，實命於天；貴壽或愚兮，或夭而賢。煌煌大宗兮，邁德於先；代生雋質兮，有志無年。彼美一人兮，廣顙修肩；其外孔文兮，内慤而專。飛書電疾兮，發語春妍；千夫卻立兮，勇往無前。我知其心兮，與禮周旋;母喪在遠兮,走陸浮川。爲子必孝兮,之死靡遷;焦勞力疾兮,僅而歸全。輛車速反兮,喪旐宵連;摧松始拱兮,隕驥初鞭。幸雖無憾兮,胡可棄捐;百年同盡兮,奄奄黄泉。君如尚存兮,非鬼非仙;我辭不誑兮,可徵而傳。

梅林二李公哀辭

梅林二李公,隱者也。梅林爲台甯海望里,名馳禄奔,十土九達,而二公獨以文學行誼老其身,故謂之隱者焉。丙子之禍,衣冠播逃,二公遂與其家深入南峽萬山中。故家猶不廢客主禮,時時從公問知學術大概。而長公之子爲少公後者國華實父,又余平生交,相與道家庭里巷事特詳。蓋長公諱㕓,字德夫;少公諱友端,字正夫。長公方嚴好修善,以風望軌俗。初若不可犯,追從之久,亦不見爲異。其學自六經諸傳記、近世周程諸子書,與夫《太玄》、《皇極經世》、《潛虚》之文,以至卜筮醫藥之説,無所不講。而不好科舉業,曰:『是不足辱吾學也。』少公慈祥樂《易》,薰然如不自持。每酒酣意適,放聲高歌,驚動鄰壁。視孩童戲弄事,不使失意。猝遇言論不中禮,雖在貴者,必厲色衆折之,俟盡其説乃止。有古律詩若干首,會心輒發,不求人知,得古詩人感興之樂。余在二公間,實所見聞鑿鑿如此。後更大湏洞,實父舁二父西入剡,余亦扶三老人徒步行荊莽,出泥淖,顛頓百折以及之,最後不復還故所舍。共依白巖山寠人以居,居數月,實父稍出峽。余家困餓益甚,有鄉邑故人自二百里外,遺使來問生死,力拔之以歸，於是始與二公動息不相聞。丁丑之冬，余道海上，逢實父家蒼頭奴，言狀甚慼，則二公相繼竟死久矣。嗚呼異哉！長公之配舒夫人，端凝有法度，余及拜之。後長公一日生，其死也亦纔後九日。嗚呼，尤異哉！實父篤學，工言辭，聞既力憊負土治三窆以禮，且將裒輯遺事，縗絰往拜於退相葉信公之門，以求其文表之墓，以終揚親之孝。其中外兄弟若閬風舒景高，同志之友劉正仲，皆焯焯有名，能爲古文章傳述言行，宜信天不使善人得職埋埋淪廢，何可勝道。大不幸遂爲僵隸餧鬼，不得壤土之藏、匕飯之祭焉。然自勇於求仁者論之，就令狼籍至是，猶賢於嗛愧忍垢而存者萬萬。矧二公生無慙，死無憾，得正歸，全德業，有考於後，固當含笑入地下爾。獨與實父別去未幾，患難，偶皆不殆所事，而今聞其惸惸孑立，爲之潸然不自禁。且余於四方之事已絶，通家老宿近在耳目可親接者，殄折殆盡，將使余何瞻何從，以終祛其惑而詔道德之進邪！是故不獨爲實父悲，又悲余之私也。作哀辭。辭曰：

何辜斯人兮，我哀蒼蒼；無賤不禍兮，亦摧其良。有皤二老兮，既允而臧；仁不淫惠兮，義不鞠剛。身則孔約兮，道奮以昌；我往從之兮，居非其鄉。水怪夜哭兮，山夔晝翔；寢畏長蛇兮，出辟豐狼。熠熠震電兮，欻而飛霜；公行我隨兮，百憊不僵。敢曰道險兮，我無車糧；猗嗟生世兮，抑又何常。勢既當然兮，誰在誰亡；公稚有室兮，我耄在堂。苟不可死兮，善道以藏；瞻望匪遠兮，曷日敢忘。奄奄音貌兮，遂隔幽荒；十室異俗兮，百里殊疆。我懷伊人兮，涕泗其滂；匪人則懷兮，世遠且長。豈不有述兮，後人之慶；没或不幸兮，存者爲殃。連軫同歸兮，傲志徜徉；我作斯辭兮，匪爲公傷。

孫叔和墓誌銘〔一〕

越之望曰餘姚四明山，自孫興公兄弟避亂始居之。山下詩書衣冠大家，至今皆孫氏，號其聚四明鄉。然旁近往往有鼻祖漢長官墓，蓋仕焉而族於斯者。余以姻連往來，與叔和甫最厚善。叔和甫諱劦，字叔和甫。渡江後，學諭公諱某以行義表於鄉者，其曾祖考也。朝奉公諱某者，其祖考也。釋褐三舍，仕至戎監長，出牧鄱陽，稱良二千石諱炳炎者，其考也。朝奉公以上不及識。當戎監公無恙時，累得接殷勤，承欵密，嚴顔肅容，終日危坐。叔和周旋几杖傍，調適飢飽，聽候語默，不使絲粟逆意事於靈臺。學諭、朝奉兩世俱娶方氏，方氏故多明經决科，而戎監公於壬戌進士第一人山京爲本生兄弟。登堂而鄒魯具，舉足而荀陳聚。凡嘉言善行，朝熏暮摩，積以成性，由是闢門塾以淑羣從，廣房祀以合疏宗。春秋歲時，豆籩幣祝，班拜齒飲。婚鬻男，嫁寠女。疾病死喪不能振舉者，帛粟衣櫘隨事周給。貧廢孤老，待之而舉，大且累十百家。息争消訟，扶衰援急，里社隱然推倚以爲横流之柱石。藏脩之室曰『竹居』，布袍蔬食於其間，自奉良簿，而見義必爲，不少吝澀。嘗用門資授初品，持舉子業試銓，垂售矣，既而既之若將爲世外之學者。圓機敏識，强志清裁，顧非常人可及。惟篤好山水，自卜一竁在鳳亭翠塢。年五十九，生甲辰九月八日，卒大德六年壬寅九月二十二日。娶余氏，先卒。再娶施氏，崑山州教授女。男四，士志，寧國路太平縣教諭；士恕；士思；士德。女六，長適進士方某，早卒；次適進士深某；餘未行。孫女一。及是以八年十二月二十日葬翠塢，乃來謁銘。銘曰：

權不違義，隱不離俗，天機儼然，出如膏轂。□行將周，歸來乎休，我石琢銘，以勸其□。

校勘記

〔一〕此文據明鈔本《剡源文集》補。

卷二

故常熟丞王公行狀

明之奉化，有善士曰王公，諱子兼，字達善。公之先居青州，有以明經取科第，仕至太僕丞曰師敏者，於沂國文正公爲諸孫，於公爲五世祖。靖康之亂，太僕死，青州其配趙氏，丞相清憲公次女也。有子允迪，以幹辦沿海制置司。公事之録，奉母渡江而南，因家於奉化，王氏爲奉化人由此始。幹辦生廣，仕監省倉下界門。其配亦清憲公諸孫，吏部侍郎粹中姊也。省倉生植，始不及仕，而俊朗高岸，以學行見推於鄉樓宣獻公，所爲作《王端本硯銘》者也。嘗築雙清之堂，日與賓友樂飲賦詩其間。學者因而稱爲雙清先生，是於公爲王父。其配張氏，繼沈氏，沿海制置司參議官程之女。雙清生熙，精毛氏《詩》學，嘗著《通鑑寤辯》若干篇，是於公爲父。配汪氏。方幹辦公之南也〔二〕，趙侍郎之先，亦以其孥偕遷於明。王、趙既宰相家世，文章子孫，居明者又皆才良，有時名。兩家高閥閱，嚴昏姻，數世衣冠不衰。而公王母沈氏大門，以多藏書聞天下。故公方在齠齔之年，而漸漬見聞，涉獵詞藝，已如成人。逮弱冠連試國子舉，即連獲之。進試於禮部，輒連不利。人爲公惜，公曰：『吾齒未也，吾學亦未也。』退而厲於家。每三歲一出之，則雖前所易獲如國子舉者，亦不利矣。歎曰：『吾交狹也。』乃出而縱交於異方之名人。遊吴最久，客高全椒家。嘗所往來者，壽春魏叔高兄弟、桐廬方深源父子最密。當是時，諸公貴者以貲勢，賢者以聲譽，皆傾力致千里客。客之欲速售者，争而趨之。如公家世性行，足令人慕念，一俯首何所不就。顧癯然方好深沈之思，所在閉簾掃閣，窮日夜鈔誦，如山林書生。聞奇書、古硯，罄囊中裝以致之，無吝色。真文忠公纂次周秦以來文章，名《文章正宗》。初出，公旁搜博覽，爲之注釋。又作《梅譜》，甚悉。凡三十年道塗經營，一寢飯不去心者，率是物也。而舊法貢舉，年久者，得三歲，徑試禮部。公亦三歲，勉强赴之，每皆不利。咸淳戊辰，公年五十老矣，度少年進取事，愈不可爲。始用累舉恩對策集英，授迪功郎、建德府瑞安縣主學。時縣主學方創員，以處耄年之不可以治民者，名爲逸之，實厭之耳。公至遂安，以古文學教諸生。諸生踰山谷，裹糧相從，人人以爲得良師晚。有令敬公才，每事諮公，縣以大治。郡守王君霖龍，見令牘文詳明，訝曰：『吾他日聞遂安令不如是。是何書生教之耶？』檄上郡問，令長者不欺，以實對曰：『非某能，主學王公教我也。』守以牒諗公，見公姓名，乃遊吴時同門客也。大驚，即移署幕府自近。郡有釣臺山長，俾公兼之。會守以三組鎮越，公亦滿遂安，遂以修職郎改授平江府常熟縣丞。未行，而奏辟浙東提刑司準備差遣，留幕府如故。於是議者見公用年恩起家，爲藩府曹掾，一日致能譽出他吏右，頗悔前者期人之淺。公父寤辯公，雖不仕，而母弟山甫以連中文武科，爲故相賈團練所知。至是，故相以好語訊公，亦有意用之，而時事不可爲矣。始王氏卜地奉化而居，其聚名曰王塘，王塘之居故蕭然。幹辦、省倉雖相繼名宦，而世習清曠，不以生殖爲事。及公仕遂安，至貸餘田之在慈谿者，而後能行。乙亥之夏，公既解幕府歸，王塘鄰里覩行李十數篋，階除間相慶曰：『公今稍可營菟裘乎？』慈谿之田隸亦以贖告。公謝曰：『吾力未暇及此。』出其篋，嚴、越二州所置書也。公由此益貧。明年王塘火，逃王塘，徙台甯海馬隩。又明年馬隩兵，十數篋者，併先時南來珍秘之蓄，燬失略盡。不得已，返王塘依燬所，不及他，小屋以居。屋不能五十步，客來及階，庖湢在目。而寒漂暑爍，挾册不休，化其家人，亦無愠怨之色。雙清故址，瓦礫中忽出碧桃，一年而花，再年高踰人，三年婆娑，遂成巨材。公與遊觀者賦詩滿編，閬風舒公爲之記。公平居未嘗肯以詩自名，而語趣沖適，格力清妥，往往專名詩者不及知也。火後追憶粹集及諸文，共編名曰《燒痕》、《燒回》等稿，通若干卷，藏於家。公謙和樂易，殆出天性。然與之居，終日雖甚相忘，亦無敧容狎語。操齊音，嘗曰：『我家青州，號義門王氏，子孫不宜以争訟聞於鄰里。』少善書法，垂老刻意小學。既而以李斯、許慎之説爲未古也。諸所論議、講學，凡若此，人聽之若茫洋無垠，而要不可廢。生嘉定戊寅，卒年七十四。初得痞疾〔二〕，良久不得愈，竟以此卒。娶同邑蕭氏，夫婦相敬如賓。男一，曰承庚。女五，其四已嫁，一在室。卒之年某月某日，承庚以治命將祔葬於禽孝鄉靈巖村世墓之左。前葬，以書來剡源戴表元曰：『承庚不孝，不得杖而造門。惟先君遺事散落不可詳知，知先君詳者莫如執事，故願以狀累執事，而乞銘於閬風先生，以圖先君之不朽焉。』表元讀其書，涕泣不敢辭曰不知。謹具世譜宅里，任官言議行事，大約如前。謹狀。

校勘記

〔一〕方幹辦公之南也：繆本作『幹辦公方南之女也』。

〔二〕初得痞疾：繆本作『初感痁疾』。

代元覽真人贊王彦洪總管壽像

氣和且莊，色温而瑩，其動如樞，其静若鏡，此足覩其爲政。至其薄鐘鼎之養，高山林之興，來往風流，一觴一詠，則雖有他人，不如我同姓也。

黄子久像贊從《元朝人物略》中録出

身有百世之憂，家無儋石之儲，蓋其俠似燕趙劍客，其達似晋宋酒徒。至於風雨寒門，呻吟槃礴，欲援筆著書，又將爲齊魯之學。此豈尋常畫史也哉？

謝王廉訪書

九月吉日，前進士戴表元謹頓首再拜，奉書憲使侍御執事：表元竊伏窮海之濱，於當世王公大人，非惟勢分不可易接，蓋亦有進退之禮焉。故一切屏跡隴畝，寄名庠序，以自容其窮賤。

獨怪一二年來官府清平，賦役稀減，深村窮壤，戴白遺老遽欣欣有太平之慶。而廉文肅給，持法不阿如明公者，實在憲府。表元雖未得修姓名、通門館，而私心之所賢，從可知矣。於是愈自刻厲以爲事。既幸而至此，善弱益可以自安，性又實不能通曉時務。息心養志以吟譽先王之道德，謹身節用以耕耘聖世之休澤，如此亦可謂厚幸矣。去年之秋，有來自越上者，傳自明公之意，云將以稽山山長見處。表元始而疑，中而憂，既而重之以感。何以疑？明公甚貴，表元甚賤。上無高曾通家之契，次無左右修容之援，下無夙昔登門之雅，無干求，無傳遞，何緣何由而有此舉？駸尋歲季，傳者不息至於今，兹成命果出，臺丞發函，逢掖馳幣，監臨致其敦迫，游從贊其果決，而始焉之疑破矣。何以憂？憂表元之窮愚，而將不得以成明公之舉。表元之窮愚，而明公舉之，是施德之過也，何憂焉？表元之憂有三說：其一，山長雖非吏職，既食官府奉禄，則同於入仕。古之仕者有忘家之義，有委贄之節，故必先盡其私計，而後可以從人。表元家本窮空，上有七十之親，下有四男子、四女子。男子長者方十七歲，女子二已嫁、二未行。主饋惟託於病妻，應門素乏於旁親〔二〕，所以尋常不過傍家教學，以贍給衣食。姻舊知識，憐其困苦，屢屢牽挽使從禄仕。禄仕非不美也，盡挈則無以養廉，單行則誰與幹蠱。章交公車，櫝在故府，逡巡而請辭，懇苦而告免者，二十年於此矣。其二，則材力有所不及。表元之舊也，固嘗仕於江南。江南教授其職，無以異於今之山長，而不兼錢糧，謂之文字官。大抵有清望者，略滿歲月即遷朝職。表元於時年未三十，精神膂力猶可勉强。今者五十之年，饑寒怵迫，患難消耗，頭昏目眩之疾時時而發，兼以居閑日久，疏於關防，拙於鞭算。一領學官，則財賦兼署，簿書會計有不容盡辟者，舛誤敗事可立而待。其三，榮辱得喪，往往相依而行。人心不同，有如其面。甲之所喜，乙或以爲憎；乙之所否，甲或以爲可。今以明公臨之，在上猶可恃以無恐，顧明公之聲華材譽方嚮用於時，豈鬱鬱於淛東一隅之士者邪！萬一他有嚴師帥苛督掾，糾其闕漏，辠其高曠，表元何以堪之。是今日之出，又恐將爲他日之累。此三憂者，事體在眉睫之間，明公既能愛之，必垂識察其餘。材學荒唐，儀矩郁野，不足以當承學範模之任，備趨時奔走之材，又未論也。然則何以感？表元請爲明公深言，而明公深聽之。古人有言：『人之相知，貴相知心。』以明公之所施於表元，豈嘗有試用於表元者乎？以表元之所受於明公，豈嘗有倚辦於明公者乎？今人同床有相水火〔二〕，對面如隔千里，而明公念表元之窮乏，纖悉處分，如見其肺肝。然知其不足於養也，而求以益其力；知其有恥也，而自任其勞。干臺歷省，踰歲涉月，事成而始知，謀集而乃喻。古之人有懷恩壺飧而不失信於一諾，表元雖不才，蓋嘗聞士君子之風矣。稍俟秋冬之交，專當俯伏行臺，修知己之謝。固不敢因循偃蹇，以負明公所爲憐窮起滯之意。若區區悃愊，亦惟明公念之。惟是本末詳重，非尺牘可了。謹具長幅，覼縷控陳。即日初寒，尊候安好，切冀爲國爲民爲斯文加愛以前。柄用表元下情，豈勝傾企之至。

校勘記

〔一〕應門素乏於旁親：「乏」，繆本作「企」。

〔二〕今人同床有相水火：「床」，繆本作「業」。

題高常侍詩文鈔

《高常侍詩文》十卷，用彭州本及杭本校鈔。杭本後出增多彭州本，而彭州較善。蓋南渡前，趙彦清子湜爲其州時所刊，而眉山王賞爲之叙，極高古可愛。今鈔多從彭州也。高詩在太白、少陵之間，不論可知，史稱年五十始工。吾觀適盛年落魄梁宋之郊，謾以薦得一尉，又不得志，去，客河西。當此時，世不識適爲何如人，又識其詩耶？晚歲宦稍遂，志節振暴於時，詩有所扶而重。然世稱之猶後於李、杜者，彼二子轗軻困餓，終身官不逮適，不惟天之重予人以名甚於富貴，不可兼厚，亦其所賴見扶者，復以掩之耶？適他文皆工，賦尤不下二子。世自謂知適者，固但知其詩耳。適之仕，不以進士，於時亦未甚貴進士，故其所作，亦自有一種奇氣。厥後進士日貴，詩業日工，而求如適者不易得矣。杭本載，乾元元年以太子詹事、御史中丞睢陽，有祭張巡、許遠文，而史不言嘗爲是官，當是史闕。其《繡阿育王像讚》，疑非適磊落人所爲，今直删去云。

題鞏仲至耳目志

往時朱、吕二氏以私學教授其徒，不爲時論所容。而二氏修於其家不廢，其徒亦顛頓百折以從之，卒之俗成論定。常所受業者，皆去爲名大夫，四方萬里，雖婦人孺子聞而慕爲正人不疑。二師及高弟既先後没，八九十年之間，門人涉獵其説而守之者，尚十數公。此十數公又復殄瘁罄盡，而國始相隨以亡。烏乎！世所謂私學何可廢哉？鞏公仲至，學吕氏者也，然亦及學朱氏。伏讀此卷，典型儼然。

題元次山集

唐左金吾衛將軍元結《次山集》十卷，最後用永州本讎校，少訛舛。永本於諸本删去《浪翁觀化》、《惡圓》、《惡曲》、《出規》、《處規》、《訂司樂氏》等十四篇，以爲無所考證而闕之。余讀其所删，與次山他文有微不類者，有甚類者，不知永本何去之亟也。按次山詩文外，别有《元子》共三編，見於李商隱叙。《猗玗子》、《浪説》之類所不算，此十四篇，當目《元子》諸書剿入，永本偶未詳耳。然《元子》諸書出於盛年，辭多哤詭，遠不如此編之粹。商隱叙載當時士大夫語，亦以次山不師孔氏爲疑。然則次山文成學就，殆其晚年静退刻苦之所得哉？古之人身死而後言立，次山之骨朽且久矣，其言至今立於世也。言之未即善者，人能爲次山諱之。今之人，生則惰於修，未死而求立其言。貴者以位，富者以力，窮而譁者以黨。豈不暫傳，求能數十百年，無有也。若次山之能久，豈以其譊譊哉！唐文之傑，推退之；詩之摯，稱子美。他人評次山，猶有同異，而此二子推讓獨厚，故其爲人亦不盡待後世而定。校《次山集》竟，爲略書本末，使同志者共有考焉。

題中上人所藏吴傅朋帖〔一〕

靖康之禍，中原士大夫流離南徙，不得其所者多矣。吴公傅朋亦自吾鄉避地台之甯海，遂欲取道七閩，今甯海浄土院楹間舊題可考也。方是時，大駕在南，故趨之如此。此帖與吾鄉學佛者往來，甯非其所從納交耶？然公趨台之歲，以建炎庚戌。是冬秦檜北歸，明年和議成，江浙遂爲内地，浸興文事。帖中言錢塘新雕《戒殺生頌》，湖心諸處刊佛語不一。士大夫無所用心，浮沈翰墨間，一至於此，又可歎也。

校勘記

〔一〕篇題：「題」，繆本作「跋」。

宛溪南游詩序〔一〕

元貞丙申歲之仲秋晦前一日禺中時，陪憲使廉侯汎舟宛溪南游。宛溪去山甚遠，宣雖山州，州人固未嘗有得見山者，而登舟則皆見。是日風暄日柔，天宇疏敞，麻姑、敬亭之美，一一在目。舟徐行愈南可二三十里，□望高榆古柳間廬落井井，問之旌陽道院也。道士遮舟邀入其藥寮宿，人情初脱城郭而得郊村之適，意不能無喜，遂宿。次早，舟人辭以逆流灘高，雖用巨艦而□。侯本欲展縱清具，不得已虚一舟，兼夫併載，力牽而上。縈紆百折，心寬目緩，行坐飲食得與溪山勝處相□。溪多文石，時時遇纖奇白潔者，取之積如礬山。侯有所愛古銅勺，云數百年物。侯自挹山泉著勺中，以石摩刷不去手，久之文彩斑斑然，顧之欣笑自得。因取勺汲溪注鼎煮茗，茗成，復以勺飲。無筭行酒，用雙陸，左右勝負爲律，左負則偏酌罰其左，右負則偏酌罰其右，連勝者亦如其左右偏飲之，曰賞雋之酌也。由是賓客盡席無不歡醉，傔從彈琵琶，吹笙，合舞爲侑。日下舂，舟僅達後潭。舍舟徒步行數里至三天洞。近洞皆巖屏夾立，洞在寺左巖屏中。初入豁峙兩扉，《圖志》云，隋扶風禪師安禪之地，或其時所開鑿。既入，耽耽如堂隍，高可五尺，廣可坐二百人。上有一大竅，正方通天。益入，又一小竅，乃始見三竅。又入，見二小竅，然土人但稱之爲三天洞也。洞屋聞水聲鏦鏦然，良可人意。蓋泉自外入，一線縈穿巖石間，過洞又爲小澗，去江南巖石洞往往而有殊，未見通伏流有聲如此巖者。旁又有風洞，但莫知《圖志》何以云能通禹穴及湘潭也。侯預攜小琴名鳳雛，至是坐石彈之。音響虚越，崖壁欲動，諸人震悸，不敢淹久而去。垂過後潭時，小雨即霽，至洞幸不沾濕。日亦未暝，寺僧秉炬燭道然後可入。出洞，宿寺中山樓，寺依山無餘地，乘高樓宇，累級屈曲蛇行燕蟄，雖陟降稍勞而眺覽皆足。於時秋深，山氣凄厲，居之蕭然，使人起江湖之思。次日，復徒步出入至後潭，皆舟以順流太駛，徘徊停憩，尋折山木瓜園，留連樹下，盡歡劇飲。逮夕始還舟，露篷散坐，清談浩歌，夜絶久猶不忍寐。漁燈遠近，鷗鷺已宿，問同遊溪居者，亦不嘗諳此清寂也。舟信流抵初宿處，與前所虚舟會，各以分席即卧。遲明睡起，身已在宛溪矣。九月二日也。凡行三日，往返百里，得詩七首云。

校勘記

〔一〕此文據錢氏鈔本《游志續編》卷下補。

萬秀才入道疏〔一〕

伏以黄塵赤日，何有静時；青山白雲，無非佳處。故自古逃名之賢俊，迺强半寄跡於神仙。若安期倦游，留侯辭禄，葛翁假資於勾漏，洞賓開悔於邯鄲。寥乎高哉，繼者難矣。伏承玉山萬君，東甌名輩，北阮故家。蠟鳳博棋，固已厭紛華於童歲；土龍芻狗，居然悟得喪於前生。爰慕枕函之方，願披羽褐之服，凡我同黨，共歆素風。十萬貫揚州，聊小資於談笑；三千年華表，應未絶於交游。錢囊朝開，丹鼎暮熟。謹疏。

校勘記

〔一〕此文據明鈔本《剡源文集》補。

贊蘭石〔一〕

巖山欝以嵌空，風煙凄其寥曠；既知者之我希，聊嫣然而自放。

校勘記

〔一〕此文據明鈔本《剡源文集》補。

剡源佚詩

目録

卷一　五言古詩

卷二　七言古詩

卷三　五言律詩

卷四　七言律詩

卷五　七言律詩

卷六　五言絶句　六言絶句　七言絶句

卷一　五言古詩

送阮主簿

君來木樨前，君歸菊花後。相聞一萬里，此會何鹵莽。請停小袖舞，更帶太白酒。歌情吳雨清，馬足湘雲厚。艱難覺愈忙，繚歷看不朽。君家作九流，世有經濟手〔一〕。摧鋒識老將，草檄記先友。到今淮海間，未面名滿口。伯兄起明經，作吏顧窠臼。僕也藜藿人，但可傲郊藪。逡巡談瀉河，錯落印懸斗。高人閲四海，細大無不有。誰能學賈胡，終歲成墨守。去去天西南，風帆挂高柳。

校勘記

〔一〕世有經濟手：繆本作『世有經綸手』。

董孺仲竹梧二十韻

翠竹繞亭東，碧梧峙亭西。董生下帷處，涼雲晝萋萋。我來黄塵底，一見眼爲迷。人生有高意，不在深林棲。看君同學兒，意氣生虹霓。百斛聘娉娃，千金招駃騠。回翔出一語，青紫手可梯。如何湖海豪，束縛數畝畦。亭前亦多端，芳叢映辛夷。對之君若無，翛然處塗泥。拔尤得二友，氣清如夷齊〔一〕。又如洛中遊，偏善阮與嵇〔二〕。邂逅風日佳，隔林珍鳥嗁。心閒四體適，野服揞枯藜。此時二友閒，無言自成蹊。終有邱壑姿，相就不肯低。移書傍陰讀，拈詩將葉題。誰與好事者，壺觴閒提攜。客至我不厭，客去我不睽。但請置俗事，勿來汙談犀。

校勘記

〔一〕氣清如夷齊：繆本作『清風如伯夷』。

〔二〕偏善阮與嵇：『偏善』，繆本作『偏喜』。

郎中令韓進道春蘭堂詩

春蘭如幽人，可養不可疏。當其邂逅間，一幹便有餘。而況叢根生，森然在庭除。萬户冠照席，八龍星擁車。韓侯世命薄，清高偃籧篨。恍惚夢中語，機神勿闗渠。云是子孫祥，訊占存古書。築室揭巍榜，奉觴娱安輿。兹事真有漸，天道徵不虚。翦君金鳳皇，洗君玉蟾蜍。他年老賓客，或許見高閭。

以江空歲晚年爲韻五言詩懷於阮侯因寄宣城王敬叔董孺仲〔一〕

穴狐寒不孤，歸烏暮有雙〔二〕。交遊亦多端，相逢不同邦。人情貴目睫，對門隔山江。爲公緩緩歌，風雪滿北窗。

歌深聽難真，歌淺索易空。古來相知人，固在真意中。咿咿復雞鳴，鬱鬱逃爨桐。枯蓬會雲飛，高下有天風。

寠人營一朝，智士愁千歲。鷦鵬不同調，小大各有詣。十遊九無成，裘色日夜敝。殷勤教兒曹，鋤鍤非左計。

宛陵有二士，別久長在眼。王生朱絲絃，董子黄金瓚。惜哉清廟材，棄置在山館。聞有東遊期，榆柳春未晚。

窮年有迴泉，凍雪有豐年。君侯百鍊材，亦受世故煎。向來青絲髮，重逢總華顛。及時樹厚德，蘭孫秀鮮鮮。

校勘記

〔一〕詩題：『五言詩』，底本作『五詩言』，據繆本改。

〔二〕歸烏暮有雙：歸烏，繆本作『歸鳥』。

蘭亭分韻得懷字

山川既云迴，風日亦已佳。楚楚蘭亭孫，攜朋贊情懷。水飲藻摇罣〔一〕，風眠花拂階。野籟補歌吹，官威恕談諧。歡暢浩未極，涼蟾挂松齋。

校勘記

〔一〕水飲藻摇罣：『水飲』，繆本作『小飲』。

雲門分韻得是字

自遊雲門山，初經若耶水。煙霞淡相鮮，草樹青逾美〔一〕。縈迴費幽省，往往樓閣起。向來王孫遊，故跡甯復是。欲去聞嗁鵑，松風滿溪市。

校勘記

〔一〕草樹青逾美：『青逾美』，繆本作『青逾天』。

九日陰雨略霽即與孫子善騎行敬亭山道過王敬叔兄弟遂歸子善家飲

今日是重九，壯遊非勝流。晞衣青陽風，躍馬昭亭秋。山萸木芙蓉，洗濯充市篝。野語起溪鳥，高眺空雲邱。法門何歷歷，但覺人生稠。餘興忽東指，浩歌王家樓。更恐負螃蟹，歸醉菊花舟。

十月廿二夜與方韶卿陳無逸顧伯玉客樓分韻得鐙字

朔風吹沙塵，對面生礀磳。高鳥投遠巢，潛魚寄清冰。向我二三子，酣歌氣憑陵。晝談誤炊糜，宵坐須篝鐙。鴟夷與金石，洶洶來相仍。能樂世豈無，多爲異己憎。兹事自寂寞，薄命亦可勝〔一〕。悠悠復悠悠，起視明河升。

校勘記

〔一〕薄命亦可勝：『薄命』，繆本作『薄分』。

□□

大歌不成謡，小歌或爲歎。今日歌稍歡，心神一舒散。兒童縱爾逸，交遊容我謾〔一〕。古來嵇禰徒，舉足遭羈絆。誰令從貴遊，百歲榮辱半。浮生方雞棲，諸事付鴞彈〔二〕。自然無鼓撾，今不費鑪煅。餘閒宜相呼，更作清静觀。

校勘記

〔一〕交遊容我謾：『交遊』，繆本作『交友』。

〔二〕諸事付鶡彈：『鶡彈』，繆本作『鶉彈』。

次韻答仲賓南屏山詩〔一〕

盆魚不忘川，籠鳥嘗念山。逃榮此淹泊，亦復無餘閒。粲粲錢唐潮，宿昔數往還。百金裝酒錢，千金買歌鬟。興盡每忘歸，長年費追攀。重來鬢影改，照見雙霜斑〔二〕。郿塢更蕭索，峴碑略斕斑。誰無兒女懷，況茲羈旅顔。王孫苦好事，跡在吏隱閒。幾擬穿巉巖，相隨釣潺湲。名宦自尚賒，風煙正清嫺。誰能禁行樂，局促在塵寰。

校勘記

〔一〕詩題：『屏』，底本缺字，據繆本補。

〔二〕照見雙霜斑：底本『霜』下缺『斑』，據繆本補。

信州毛道士壯遊八韻

道人江鄉珍，遷居得仙窟。朝搴芝巖霞，夕弄蘿溪月。一日辭故棲，扁舟下湖越〔一〕。道逢安期生，授以輕舉訣。翦紙飛騂騮，開壺出城闕。嵩恒指顧過，遼觸談笑絕。此身虛空中，誰能作株橛。揮手謝往還，清歌倚雲發。

校勘記

〔一〕扁舟下湖越：「湖越」，繆本作「吴越」。

北山彌陀寺方丈得房字

湖林歇疏雨，春潮淡亭芳。翕翕冶遊子，車蓋紛攜將。我亦約良友，駕言登北岡。北岡不可登，西雲日相望。濯纓碧芹水，散衿紅藥房。清猨躍我前，珍鳥鳴我旁。道人玄英孫，探詩造溟茫。更僕傳鐙炬，爲客羅饔漿。他遊豈無顔，無此佳肝腸。長歌欲何爲，贈子無相忘。

次韻新安勝羽主簿拜墓之作

黄流不返注，白髮難重緇。人心百千端〔二〕，得如懷親悲。我讀上墓篇，知君美襟期。柏泉到根在，鳥語向人慈。林塘豈不好，花木無津涯。亦有車馬客，歲月嘗來斯。但恨一杯酒，不及年顔時。開懷屬義士，義士今爲誰。西風武林山，吹散兒女姿。

校勘記

〔一〕人心百千端：『百千端』，繆本作『不千端』。

丁氏鶴泉

聘禽聘野鶴，汲水汲山泉。鶴饞礙眼目，泉濁穢喉咽。上士隱無名，中材修自然。君看飲啄徒，攘攘誰愚賢。立君清風臺〔一〕，歌我白雲篇。

校勘記

〔一〕立君清風臺：底本『立』下缺『君』字，據繆本補。

移居仙林和陶〔一〕

讀書南館静，花竹五畝宅。天晴風日佳，時有山水役。誰今更湫隘〔二〕，歲月不暖席。樂事去如夢，情貌已非昔。行止不諒人，是非焉足惜。

寢廟何奕奕，昔聞奚斯詩。南榮支一榻，大似尸祝之。荒垣但喬木，英風起余思〔三〕。生涯寄詩書，人憐不知時。我非班定遠，古筆今在兹。此事未易言，憒憒君勿疑。

余少時愛《騷》，晚見曹子建，亦不自忘。蓋山谷以此遣窮消累，絶無一毫求人歎賞之意。近接識顧伯玉，肯以文字下交〔四〕，又辱索余舊作。稿本留家中，有所可披憶者，各寫數首，求是正云。戴某題。余十年前答友人『不求衆人賞，始獲文字傳』之句，今觀剡源戴先生自跋其文，亦如此意云。張瑛題。

校勘記

〔一〕詩題：『仙林』，繆本作『山林』。
〔二〕誰今更湫隘：底本『誰』下缺『今』字，據繆本補。
〔三〕英風起余思：『余思』，繆本作『予思』。
〔四〕肯以文字下交：『肯』，繆本作『首』。

九日索居以滿城風雨近重陽爲韻七詩〔一〕案二首集有

窮人憂夜長，壯士惜日短。九日俗所忻，我意乃爾懶。豈無解憂酒，屢酌不能滿。東園賦詩才，紅實垂纂纂〔二〕。

憂患與寒暑，攻人如五兵。中年學養道，嚴於守監城〔三〕。秋風不相貸，白髮日夜生。日盡會須止，閱熟已不驚。

秋色一已深〔四〕，四壁嘶嚴風〔五〕。晨興視庭樹，今昨忽不同。超騰諒無術，俛仰此世中。作詩欲何爲〔六〕，贈子以固窮。

粲粲黄菊花，照我原上土。拒霜亦多態，終日相媚嫵。春花豈不美，嗟此風露苦。正命何所尤，生遲復甘雨。

山雞鮮羽毛，野鵲健爪吻。秋高草木浄，屏處亦可隱。一爲嗜慾牽，遂與籠檻近。作書報孔雀〔七〕，出入宜少謹。

生世悔識字，祝身如野農。勤勞養尊老，膳味日可重。晨芻熟新黍，耕休有過從。行吟答松籟，此樂踰歌鐘。

雁雁西北來，亦復東南翔。動物各有時，吾當謹行藏。厚墐違嚴風，密袟絜懍霜。陶然茅簷下，一笑生春陽。

校勘記

〔一〕詩題：繆本作『九日在邇索居無聊以滿城風雨近重陽爲韻七詩以自遣』。此詩共七首，《剡源集》卷二十七僅存末兩首，題爲《送官歸作》、《七陽字》，文字略有出入，今兩存之。

〔二〕紅實垂纍纍：『紅實』，繆本作『紅棗』。

〔三〕嚴於守監城：『監城』，繆本作『堅城』。

〔四〕秋色一已深：『秋色』，底本作『秋風』，據繆本改。

〔五〕四壁嘶嚴風：『四壁』，繆本作『四野』。

〔六〕作詩欲何爲：『作』，底本作『非』，據繆本改。

〔七〕作書報孔雀：『孔雀』，繆本作『孔鵠』。

買馬莫買駒 一首贈江東王宣慰

買馬莫買駒，收玉莫收璞。駒癡不識險，璞厚終費琢。我生百憂身，一出棄巖壑。黄鵠病淒涼，青雲老寥落。君家山陰居，識我在周學〔一〕。詑我崔蔡徒，驚我董晁作。我狂難自羈，頗亦露頭角。鮮鮮秋騎遠，豔豔春樓酌。麻綸播草野，斑衣照京洛。風騷共枝梧，功名乃糟粕。洪惟珪衮門，四海聲烜赫〔二〕。同時三令尹，比步鸞鳳閣。漂流三十年，高下隨所泊。君侯轉霄漢，賤子困窮薄〔三〕。金陵雖名邦，非復古城郭。山清逼嵩潁，江遠包楚貊。我愛三茅峰，鑱空翠巖崿。真來仙遯廬，誰云是雄窟。宣風洗一道，名跡掃撫略。安能了齏鹽，相與窮羈靮。嗚呼此事小，遲暮猶未惡。君看居陸魚，何如失林雀。大小各有羣〔四〕，飛游舊同樂。臨邛長卿婦，荆土王粲客。永懷車中顧，浩歌忘離索。歌短夜還長，荒雞接明發。

校勘記

〔一〕識我在周學：周學，繆本作『西學』。
〔二〕四海聲烜赫：烜赫，繆本作『煊赫』。
〔三〕賤子困窮薄：困窮，繆本作『因叢』。
〔四〕大小各有羣：大小，繆本作『小大』。

客錢唐贈鮮于伯機鄧善之諸君兼託善之書劇達寄趙子昂〔一〕

一日歌一詩，十日一舉觥。客來問何如〔二〕，寸腸悲歡并。歡緣欲相見，悲緣數平生。我昔杭州居，浮沈萬公卿。重來故物盡，但有吳山青。林仇白屠張，先後以詩鳴。鄧子學最苦〔三〕，閉門勘殘經。文辭窺李觀，後來更縱橫。伯機箕子後，筆力萬馬勍。我不識其人，初來見之驚。荏苒涉時序，綢繆來弟兄。霅姚子敬近覿面，番洪中行舊知名。皆云與我厚，千里同芳聲。好古上衛辟〔四〕子慶，窮經價連城〔五〕。平日尤念之，開匳雙眼明。惟惜趙郎遠，遠如跂華星。安知天上樂，不羨此中情。

校勘記

〔一〕詩題：『錢唐』，底本作『泉唐』，據繆本改。
〔二〕客來問何如：『何如』，繆本作『如何』。
〔三〕鄧子學最苦：『學』，底本作『舉』，據繆本改。
〔四〕好古上衛辟：『上』，繆本作『王』。
〔五〕窮經價連城：底本『窮』下缺『經』字，據繆本改。

送官歸作[一]

昨日送一官，今日送一掾。冰溪十里客，前後送已徧。如何老文學，獨此久留戀。趨走鞍馬疲，關防簿書倦。尋醫責誰諉，投劾事難擅。去住知奈何，作歌聊自勸。

校勘記

〔一〕送官歸作：此詩據《剡源逸稿》卷一補。

卷二　七言古詩

蜨軒歌壽閬風舒先生

蜨軒先生何所似，日日身遊萬花裹。問花何在蜨不知，書氣熏熏與花似〔一〕。蜨飛玩香不玩花，先生坐處書爲家。客來問花亦無有，卻似惡書將眼遮。蜨軒寒晴風日美，五色蔫緜題滿紙。青春錦繡篆畦徑，紅樹煙霞閬風里。閬風山深誰去來，雲籤秘篆歸瓊臺。那知總向軒中見，花樹四時無數開。仙家看花不須種，蜨化飛身花作供。只留佳核欲傳人，不惜殘花流出洞。洞口兒童底解知，尋香嗅蕊不思歸。何年蜕汝塵埃骨，□下春風隨蜨飛。鳳皇城中未堪憶，瑪瑙坡前朱紫國。寄身説與看花人〔二〕，舊夢飄飄卻記得。不須更説莊周事，花間曾共莊周戲〔三〕。問蜨乞花歸釀酒，酒熟長年爲花醉。

校勘記

〔一〕書氣熏熏與花似：底本『花』下缺『似』字，據繆本改。

〔二〕寄身説與看花人：『寄身』，繆本作『寄聲』。

〔三〕花閒曾共莊周戲：『花間』，繆本作『花前』。

除夜行贈大梁劉集卿

去年蘇州見除夜，蘆岸野火紅千架。博盆爆竹隔船聞，冰上兒童跳渡怕〔一〕。今年除夜在明州，對酒欲歌窮壓頭。長鑪促膝兄弟語，衝寒更上臨江樓。人生行藏何可必，肌皺肉繭無休日。開篷一笑得劉郎，俯仰塵容坐中失。嗚呼除夜百年尚未多，壯士一遇難蹉跎。請君自飲我自歌，如此除夜相逢何，如此除夜相逢何〔二〕。

校勘記

〔一〕冰上兒童跳渡怕：『渡』，繆本作『復』。

〔二〕『如此』兩句：繆本爲一句。

采石行贈趙雲仲歸臨川寄故人楊惟叔

采石磯頭楊户曹，春風立馬語滔滔。被移官舍曾對榻，夜坐不知江月高。於時新辭萬山窟，袍綬鮮明映青髮。當機徑發氣無前，不識窮愁是何物。平生學道楊文昌，南徐北謝弦歌鄉。衙歸埽門謝俗吏，舌本爲渠如木强。爾來二十三寒暑，君棲蓬蒿我羈旅。音書渺漠迷死生，夢魂飄揺隔吴楚。今來挾册古杭州，知君只在玉溪頭。時時鄉人誦詞賦，往往屋壁貯陽秋。浮花飄風姑勿道，貧賤殘年會長保。但令名跡耐磨研〔一〕，相逢不似相聞好。楊花三月湖風顛，遊人正多無酒錢。長歌爛墨寄趙掾，明年細寫碧雲篇。

校勘記

〔一〕但令名跡耐磨研：「令」，繆本作「今」。

僕異時嘗中秋夜醉坐吴山絶頂觀月四無人蹤飄飄然江湖高爽處也去之三十年想念此樂如新李公略坐中示高郎中畫圖援筆爲賦

君不見浙江中秋中夜潮，淩空斗起如銀橋。又不見西湖中秋中夜月，滿眼玲瓏散冰雪。紅塵車馬曉爭門，畫船歌鼓晚相聞。誰知須臾人事息，秘玩棄在荒涼村。吴山山人氣清放，窮居縱遊隨所往。千門夜沉少人行〔一〕，獨上山巔看蒼莽〔二〕。蒼鸞綵鳳從何來，涼風鼓簸天關開。空光水影相晃眩，坐見千里無纖埃。當時少年輕世故，兩腋飄飄欲生羽。浮槎已學水中仙，吹簫更尋雲外侣。陳跡荒涼三十年，逢人更説無由緣。開編忽見郎中畫，意趣皆是心茫然。山中李侯亦瀟灑，卻燭卷筵風露下。更深百怪弄清妍，一一尊前供點寫。高林低岫來砰砰，浮屠窣堵參差生。想當含毫意明決，山精海若相經營。袁宏扁舟何足道，庾亮南樓只秋草。何似如今緗素中〔三〕，明月長圓意長好。月明山空誰往還，沙鷗野鶴亦歡顔。還有飄零舊時客，白頭夜夜夢吴山。

校勘記

〔一〕千門夜沉少人行：「少」，繆本作「山」。

〔二〕獨上山巔看蒼莽：「巔」，繆本作「頂」。

〔三〕何似如今緗素中：「似」，繆本作「以」。

次韻魯山陳丈制機長篇因以爲張尉之賦

君不見西蜀相如學遠遊，流落歸來家四壁。又不見譙東孟德沽隱名，塹泥深居斷人跡。行藏何嘗能自料，空引蒼蠅汙白璧。陳侯巖棲氣深古，朱顔緑髮雙瞳碧。傳餐一鉢鬼笑拙，據鞍千言天與力。張仙骨鯁王侯賓，家世編書出黄石。平生江湖亦汗漫，酒醲詩諧晚相得。浮沈今知各有命，偶脱藩溷同茵席。南樓歌遊東閣卧，客懷傾翻如發羃。忽需長牋灑長句，令我詫歎頭屢側。人生交遊在肝膽，亦有相逢不相識。探弦正遭市語熱，鬻養復值天雨足。頗懷兩翁係累少，白石清泉動顔色。家空自無官府責，兒大已了門户役。安得壯士長泥塗，看君青天生羽翼。

阮萬翁初得孫董孺仲賦懸弧行以賀之

邯鄲無醜姝，桂林無惡枝。君看阮侯家，總是聰明兒。風流翩翩孫又子，金章紫綬來未已。新年傳到懸弧詩，名字重從阿良起。阿良晚出已可人，虎頭犀額猩紅唇。華堂洗晬百家聚，圖書印鉞來逡巡。五公四世端可必，阿翁當官有陰騭。請翁揮金教經術，阮家諸兒良第一。

瀫山湖凍不可得舟贈陸家諸兄弟

北風一夜吹湖水，玉凍瓊寒三百里。東帆西柁去不流，閘人驚惋凌人喜〔一〕。凌人異時萬斛金，黄流黑潦成璆琳。炎天解駮試纖手，無此照眼玲瓏林。書生未擬豪華樂，三日浮家怨漂泊。茅家殺雞休學渠，坐中王祥能出魚。

校勘記

〔一〕閘人驚惋凌人喜：『閘人』，繆本作『居人』。

近題唐伯齡康樂堂有天花玉樹之句并爲隱梅作也今見圖畫再賦

平生未識種梅人，玉樹天花曾寫真。今朝索詩方見畫，便似數面逾相親。仙家百物隨意有，人間處處春風手。移來想自蓬萊山，花大如盤實如斗。君不見孤山草堂猶姓林，眼前謀隱不謀深〔一〕。平塗萬丈黄塵海，縱有梅花人不尋。

校勘記

〔一〕眼前謀隱不謀深：「謀隱」，繆本作「諒隱」。

丙申八月十八日次韻答江西熊分翁惠詩

誰家中秋無好月，青陽門西最清泬。勞體寄足一躊躇，倦鳥抛韝馬離紲。客居無酒非無興，市食村羞隨手揭。跟蹡但欲鬧兒童，飣餖何須齒豪傑〔一〕。牙籌蠟屐各有好，世議賢愚未渠訣。那知旁有醉吟翁，正絶冠纓逃麴糵。開門一紙走村奚，字墨煙霏半明滅。知君意到秉燭書，徹夜封題待明發。飢寒有命非我事，齒吻鏦錚如嚼鐵。黄公壚下徒輩盡，臨邛市上家具闕，酒醒終然難置意。四壁妻兒索衣韈，邇來稍稍儒事起。道逢高冠不陵蔑，坐車侯嬴誰動色，並席林宗誰角折。攜家遠引勢未可，會見荒郊鬧車轍。人生適意成節序，猶及餅花吐金屑。遲歸不惜來往數，爲我談詩窣窾穴。已拚煮餅無硬飽，鄰礴霏霏響春雪。

校勘記

〔一〕飳飣何須齒豪傑：『飳飣』，繆本作『鬭飣』。

贈談數臨江宋學古

鍾翁談天何所試，峴山山下青陽子。手持玄女一編書，云可從人判生死。想渠眉睫有神交，怳惚非仙亦非鬼。子房橋上拜赤松，士龍塜旁逢輔嗣。後來宋子更絶倫，不但得皮真得髓。布置算翻北斗電，餘評氣吸西江水。嗟余相逢在恨晚〔一〕，握粟占金豈其理。直須日晏倦垂簾，百錢共醉紅塵裏。

校勘記

〔一〕嗟余相逢在恨晚：『余』，繆本作『予』。

題燕國芳竹南軒

燕君借居亦種竹，處處扁軒名竹南。能令四時變寒暑，坐見平地生煙嵐。廣文之居何潭潭，廚無粱肉出無驂。歸來此君有清語，歲晚與子齊彭聃。

送伯恭胡主簿

胡侯胸中有冰雪，所至談笑生清涼。唾壺熏鑪白玉麈，駿馬寶鞭紅錦障。江湖簿領聊小試，功名簡閱終相當。道逢儒流須顧盼，君家自有尚書郎。

贈當塗汪嬾翁

長江日夜東南趨，千帆萬柁交荆吴。何人閉門肯學嬾[一]，白晝一翁眠畫圖。身閒定作官府具[二]，年盛已免時流須。煙雲草樹野供張，伏臘簞瓢天道輸，時時客至有不免。踞石班荆開酒壺，功名奔馳那得爾，晚暮且養千金軀。勸翁堅居勿浪語，龐公梁鴻何代無，嗚呼龐公梁鴻何代無。

校勘記

〔一〕何人閉門肯學嬾：『肯』，繆本作『首』。

〔二〕身閒定作官府具：『定』，繆本作『空』。

贈西江復初陳秀才

天公蕭蕭木葉疏，百族畏動潛其居。寬求如子亦不免，意倦千里迴行車。盱江盱江清可漁〔一〕，山栖野逸多長裾。西歸洗塵酌江水，客來談詩碧雲裏。

校勘記

〔一〕盱江盱江清可漁：『盱江盱江』，繆本作『盱江盱水』。

贈談天者章生

兒時看天似區脱，怪得象緯懸虚空。誰知吾人血肉軀，墮地亦在星辰中。貴權紛紛何足數，返待柴門卧風雨。行藏迫人不自料，千里浮家向吴楚。漂流忽問織紗人，世無君平真眼明。坐上忽遇章公子，舌底衮衮生機輪。清談已多且休作，我蛇無足駒無角。傳聞薦書起台槖，還君青藜天禄閣。

學録高君陽歸韶州因憶舊友李明遠熊西玉兄弟

食不可無雙溪魚，飲不可無昭亭酒。魚肥酒釅兩不闕，萬事終傷老來醜。平生江東似鄉土，衆中識君聞楚語。論詩未下五字城，明經幸無八風舞。霜風日夜荒庭蕪，思歸豈必須省符。李仙不來二熊遠，與君何處説江湖。

浦江方韶卿見示陳無逸倡和長篇次韻

君不見梅仙抛官隱吴市，時時采藥煙霞裏。又不見玄真逃聘作漁郎，風雨扁舟無定止。方翁自是儒者流，曾向侯門跛珠履〔一〕。年來嬾出學灌園，儘老朱顔如孺子。衣冠尚遺齊氣緩，詞章更擅唐風美。夙昔聞名思一見，不料芳題落吾几。斷續鼃哇淡琴瑟〔二〕，紛披騷後殘蓀芷。平生莫送謝玄暉，七里灘前呼不起。自然失笑悟濠梁，誰更低頭聽下里。陳子也復可憐人，窑桃鮮鮮照穠李。移文約過道場山，投竿待釣苕溪水。興來容易莫相違，歲晏清言猶在耳。

校勘記

〔一〕曾向侯門跛珠履：『跛』，繆本作『躧』。

〔二〕斷續鼃哇淡琴瑟：繆本作『斷續鼃蛙談琴瑟』。

送周秀才乘西遊松江投衛有山

東州可住家無田，西州可遊囊少錢。坐身何處是鄉土〔一〕，投老值窮良可憐。三年懷牒坐省户，一夕裹書趨估船。縱令得禄計已晚〔二〕，況又出處俱茫然。喜君世法工磨研，感君天横耐熬煎〔三〕。平生交遊算豈少，亦有垂上青雲顛。薦書張老曾好漢，卜肆賈生猶少年。回頭掉臂似不屑，夢寐獨在松江邊。黄封官釀緑珠唱，紫袍驕馬紅絲鞭。只今此樂那復得，但可飯蔬烹惠泉。書樓百尺横瑶鐫，九峰客坐餘寒氈。因君往訪問安樂，歸來細和松風篇。

校勘記

〔一〕坐身何處是鄉土：『坐』，繆本作『生』。

〔二〕縱令得禄計已晚：『令』，底本作『今』，據繆本改。

〔三〕感君天横耐熬煎：『天横』，繆本作『天機』。

孫家貞婦詩其弟焦達卿治中

君莫吹蕲州城中笛材竹〔一〕，不如聽孫家貞婦哭。君莫拂單州堂上琴絃絲，不如歌孫家貞婦詩。孫家婦娶焦家女，單州夫戍蕲州壘。十年夢裹隔音容，一日書來訣生死〔二〕。霜奔露走不顧遲，危心遠貼南雲飛。誰知眼見寶釵合，忽作身迎丹旐歸。歸來負土栽松柏，對著嚴親珠淚落。膝前屬付更分明，青穀雙端牛六角。穀言纏結不分離，牛要辛勤能自持。抛鉛埽黛誓天日，從此不畫雙蛾眉。教兒詩書女箕帚，日日烹調供姑舅。霜餘琪樹起清風，春晚慈烏馴白晝。□□□□□□□，都説孫家有貞婦。毗陵別駕佳公孫，姊弟相輝成一門。長函大軸書銘讚，似輯韶濩編瑤琨。君不見漢時班馬兩家子，男修女綴俱青史。至今蘭臺直筆屬何人，定向孫焦名字起。

校勘記

〔一〕君莫吹蘄州城中笛材竹：『城中』，繆本作『城頭』。

〔二〕一日書來訣生死：『訣』，繆本作『隔』。

顧伯玉喜余師生與張仲賓同日見貺長篇次韻兼呈諸公

擇交養高翻問疏，擇術慕窮猶戀儒。頻年江湖老竟及，餘事風流今亦無。涸車勢急別河伯，闊眉妝成逢子都。但驚羞赧欲伏地〔一〕，何願要路争馳驅。張郎將種似憐我〔二〕，俠氣湧湧先秦初。男兒墮地要筋骨〔三〕，政爾豈不高門閭。驧蓋千蒼擁賓佩，觥船萬柁行官酤。煩君洒埽喧童雛，喜君談諧忘旦晡。就中顧弟工吴歈，和者磊落牟陳屠。人生失意何可忽，鉛刀有時成湛盧。只願長年了衣飲，坐看君輩供時須。

校勘記

〔一〕但驚羞赧欲伏地：『羞赧』，繆本作『羞殺』。

〔二〕張郎將種似憐我：『張郎』，繆本作『中郎』。

〔三〕男兒墮地要筋骨：『男兒』，繆本作『兒男』。

次韻和同年牟成甫壽母詩

有手不拂君家七尺珊瑚枝，有口不吸君家五色玻瓈卮。但羨君家西來爛漫翰墨種，噓祥吐秀無休時。天池紫雲芝玉粲，真官綵仗鵷鴻隨〔一〕。朝纓使節俛首拾，名義百年無賸虧。長公鳳毛又最異，餘事虎頭端不癡。中都之糧大官饌，日可饜飫諸珍奇。爾來辛苦費咀嚼，□□□□□□□。酣呼樂飲世亦有，無此翁季更酹詩。碧油賢將新下榻，青綬冷官行被移。登堂何時拜家慶，苕溪風日方清熙。爲君醉歌舞傲傲，君定點頭翁啟頤。

校勘記

〔一〕真官綵仗鵷鴻隨：『鵷鴻』，繆本作『鴛鴦』。

嘉興唐氏康樂堂詩

學道向來康樂公，路迷吹散蓬萊風。千年仙籍有補處，龐眉九十西塘翁。西塘之居何密密，雲楹霧栱星漢通。翁來踏歌六鼇動，翁歸醉眠羣鶴空。遺香隱秀發不盡，天花玉樹開蒙茸。高堂舉頭見康樂，日聚冠佩鳴笙桐。庚桑高居作畏壘，廣成清嘯娛崆峒。亦聞好義多賑給，閭井笑歌庭巷同。長生難學福可積，眉睫隱約浮陰功。九峰三泖我更熟，丹成許子騎鸞鴻。

王徵君攜九日詩求和

邛杖郿縚垂白叟，寶蓬山下逢重九。臺哈醉眼笑向人，赤手得官曾不受。窮嫌俗狀輕斗粟，老把風情寄杯酒。明日蕭條有新作，攜過東州村學究。支牀曳塗俱可憐，還我靈龜養耆壽。

俞聘君遊睦索贈爲長句因呈睦守

俞侯談天有家法，年少名字驚諸公。麻鞵已登羣玉府，蒲帆忽泛五湖風。青雲卻步良近達，白日閉簾難諱窮。憶昔連鑣季主舍，屏間羨爾嬌顏童。飄摇二紀學頭白，交遊八荒終眼空。睦州使君人物準，開筵劇談氣吐虹。似聞有孫喜相就，江鳌霜肥山果紅。尋棲自慙北歸燕，寄訊豈乏南來鴻。

歸次鄞江喜而有作示諸兒

春江雨後滑如繒，青山倒懸江水清。行人褰衣弄歸影，照見眉睫光熒熒。故人誰存各老健，枯樹新長曾飄零。鄰兒傭薪亦欲活，慎勿遠出勞心形。

送彦淳和黄仲正

去年離家元夕節，與君共踏明州雪。今年寒食未還鄉〔一〕，送君獨看台州月〔二〕。少年疾走誰不誇，雙鬢祇復羞蒼華。君不見深巖老鳳飢不食，春風自待梧桐花。

校勘記

〔一〕今年寒食未還鄉：『今年』，繆本作『今日』。
〔二〕送君獨看台州月：『送君』，繆本作『君還』。

題董氏盤阿

盤阿盤阿何所有，上有樫梧下蒲柳〔一〕。竹陰到處出漁舠，花氣清時鬧茶臼。主人無事日日遊，日日留連不知久〔二〕。水嘻山呀時應答，石磴風牀相左右。何人口滑欲談事，顧我身健惟置酒。兒孫趨蹡各黄卷，兄弟歡娱俱在口。門高路僻少官府，往往過從祇朋友。池東連釣得魴鯉，西園小摘便蔬韭。頗聞截髮貰庖饌，亦有承顔供瀡滫。古稱三樂今有二，誰能十步能計九〔三〕。但憐平生千世具〔四〕，空抱遺經卧林藪。蛟龍泥盤且安跡，璞玉匣藏終遠咎。看君自取良不薄，形神混殺天所壽〔五〕。爲問知魚濠上人，得似忘機漢陰叟。

校勘記

〔一〕上有樫梧下蒲柳：『樫』，繆本作『臺』。
〔二〕日日留連不知久：『日日』，繆本作『遊日』。
〔三〕誰能十步能計九：底本『十步』下缺『能』字，據繆本補。
〔四〕但憐平生干世具：『平生』，底本作『平世』，據繆本改。
〔五〕形神混殽天所壽：『壽』，繆本作『授』。

莫誚龍

年年八月多風雨，稻已成糧天靳與。行人惋惜居人嘑，銅山港前聲最苦。黄流照天何處來，市屋半壁栖浮荄。似聞遠村龍徙穴，作此洪漲山爲開。人言無雨向龍乞，今年自雨龍無力。功薄不慙更發嗔，從人咽吭奪其食。我生有命天所窮，龍嗔未息莫誚龍。遲晴放舟收温稻〔一〕，壓酒椎牲拜龍廟。

校勘記

〔一〕遲晴放舟收温稻：『遲晴』，繆本作『遲明』。『温』，繆本作『濕』。

題雁圖

長灘頭短塹下，三三兩兩相偎亞。問爾何不上林飛〔一〕，松江太湖稻粱肥。煙雲茫茫藏禍機，人生無營相類福，山中亦有秋風屋。

校勘記

〔一〕問爾何不上林飛：「上」，繆本作「止」。

卜者

古卜流傳誰不願，得一靈龜家巨萬。玉靈先生龜滿牀，貲産只今何可算。高軒肥馬休歎渠，學道豈必求贏餘。百錢早晚充鮭蔬，我亦開簾君看書。

卷三　五言律詩

己亥歲暮歸過泉口紫芝山訪涂師及門聞師死〔一〕

行路夢猶在，入門人已非。山青古佛頂，雲黑祖師衣。賭弈曾同拙，看真似欠肥。百年誰免此，只合早忘幾。

校勘記

〔一〕此首《剡源集》卷二十九已收，題爲《己亥歲歸過泉口紫芝山傷謹講師》。

建康南軒先生祠塾在青溪之上花木扶疏可愛鄉友杜子問主教事以詩贈之〔一〕

一席青溪上，深衣雪鬢翁。揮犀談孔氏，釋菜禮宣公。堂饌淮鮮白，賓筵楚醴紅。花臺無恙否，回首幾春風。

校勘記

〔一〕此首《剡源集》卷二十九已收，題爲《杜子問赴建康南軒祠長祠前花木可愛》。

括蒼李元凱秀才索贈

傾蓋東風晚，分襟海雨寒。誰供廣文館，猶戴野人冠〔一〕。花樹三天監，魚龍七里灘。何如相伴去，吟嘯不艱難。

校勘記

〔一〕猶戴野人冠：「戴」，繆本作「帶」。

孫母才恭人挽詩

玉雪儒門並，山川母德長。憑誰彤飾管，書此墨爲藏。鼓鐸千原咽，絲麻九族光。兒曹有一客，遠赴卧牛岡。

木落風逾勁，山空鶴自飛。一珠端返照，雙劍意同歸。地下宗姻樂，人間歲月非。哀榮有如此，行路枉沾衣。

次韻答閬風歸後見寄

又作揚州約，開書似語靈。月如山夜白，雲在海天青。臨路扶藤慣，忙書作草能。平生飛動意，未許託緘縢。

華亭道中贈孫使君

白雪雙蓬鬢，青天一葉舟。身輕任吾道，歲晚尚他州。晝裏眠逢雁，杯前喚起鷗。江湖且如此，邱壑待王侯。

漫刺非吾事，輕帆忽此來。湖高荒檇李，樹近出蘇臺。米栅知空没，魚籬是旋栽。親知總無恙，憔悴不須哀。

池邐湖包郭，依稀雪送年。肥鱸南港水，高雁北風天。故國今如此，清談亦偶然。明朝獲□不，聞有虎溪船。

朱教諭還新玉有詩次韻

新玉是儒窟，君去作經師。老鬢秋風覺，歸心溪水知。俸貧誰繼粟，事少且吟詩。還有山房約，能來一大奇。

秋仲賓廉訪初至越相招以三詩贄往秋時兼涖明州未至

江海蕭疏地，風霜峭峻天。儒謡丹筆外，野色繡衣前。驥出看空櫪，鴻驚聽絶絃。清時有涇渭，書硯莫輕捐。

選出燕臺右，賢經洛社來。威芒南斗直，炎瘴北風開。早欲空山岳，還曾問草萊。明州亦行部，旗旆莫徘徊。

海息魚猶沸，風高草未彫〔一〕。鋤荒鋪俎豆，開險過襘軺〔二〕。有客歌封岱，何人諫伐遼。勳名賴公等，窮拙且漁樵。

校勘記

〔一〕風高草未彫：「未」，繆本作「木」。

〔二〕開險過襘軺：「襘」，繆本作「蟾」。

簡王元剛并寄理問德玉〔一〕

休説頻相憶，新年已兩書。雪肥秦望草，春動鏡湖魚。藺紙堆成屋，烏蓬走當車。諸公有遊事，少待意何如。

未覺窮無累，還堪有隱名。白袍供拜跪，斑鬢學趨迎。山郭花遲發，春湖水暗生。精廬誰最近，尊酒約同傾。

校勘記

〔一〕此詩第一首《剡源集》卷二十九已收，題爲《簡王元剛并寄王理得君玉》。

甲午正月十一二連雪始霽有作示鄰友

冉冉雲痕薄，濛濛青氣陰。殘坡平卧犢，新樹動鳴禽。憶友吴𠊱斷，留人越酒深。江湖在何許，無事且清吟。

吾鄉蔣俊民嘗宰閩中有聲晚入燕得一越學教授以不稱職聞作詩賦藉之因寄敬周提舉

此老真能宦，諸公但未知。粉牆楊柳屋，清酒鱖魚時。俸薄仍招客，官閒且賦詩。鏡湖曾有約，不得共追隨。

白髮三千里，青山四十年。猶騎廣文馬，不費大農錢。芳草樵風徑，新茶穀雨前。儒臺有知己，容得放清顛〔二〕。

校勘記

〔一〕容得放清顛：『清』，繆本作『青』。

趙清臣孟澄名家佳士以貧就禄山陰以詩問訊

玉雪諸王後，風塵百里師。白袍窮自笑，黄卷老相知。夜雨牋詩屋，春風洗墨池。鄰牆有來往，不顧託衰遲。

寶林寺得無字壁有徐季海詩碑

何處尋三窟，端來寄一壺。巖根接滄海，雲杪挂浮圖。古壁碑漫滅，靈鰻事有無。昌公好相識，閒暇説江湖。

鮮于伯機次韻見寄復和答之

久宦有何好，但能妨讀書。君曾狎鷗鳥，我亦戀鱸魚。吟動花扶硯，遊歸柳拂車。西湖疏闊久，消息近何如。

學道真何用，人人識姓名。何煩雙璧聘〔二〕，已誤五漿迎。官驛蛙誰問，閒門草自生。端來訪岑寂，肝膽許君傾。

校勘記

〔一〕何煩雙璧聘：『何』，繆本作『可』。

再次韻答鄧善之并問屠存博張仲賓

鄧子本經學，年來工篆書。空令鬪軒馬，政不辨鮭魚。玉雪陳師道，山林徐仲車。青雲恐不免，留待日紛如。

老去方塹學，窮來誰愛名。辛勤馬隊講，憔悴狗歌迎。竿牘煩諸彥，犂鉏看此生，秋風會相覓，家釀就誰傾。

三次韻寄戴祖禹〔一〕

同分剡溪派，自至小王書。野服調駿馬，濃香熏蠹魚。歲時趨闕里，早晚上公車。與我真兄弟，風流但不如。

其家有禮學〔二〕，可但愛書名。猶憶班荆語，曾同掃榻迎。飄零木居士，憔悴楮先生。看取滄浪水，東流日夜傾。

校勘記

〔一〕此詩第一首已見《剡源集》卷二十九，詩題同。

〔二〕其家有禮學：底本「家」前缺「其」字，據繆本補。

送涂君長之麗澤此缺咸淳中故胡國器嘗以公府高選之

東萊開講席，青柳映天高。子去翻三篋，名成及二毛。唫蹤蒼石几，書夢碧松醪。此缺東南重，題名有俊髦。

阮節之挽詩

珠樹三春落，瓊田一夜冰。謔言今是讖，吉夢卻無憑。海上青娥泣，空中白馬騰。客遊逢惡況，秋鬢轉鬅鬙。

遊敬亭訪黄蘗泉董孺仲攜茶就泉上汲水煮之

李白醉遊處，秋風吹野花。漫煎黄蘗水，一試白雲茶。坐久谷聲出，吟圓山影斜。憐君多道趣，步步踏煙霞。

施學諭克剛相繼爲黄蘗遊有詩次韻異時太學數有茶會余與施董二人者皆鑪亭之舊〔一〕

愛客嘗儲酒，居閒只種花。坐來秋寺石，憶到夜鑪茶。落魄童顔耐，飄零醉墨斜。何緣得親近，相伴佩飛霞。

校勘記

〔一〕詩題：繆本無『相繼』二字。

故總幹潘伯可從大挽詩〔一〕

落落知難久，堂堂竟不還。江湖官七品，風雨屋三間。已矣烏頭白，嘻乎豹管斑。兒曹莫輕脱，英爽在空山。

得死何須哭，偷生正可疑。倉皇歸印日，慷慨卻金時。規矩諸郎有，襟懷我輩知。平生郭有道，消得蔡公碑。

憶昨秦淮上，諸公盛説兵。幕中渾不解，局外卻難平。一去成南北，重來隔死生。低頭拜圖像，心事各分明。

漢子兵間失，陳郎歲裏萎。同遊總如許，死後復何爲。風雪滄江渡，山林白璧辭。招魂吾豈願，挂劍或堪期。

校勘記

〔一〕繆本詩題下有注曰：『凡四首，刻本衹載二首，今補。』《剡源集》卷二十九所收二首爲前兩首，題爲《故總幹潘伯可從大挽詞二首》。

將泛松江先寄衛有山

南國秋將盡，西州水又多。音書渾不寄，故舊竟如何。門未深楊柳，山應長薜蘿。丹房三百疊，意到一經過。

黄老今窮健，陳郎昔俊遊。紅廊花裏寺，青舫水邊樓。一别三經潦，重來五换秋。因行覓親舊，隔浦自蘇州。

王朋益巡按松江日余始以詩見

不礙登門夢，西來費兩年。魚龍五湖地，鵰鶚九秋天。世尚誇雌甲，狂甯作散仙。平生歌酒具，取次菊花前。

喜完顔僉事至五首

早好遊仙賦，真乘詔使鞍。風霜摇百越，星野逼三韓。騷客山中喜，疲民水後寬。中年錯料事，幾欲悔儒冠。

海溢蛟龍橫〔一〕，山空雁鶩多。除荒通直指，挑險過前河。境物題偏怪，風謡辨易訛。只應疏剖暇〔二〕，清興動煙蘿。

驛頓蔬逾酪，川行楫勝車。移符逃暴虎，駐節出文魚。弔古衣冠有，傷今林落疏。澄清公易事，天道信何如。

楮澀糧空賤，州繁邑自荒。枯魚急河水，鳴鳳鍊朝陽。問路劉仙洞，搜賢賀監鄉。相關有休戚，日日探行藏。

走昔身穿剡，公時騎入吴〔三〕。傳詩驚匕箸，談政滿樵蘇。一跌能青夢〔四〕，相逢先白鬚。六鼇何得近，倘肯納珊瑚。

校勘記

〔一〕海溢蛟龍橫：『溢』，繆本作『隘』。
〔二〕只應疏剖暇：『暇』，繆本作『腹』。
〔三〕公時騎入吴：『公』，繆本作『今』。
〔四〕一跌能青夢：『青』，底本作『清』，據繆本改。

送鮮于都事赴浙東

浙水東不已，雨雲西更多。捲書銜燕鶩，馳驛諭蛟鼉。海譯評新怪，巖碑辨舊訛。何官不可樂，夫子意如何。

石洞仙遺跡，山城酒得名。將家官下隱，盡日畫中行。問驛林花動，題崖險樹平。殷勤賀吾黨，上幙用儒英。

屠夫人陳氏挽詩

開亂簪裳耦，遷兒俎豆鄰。哺烏方待晚，別鶴已無晨〔一〕。喪禮廬苫暗，哀歌宰樹春。些招吾不願，彤管託何人。

校勘記

〔一〕別鶴已無晨：「鶴」，繆本作「駕」。

宣州高耐翁挽詩

德里通高蓋，書林老斵輪。耐成千指爨，清到百年身。追黑仙無訣，傳玄世有人。風塵山谷裏，從古著沈淪。

白日終難駐，黄河曲自流。家成小鄒魯，胸次古陽秋。道在憐歌鳳，書遺想汗牛。甯無沾酒絮，邂逅灑松楸。

宣州送荆秀才

一出寒又暑，相思湖共江。溼雲天近塔，凉樹水明窗。歸影今子獨，客情惟我雙。杭州有豪貴，遇合未眉龐。

寄安吉朱賓父同年

儘説郭南去，郭南信未真。亂雲誰識路，明月自依人。白露黄粱飯，青山烏角巾。東牀亦可喜，眼底小麒麟〔一〕。

校勘記

〔一〕眼底小麒麟：『小』，繆本作『少』。

送宗美王教授之益陽時益陽新升州

儒脈湖湘遠，州僚學校尊。開荒鋪禮象，剏古振宫垣。談麈騷花譜，書蟾岳雨痕。斯文吾倦此，洗眼看騰騫。

董孺仲以九日遊豹山詩成次韻

董生下帷倦，尋策到山扉。白髮溪泉亂，青筇徑路微。放歌知日永，出洞見人稀。餘醉須相覓，茱萸插滿幃。

吴江界梅堰阻雪

古戍魚龍外，歸人雁鶩邊。茫茫雲塞路，衮衮雪欺年。蓬屋聊偷話，梅花是浪傳。吴兒遺俗在，爆火聒愁眠。

十二月廿三日華亭小泊〔一〕

一一歌遊處，今年又寂寥。雞聲出島樹，蜃氣雜江潮。班白尋遺老，丹青詫麗譙。衰懷緣子女，不憚往來遥。

校勘記

〔一〕此首《剡源集》卷二十九已收，題爲《十二月二十三日華亭小泊華亭近方通潮》。

自華亭過澱山湖風日清快可喜

衆澤東南會，扁舟西北經。雪馳湖蕩白，春動海山青。歲事兼魚歉，鄉謡詫蜃靈。鴟夷誰羨汝〔一〕，祗合佩笭箵。

校勘記

〔一〕鴟夷誰羨汝：『汝』，繆本作『女』。

題李氏恒莊圖

慕禄人間有，千年李相賢。龍鱗諫書絶，馬鬣畫圖傳。里俗修樵禁，兒孫續祭田〔一〕。霍家誰憶汝，空自築祈連。

校勘記

〔一〕兒孫續祭田：『續』，繆本作『贖』。

送樂清尹之任

莫説東甌小〔一〕，君行似畫圖。四封三帶海，十户九冠儒。蜑客門鋪毯，蠻娃履曳珠。名門本清苦，努力護修塗。

校勘記

〔一〕莫説東甌小：繆本作『莫識東甌水』。

寄韓君美

我識韓夫子，清高隔幾塵。風斤琢瑚璉，天供養騏驎。黄卷青藜杖，朱衣白氎巾。何時艾溪水〔一〕，重説鄮山春。

校勘記

〔一〕何時艾溪水：『艾』，繆本作『愛』。

寄李明通有學仙之好

聞道幽棲處，饒州復信州。詩從炎嶠長〔一〕，名與玉溪流〔二〕。夢遠花鶯眼，春歸雪壓頭〔三〕。向來豪氣意，肯使理菟裘〔四〕。

玉雪千人表，珠璣四座清。持螯蕭寺飲，調馬楚隄行。寂寂衣冠聚，摇摇象緯精。尤憐窮阮籍，隨例作狂生。

花樹春何晚，菘苗雨自肥。不愁妨蠟屐，生怕汙練衣。書去身安否，家移地是非。清江一千里〔五〕，日日看雲飛。

磊落江東郡，人今説謝公。生芻新酒熟，宿草故原空。彦□追攀苦，清談寤寐同。君看吾黨事〔六〕，初不係窮通。

竹簡休輕出，金丹亦市期〔七〕。海鷗閒玩客，山燕晚休兒。有酒懷家少，無車閱市宜。江城兔園叟，猶勝隱巫醫。

一輩咸陽事〔八〕，餘郎亦可人〔九〕。浮家成也未，狂夢僞耶真。北斗䣺成酒〔一〇〕，西風障去塵。待憑千古意，同護百年身。

文史中年事，漂淪竟若何。一鴟攜去遠，三豖悟來多。白石通仙路，滄浪亂醉歌。時時朱墨倦，東望引婆娑。

校勘記

〔一〕詩從炎嶠長：『從』，繆本作『狂』。

〔二〕名與玉溪流：『溪』，繆本作『俱』。

〔三〕春歸雪壓頭：『歸』，繆本作『寒』。

〔四〕肯使理菟裘：『使』，繆本作『便』。
〔五〕清江一千里：『一千』，繆本作『一十』。
〔六〕君看吾黨事：繆本作『看君初黨事』。
〔七〕金丹亦市期：『市』，繆本作『市』。
〔八〕一輩咸陽事：『事』，繆本作『市』。
〔九〕餘郎亦可人：『餘』，繆本作『條』。
〔一〇〕北斗蝌成酒：『成』，繆本作『城』。

天台楊生

宅里興公賦，才名賈誼書。行須萬里遠，年盛二毛初。海市猶螃蟹，湖鄉欲鱖魚。宦身未忙在，一醉子何如。

行次臨平鄉思翛然

白霧千門散，青山一路迎。官河高級級，鄉堠近程程。喜欲隨鷗泛，窮須教犢畊。東風也相厚，替我筍輿輕。

贈雲仲趙公〔一〕

江上青雲客，天邊白馬生。百年文物似，一席笑談傾。問舊能枚舉，論財比芥輕。徘徊亦自好，可便濯塵纓。

校勘記

〔一〕此首《剡源集》卷二十九已收，題爲《贈上饒道雲仲》。

貴溪來子功以省符領沙縣學

頭白沙場去，千灣復萬坡。可容高偃蹇，聊作小婆娑。歲晚梅花早，山深桂樹多。尊堯在吾里，清暇一刊磨。

懷王丞徵翁

閲世身虚老〔一〕，懷人歲又除。諸儒猶冠蓋，一士竟犂鋤。談柄春糟酒，羹材雪圃蔬。奇聞殊未息，欲覓帳中書。

校勘記

〔一〕閲世身虚老：『閲』，繆本作『閔』。

史觀文挽詩宇之

家史三台府〔一〕，衣冠萬古風。生憎誓牖下〔二〕，病死祇車中〔三〕。縞素郊原滿，丹青廟社通。百年何可恨，遺直付諸公。

鼎食三千指，衣冠八十年。殘恩虛竹帛，舊像寄貂蟬。北客家無□〔四〕，南陽別有阡。哀榮何用我，懷古更潸然。

校勘記

〔一〕家史三台府：『史』，繆本作『世』。
〔二〕生憎誓牖下：『憎』，繆本作『曾』。
〔三〕病死祇車中：繆本作『病祇死車中』。
〔四〕北客家無□：『家』，繆本作『今』。

許景翔挽詩

偃仰還渠老〔一〕，昂藏只麽休。衣冠魯儒態，辭賦楚騷流。手澤存三篋，風神閲一邱。冥冥有還往，應與謝公遊。

校勘記

〔一〕偃仰還渠老：『偃仰』，繆本作『掩抑』。

方中立挽辭

衹著儒冠死，斯人也自賢。山中卓行傳，館下曲臺篇。赤手曾行志，蒼顔得盡年。平生江海夢，飄散白雲邊。

法喜寺

案，此詩從茅嶼王氏全集鈔本補

野火煙雲窟，春谿風日朝。花遲年有閏，樹密地無徭。山鼓通荒戍，庭碑認往朝。客言僧可隱，勝似隱農樵。

題陳秀才溪山佳趣〔一〕

案，此詩從御定《歷代題畫詩類》録出

城郭尋尋盡，溪山宛宛來。同誰遷蠟屐，爲子破莓苔。書欲斕斑設，花須爛漫開。趙郎題墨妙，煙霧眼中開。案：『開』字原刻本重。

校勘記

〔一〕此首《剡源集》卷二十九已收，詩題同，無小字注。

卷四　七言律詩

和王景陽邵玄同

王郎快筆郢斤風，邵叟清才越爨桐。覽鏡未諳今我異，開樽聊復故人同。狂歌步月吴天白，醉眼看花湖水紅。似此相逢莫虚擲，諸公元不爲詩窮。

贈鄉僧

湖屋華鐙饜絳光，戍樓晴角動青陽。齒從殘歲增新歲，人在他鄉説故鄉。歌後尚堪吴語寫，樽前休笑楚衣狂。酒錢脚力隨緣有，準擬春光醉幾場。

蒙堂作

客路相逢亦偶然，南屏山下送殘年。青黄桃□春詩後，紅白梅花夜酌前。但許揮犀驚廣坐，不□□□□華筵。勤公紙帳清如雪，試筆新正第一篇。

送祐之高郎中北上

星斗天高路不迷，風情只著故山棲。詩篇白髮彭州後，歌曲玄雲易水西。小乘盡彫閒騣裹，濃香寒凝古狻猊。相依最有南鄰客，日日吟書聽曉雞。

歲月驅人老不知，江南江北竹筇枝。烏鴉落月青鐙夜，魚蟹秋風白酒時。侯劍曾飛真有術，仙丹可鍊苦無資。知君此去平津閣，談笑唐虞也未遲。

鄉友鄭秀才戒酒求和

惡況傳來亦皺眉，多杯無奈發狂時。塗危有穽身難入，屋旋如蓬眼眩知。陡頓出言傷貴近，等閒成病減容儀。官壚價貴兼難醉，莫誦同襟鄭老詩。

庚子清明日陪方使君盛元仁林敬與同載過趙同年君實西湖別墅小集使君有詩五章次韻

寒食清明三月後，落花流水六橋前。春風衹覺痴成夢，人世誰容醉得仙。烏鳥鄰牆聞哭伴，麒麟荒塚見興年。炎涼陳跡君休問，老子當年已愴然。

不須蹤跡似鷽斯，説與交遊晚輩知。沙路綠楊曾倚馬，湖園紅杏舊題詩。江山形勝人千古，尊酒風流此一時。年少喜狂狂不徹，隔船休唱鷓鴣詞。

尋春常怕與春違[一]，尋得春來事已非。酒屋有時摇白旆，歌船何處唤青衣。也憐詩客騎驢出，幾見山翁放鶴歸。惆悵自多誰管得，年年三月柳花飛。

休將西子比西湖，羞殺人間烈丈夫。歌舞叢林歸梵唄，金珠荒坂出耕鋤。三天竺在猨來否[二]，六井泉通蜃有無。故老漸稀圖牒盡，煩翁史筆補河渠。

湖濱新卧老於菟，俗氣開軒一點無。仙饌閒隨朝鼓集[三]，書牀難犯晝眠侏。練袍素袷身辭禄，汗簡青箱子襲儒。從此擬攀元白例，屏風只把近詩餬。

校勘記

〔一〕尋春常怕與春違：『常』，繆本作『長』。

〔二〕三天竺在猨來否：『否』，繆本作『不』。

〔三〕仙饌閒隨朝鼓集：『朝』，繆本作『湖』。

次韻趙尹送靳弘道回江陰官舍[一]

江陰風土舊知名，説著令人健羨生。白璧茶團鷩日鑄，紅泥酒瓮勝烏程。收秔田出官無賦，種柳門閒客有情。添與趙郎珠履伴，坐間肝膽最分明。

校勘記

〔一〕詩題：『官』，繆本作『館』。

寄阮嚴州

桐廬皆説似天台，綵障雲屏四面開。漁磧椮收山市鬧，蠶鄉絲熟海商來。定知白日稀書檄，只許清風到酒杯。君看錢唐江上水，朝昏兩拂郡城迴。

鄉人舒子謨與毘陵白教授爲同産兄弟嘗以書信問大德庚子季秋始往見之

人生無限相逢樂，何似白頭尋弟兄。烏鵲鐙花數行信，鱸魚蓴菜一杯羹。干戈留得身俱在，家世從來禄可耕。何日山資笑談了，廣平湖上共柴荆。

次韻閬翁將歸故里之作

春風不揀客簷低，吹亂鄉愁與夢齊。白肪夜罾沙石鱠，黄芽冰瓮峽園齏。餘生有累真蛇足，萬事無言一兔蹏。從此藏名作編住，山中亦有武陵溪。

閬翁許以首夏過榆林然後始歸再次韻

久知老子思歸魯，且爲諸生緩去齊。麥麨春深黄可糗，菜苗冰浄碧堪齏。夢中身世餘牛背，句裏江湖半馬蹏。已埽軒前壁如練，待賓醉墨照巖溪。

正仲留鄞叔樂次韻寄之

青天不礙剡山低，一日寒江草樹齊。何處猶存大人室〔一〕，幾回暗解外孫齏。泥牆雨潤蝸書跡，沙塹風暄馬迅蹏。詩老又歸君又遠，誰將唱和落棠溪。

校勘記

〔一〕何處猶存大人室：「大」，繆本作「丈」。

四次韻寄正叔兼簡養直

眉宇軒軒未肯低，風流今許幾人齊。青春公子夷門轡，白石先生太學齏。身在君如逃虎口，技成吾未悟驢蹏。尊前此日相懷古，春暖江魚正上溪。

養直索和五次韻

相逢莫笑帽山低，新喜編名版籍齊。晝拾枯枝供夜燭，冬栽菜甲備春齏。塵間城郭蝸雙角，雨外江湖牛四蹏。猶有詩瓢無寄處，爲君浮出柳花溪。

與坦師剡源六次韻

山花紅壓水花低，早麥青連晚麥齊。上座端煩呼木杖，先生只合傳冰齏。前身韓子曾魔語〔一〕，過眼支公幾駿蹏。一飯别君能住否，竹竿猶在釣魚溪。

校勘記

〔一〕前身韓子曾魔語：「前身」，繆本作「身前」。

七次韻示鄰友

杜宇岡前紅樹低，荼蘼坡上碧雲齊〔一〕。相逢欲唱誰家曲，未死還消幾瓮齏。山市焙開香雀舌，村祠鼓散醉豚蹏。天晴作急修遊事，休待春花落滿溪。

校勘記

〔一〕荼蘼坡上碧雲齊：『碧雲』，繆本作『碧陰』。

貴白西居喪三年蔬食亦不得作詩庚寅之春二禁俱開次韻戲之

三年不賦海山春〔一〕，白酒青蔬亦笑人。鏡裏何時髭撚盡〔二〕，尊前有客指摇頻。又添一敵煩詩伯，衹怕三彭愬臟神。急遣行厨相起發，蠶耕不動是閒民。

校勘記

〔一〕三年不賦海山春：『春』，繆本作『青』。

〔二〕鏡裏何時髭撚盡：『髭撚盡』，繆本作『撚髭盡』。

錢唐數友皆不免以學正之禄餬口鄧善之得杭屠存博得婺白湛困得太平仇山村得鎮江張仲賓得江陰一時皆有遠别因善之有詩次韻各藉之此二首屬善之〔一〕大德辛丑

夢裏相尋路已漫，故人談笑碧雲端。一官禄隱元非達，萬卷兒嬉只自歡。江樹繫舟城郭老，春風吹酒鬢毛寒。看詩感慨增豪舉，吴語從來不解歎〔二〕。

湖煙淡白戲船歸，江月昏黄邏柝微。一笑風塵新歲改，重來城郭故人稀。平生鄭老誰推轂，今代揚雄不掩扉。朝市山林何處是，歲寒心事得從違。

校勘記

〔一〕詩題：『太平』，繆本作『太山』。

〔二〕吴語從來不解歎：『吴語』，繆本作『只語』。

再次韻與月汀

客思濛濛醉欲漫，更從何處起愁端。經時病酒閒憔悴，信意得詩窮喜歡。萬事終輸章甫貴，一官聊伴廣文寒。明時發學多奇士，行路崎嶇不足歎。不須遠駟寄當歸，幾夜寒芒動少微。載酒客嫌窮巷僻，尋梅人比去年稀。白鷗湖水雲千里，青柳春風雪半扉。此去山林有相憶〔一〕，東來魚雁苦相違。

校勘記

〔一〕此去山林有相憶：底本『有』下缺『相』字，據繆本補。

三次韻與廷玉

清涼門徑碧苔漫，自寫新詩試古端〔一〕。翰墨何曾療飢飽，鬢毛差覺耐悲歡。鱸魚時節吳歌少，鴻雁汀洲古邏寒。聞説新年將起隱，坐氈休作腐儒歎。

新婦磯頭春雁歸，謫仙亭上翠娥微。江山談笑堪誰繼，今古登臨如此稀。坐久海雲生硯岳，夢回淮月挂禪扉。紅塵巷陌詩交少，杏子花開細雨違〔二〕。

校勘記

〔一〕自寫新詩試古端：『試』，繆本作『賦』。

〔二〕杏子花開細雨違：繆本作『杏花子來細語違』。

四次韻與仁近

吳州西去水漫漫，回首飛雲古樹端。故國琴書今有意，中年歌酒我無歡。江田雨飽魚龍橫，湖郭春輕雁鶩寒。暫濯塵纓作遊事，儒官辛苦不須歎。

何處江湖不是歸，吳聲不盡楚聲微。客來可款船魚賤，公退須吟堠馬稀。歲熟名醪香市巷，潮回古刹照巖扉。頻年思拙疏酬和，此去風情不願違。

五次韻與仲賓

吴天東望碧雲漫，憶寄翩翩古錦端。萬事江湖違老懶，一尊風雪且清歡。青春處士梅花瘦，白日王孫蕙草寒。上國重儒君已起，坐氊休作廣文歎。

浮生如此欲安歸，裘馬登臨意轉微。海氣白連江北遠，淮山青過浙西稀。只應酒賤春攜客，莫爲吟多晝掩扉。書版官饞閒滿屋，可能分賞賦離違。

次韻李宣慰南還之作二首

雲邊曾望謫仙樓，眉宇軒軒不著愁。萬里煙嵐明漢節，百篇珠玉散蠻州。何曾車後陪山簡，定許尊前唱杜秋。巡歷事煩兵騎肅，烏紗野服□旬休。

海雲如幪浪如樓，得見梅花一散愁。馬去復來惟有骨，雁飛不到是何州。囊詩天右梯航驛，旅酒江南蟹稻秋。若過吾鄉訪人物，清談猶有許文休。

次韻華亭行之胡秀才

曾著春風駿馬鞭，重來江郭似窮邊〔一〕。身迷陳老騎牛處，碑説聰公葬虎年。官戍寒笳清瀝瀝，荒臺秋草碧芊芊。胡郎氣色添人眼〔二〕，爲我添扶雙玉船。

校勘記

〔一〕重來江郭似窮邊：「重來」，繆本作「窮來」。

〔二〕胡郎氣色添人眼：底本「色」下缺「添」，據繆本補。

秋晚自海濱回似阮使君及諸客

吾州雖不好官居，消得文侯一偃車。秋熟筵篘瓊液酒，雪消盤膾水精魚〔一〕。青煙古戍人畦菜，白日公庭吏學書。府事漸稀賓客俊，小詩撩觸定何如。

校勘記

〔一〕雪消盤膾水精魚：「消」，繆本作「洗」。

次韻謝王尚書質野堂詩

長鑱山疃日鋤荒，猶有空名挂孔堂。萬卷青雲曾著力，九州黄髪更同鄉。南風水國魚龍市，西日煙林兔鹿場。從此書巢添膾炙，揮毫時復試清狂。

舒劉客主之選妙絶一時然二翁舉筆必欲進僕於坐世無後輩久矣若僕者詎可以不自知耶次韻託趙道人特達〔一〕

舒家門館難爲客，太學劉郎雪滿頭。且放二翁成對壘，未容餘子得争流。山扉欲静蛩鳴穴，海市初晴蜃起樓。輸與村西窮化士，一年三到閬風遊。

校勘記

〔一〕詩題：『可以』，繆本作『不可以』。『特達』，繆本作『持達』。

梨洲寺

不知何處起鐘聲，雲作樓臺霧作城。洲上稻肥初起墢，山中梨巨舊傳名。林疏野地惟多石，氣溼炎天亦少晴。東畔有潭聞險絶，巖前時現老龍精。

一區雞犬白雲顛，亂後來看意惘然。劫火尚餘唐殿宇，土風甯是晉山川〔二〕。沿溪客散三州路，並寺僧耕百畝田。欲訪蹤由題作句，矮碑只在近時鐫。

校勘記

〔一〕土風甯是晋山川：『甯』，繆本作『疑』。

夢湘江

一諸傳來尚抵金，當年門館士如林。春風畫舸湘歌豔，夜雨黄簾浙酒深。魂訝塚間談易進，身傳江上賦騷沈。侯芭一足何人是，白首劉郎正苦吟。

辭嵇山歸之明日徐尹周簿以饋至作詩爲謝

白髪青山二十秋，何人能作鏡中遊。閒知忍餓勝忍辱，老去避名如避仇。柳葉數重圍破屋，梅花一路照歸舟。殷勤輒寄琴堂俸，準擬春耕助買牛。

五斗賦歸非隱淪，談經馬隊也愁人。山童笑覺衣裝舊，溪水看驚鬢影新。西日桑榆三徑晚，東風花柳五湖春。知君偃室閒無事，歲暮相過不厭貧。

王敬仲自宣州寄幅巾爲贈

幅巾裁寄意何如，千里知君勸隱居。影怯青銅時自顧〔一〕，頂温白髪任頻梳。不堪翻去供時樣，乍可籠來讀道書。想見梅花千樹裹，麻鞵野服更清疏。

校勘記

〔一〕影怯青銅時自顧：『怯』，繆本作『愜』。

寄秋仲賓

聞説衡寒擁畫舲，雪風吹海晝冥冥。髪從年後須添白，山比洛中還較青。湖暖早花迎遠旆，日長馴鶴下空庭。津頭莫訝頻相探，曾有書生識使星。

蘭亭之集王監簿以病不預有詩次韻并呈秋廉訪

遊跡千年過眼空，青山依舊碧叢叢。詩成數點桃花雨，酒醒一番楊柳風。談笑不知身已客，追隨也覺鬢成翁。風流只欠王摩詰，皂蓋青驄似畫中。

寄君祥陳廉訪兼簡趙郎中王監簿諸公

莫怪明州留不住，越州瀟灑勝明州。千家閒市蓬萊晚〔一〕，五月涼湖菡萏秋。烏榜船穿雲母障，紅妝人倚水精樓。園林有酒身無事，東訪西尋總勝流。

校勘記

〔一〕千家閙市蓬萊晚：『晚』，繆本作『曉』。

寄朋益王廉訪時已除侍御

可是求閒便許閒，公餘猶得飽看山。名行霜府烏臺上，身在天台雁宕間。千洞煙霞供畫卷，七城花木動詩顏。分明咫尺雲霄上〔一〕，前路高風尚可攀。

校勘記

〔一〕分明咫尺雲霄上：『上』，繆本作『去』。

題王麟伯先生太夫人魚氏遺跡

魚家才女王家母，文彩風流死不消。手織素絲成白雪，眼看琪樹上青霄。他年野史存彤管，何處仙蹤脱洞簫。想見仲宣書檄了，夢魂長抱北雲飄〔一〕。

校勘記

〔一〕夢魂長抱北雲飄：『抱』，繆本作『傍』。

送張尉歸宣州因問王敬叔

春風想見越王臺，萬壑千巖迆邐來。蓬鬢從渠兵後老，菊花留得客中開。城霜曉滑催鞍馬，江月秋高傍酒杯。問屋種花王處士，短笻何日破蒼苔。

贈玉田張君張故循王諸孫隱於技術

金章紫綬難再得，玉琪琅玕何處栽〔一〕。天上寄將雙雁去〔二〕，海邊浮得一槎來。黄花雨暖秋横桉，白蟹霜肥晝擁杯。如此窮愁亦瀟灑，相逢穩放布簾開。

校勘記

〔一〕玉琪琅玕何處栽：『玉琪』，繆本作『玉樹』。

〔二〕天上寄將雙雁去：『雁』，繆本作『燕』。

安慶人歸不得陳彦恂教授書託張處士問之安慶舊多元祐諸賢名跡彦恂至必修故事故有埽苔之説

客裏多愁不放杯，兵餘懷古更登臺。雪江浪合魚初落，淮浦風高雁未迴。有客講廬披白恰，何時詩壁埽青苔。東南驛路千帆接，不寄相思一字來。

行次曹娥懷望王德玉翹館作王有松風閣

曹娥廟前春水生，賀家湖上晚煙平。高人燕坐數龜息，愁客獨歸聞雁聲。宿酒醒來初覺力，豔詞傳去略知名。想見鐙宵茶話罷，松風萬疊和缾笙。

秋廉訪回婺州因爰伯長之麗澤寄問〔一〕

海上蓬萊空有名，洞中仙客又相迎。人傳一馬二童去，春在千巖萬壑生。酒好不妨廚供淡，丹成親覺步行輕。如何得似爰文學，銜袖趨庭一望傾。

校勘記

〔一〕詩題：『問』，繆本作『聞』。

吴漢翔以鄞學杜先生故事起散職鄉人有詩賀亦次韻

春風車蓋走紛紛，得似城南釣白雲。禄仕終非隱之意，交遊誰薦武陵文。長篇開講傾廊聽，險韻徵詩就席分。如此鄉人羞自獻，時僚拜聘有前聞。

青雲一散事無端，白璧自完人所歎。犢鼻單衣窮耐次，蠅頭夾注老能看。且令玉雪千儒喜，不廢煙霞百頃寬〔一〕。更有談諧隱臺省，高峩方朔侍臣冠。

校勘記

〔一〕不廢煙霞百頃寬：『煙霞』，繆本作『煙雲』。

王都史求詩

長日如年不易消，海鄉風物況蕭條。半涼半暖蠶三起，一曉一昏魚兩潮。食儉近村珍筍脯，地寒初夏插秧苗。清閑也到王都史，酒債詩逋儘見邀。

與孫同年晦叔同舟至四安而別

書生今有還家樂，不用須乘駟馬車。寒釀醲醨新穫黍，廚羹香糝自罾魚。鄉鄰問訊俱安業，童稚趨迎總拜書。卻自同遊轉惆悵〔一〕，詩盟棋會□相疏。

校勘記

〔一〕卻自同遊轉惆悵：底本『遊』下缺『轉』字，據繆本補。

賀胡清甫奉壽母之淳安主簿官舍

胡侯四十綵衣斑，緩轡迎親山縣間。俸外美供鮭膳遠，衙餘涼擁枕屏間。乞聽燕語騰歌頌，只把平安博笑顔。絲竹滿庭春酒醉，待分餘橘袖中還。

謝别裕之郭御史

山城隨分有繁華，倦客兼愁只憶家。南蕩少時須白雁，西風何處不黄花。猶憐篇詠經仙李，略想溪山似永嘉。明日回頭望星斗，青陽門外是天涯。

送汪同年至朝麻姑山下歸望南溪道院作

客路淒涼又送迎，狂歌爛飲賦飄零。風前數髮莖莖白，馬上看山段段青。荒穴無丹生洞氣，高林有鶴避湖腥。明年準擬三茅去，欲借新箋道德經。

題龜峰寺[一]

靈龜一息三千歲，野老來看得幾回。初日芙蓉仙掌出，斷雲贔屓海門開。旗旛有氣生蛟窟，簪佩何人下騎臺。賴有枯禪消受得，莫教靈府污塵埃。

校勘記

〔一〕此詩據《剡源逸稿》卷四補。

代溪月真人和看雲老人所寄賜酒感興二詩韻〔一〕

年年恩沛出皇家，此度仍回八月槎。望闕蒼龍分瑞靄，開尊白獸寫流霞。箋天久已知心事，鑑水惟應换鬢華。遥想新春供大禮，班頭對御祝椒花。

物外方知歲月寬，孤松有待此盤桓。三層樓上飛仙易，百尺竿頭退步難。隔霧看花紅雨陣，舉頭見日紫金團。總輸南野山中樂，消受璚臺六月寒。

校勘記

〔一〕此詩據《剡溪逸稿》卷四補。

卷五　七言律詩

投贈松江守張周卿

玉堂仙伯意何如，江上儵儵五馬車。水國秋深只鴻雁，霜天風暖正鱸魚。清篇膾炙驚吴下，古跡探尋到雨餘。我亦倦遊思國士，相從欲待吏塵疏。

送白湛困北上因託問晦叔師道二學士

詩名行卷舊知聞，意氣東來更不羣。何處江湖無白飯，看君筆硯起青雲。河梁雁動冰初合，驛路驢鳴日未曛。天上貴人張與趙，相逢端許健論文。

澱山湖上贈古倫師

心事嬰孩鬢已翁，江湖漂泊偶然同。九峰三泖人煙外，十月五風羈旅中。酒色初寒隨分緑，燭花深夜爲誰紅。朝朝賸有商量在，聽雨看詩卧短篷。

俞肖望夫人王氏挽詩〔一〕

成得儒冠也自清，從容雙劍合佳城。白頭不識離鸞操，赤手曾須躍鯉羹。賢有歌詩傳琬琰，窮將禮法化簪纓。千年我作梁鴻傳，也許孟光同隱名。

校勘記

〔一〕詩題：『俞肖望』，繆本作『余省望』。

次韻段少府賢兄超卿辭官叙懷之作

段家兄弟真連璧，説著令人心眼明。談笑一時三不愧，身名千里兩俱清。兵閒解印龍蛇走，官下揮金草芥輕。可惜同風不同地，蹇驢吟帽負平生。

段少府之伯姊妹嫁蕭者蕭死不二其守有命旌表門閭少府言段氏如此以志節受寵者已四世矣超卿作詩褒述余亦次韻

女中亦有英雄漢，不著春風粉黛痕。身誓藁碪同墓穴，名隨齏臼怨閭門。寒泉柏子幽閨淚，明月梅花厚夜魂。空説江南與江北，幾家清節到兒孫。

贈地理池陽阮厚翁其先父官至通籍

阮家眼法最人知，移去青山亦大奇。朱綬有靈非世用，青囊無語是吾師。仙牛夜走知眠處，玉樹春華見種時。安得西風雙椰栗，九華廬畔醉追隨。

送李可行宰邵武光澤此縣舊是河南師魯坐處

三江西界七閩東，此地鳴琴吏隱同。紅酒衕坊榕葉雨，黄蕉村落桂花風。鄉評誰不知朱子，壁記人猶説尹公。醉裏看君眉睫異，洗冤消鬭是陰功。舊注云：公字非趁韻。用尹公橋記。

九華胡明東醉中舉文伯張舊詩令和爲次其韻伯張晚節吾黨共惜之〔一〕

金谷交遊跡盡荒，烏衣猶及見諸王。談涎席上清飛屑，書眼鐙前細數行〔二〕。秫米亦知新里賤，菊花只憶舊泉香。看詩更有憐渠處，醉極狂歌笑拊牀。

校勘記

〔一〕詩題：『胡明東』，繆本作『胡鳴東』。

〔二〕書眼鐙前細數行：繆本作『分書鐙眼見數行』。

喜承廉憲使去官閑適漸謀泛家揚子道從京口還居西湖之上口占

四詩贊慶

拚得閒身醉幾回，江南著處好池臺。白頭未擬簪貂去，赤手新曾縛虎來。北苑茶將餅水試，東籬花傍帽山開。門前瘦馬須留卻，早晚山村欲訪梅。

泉石娥眉天下無，金山東望是姑蘇。酒船千里載書硯〔一〕，終日一家行畫圖。落日斷碑弘景鶴，西風新酒季鷹鱸。十年鞍馬成何事，羸得鏡中霜滿鬚。

西湖最是舊曾遊，遊殺終還不自由。座上酒頻嫌客送〔二〕，官中衙早怕僧留。收藏操綬扶黃菊，約束騶訶避白鷗。此去閒身方屬我，六橋真買釣魚舟。

身閒處處是香林，山北山南不費尋。牛相襟懷偏好古，楊公家世慣辭金。窮來動有千年寶，忙去猶攜五尺琴。休用逢人苦相問，萬紅塵裏白雲深。

校勘記

〔一〕酒船千里載書硯：『酒』，底本缺，據繆本補。

〔二〕座上酒頻嫌客送：『嫌客送』，繆本作『嫌足少』。

次韻劉集卿言懷

休嫌薄酒不堪中，且得澆君磊磈胸。在處清談笑夷甫，何人豪氣似元龍。遊筇有伴秋酲散，衙籍無名曉睡濃。便合吹噓上臺閣，大庭孤立語如鐘。

孫子善相邀山中歡飲移日懷集卿不得俱也歸塗雨中再次韻

人世那容日再中，歡遊時得吐奇胸。碧雲亂湧山成海，白潦衝飛馬似龍。驛樹數尋吹角近，江亭千瓮撥醅濃。翻思巖寺秋眠夜，抵足高談到曉鐘。

東來

東來且莫向歸塗，清事留連亦可娛。急槳敲冰蘇谷泖，短篷聽雨賀家湖。碧鱗鮮鮓逢船買〔一〕，紅印官醪到處沽。寄語經行好山水，年來詩債不勝逋〔二〕。

校勘記

〔一〕碧鱗鮮鮓逢船買：『鮓』，繆本作『鯽』。

〔二〕年來詩債不勝逋：『年來』，繆本作『來家』。

送董生分校貴溪[一]

舟車赤日千餘里，筆硯清風二百年。開口人知宗洛派，舉頭身欲近閶天。絺袍涼擁松皮几，桂酒春浮藥玉船。猶有雄髦臥空谷，閑將名字訪華顛。

校勘記

〔一〕此詩《剡源集》卷二十九已收，題爲《鄉君子肯堂董君分教貴溪作詩奉寄》。

二月望席上春字[一]

客遊難值是良辰，此刻平分一半春。沙苑馬嘶晴戍客，洞門花滿醉迷人。兵前物色存多苦，酒後歡諧看轉真。賴得遨頭襟度闊，坐間豪伴虐精神。

愁是陰雲喜是晴，春遊何處不關情。黄鸝庭館琴三弄，青果杯盤酒數行。滿砌雨添新筍密，隔牆風送落花輕。鑑湖湖上樵山老，夢破枯藜過一生。

校勘記

〔一〕此詩第二首已見《剡源集》卷二十九，題爲《次韻和蔚師鑑師春懷》。

壽端甫廉侍御

先聲久合正臺紳，遠俗初驚讀制綸。眼見江東出煙霧，身隨南斗繫星辰。烏瞻舊府翱翔熟，鶻近新秋擊搏頻。今日湖濱一杯酒，爲公分作百城春。

寄蕭山教陳文卿

蕭山櫻桃如蜜甜，湘湖蓴菜紫纖纖。祇傳墨客五千字〔一〕，未負玉堂三萬籤。江近雨涼清卧席，秋深山翠溼書簾。疏豪更有元龍老，想見相逢酒量添。

校勘記

〔一〕祇傳墨客五千字：「千」，底本作「七」，據繆本改。

題拱北樓

分明蛟鳳聳雲霄，鎮壓東南不願驕。岡勢城池星野列，軍聲昕夕海神朝。五風十雨天心轂，百越三韓斗尾杓。從此輿圖添壯觀，填街溢巷起歌謡。

又和曹士開韻

江湖雲氣静修修〔一〕，湧出空中百尺樓。北斗星河十二野，西風鼓角第三秋。衆緣協力公應最，餘蔭歡顔我不憂。登覽意存酬和約，舉頭珠玉總名流。

校勘記

〔一〕江湖雲氣静修修：『江湖』，底本作『江吴』，據繆本改。

答王景陽病後寄

不須羞縮少年場，老馬還堪照地光。廣席拋詩喧紙墨，短檠課讀勘鉛黄。禾麻歲晚窮彭澤，花柳春風古句章。問健招邀君儘得，鱸魚沽酒作重陽。

東山雲氣白英英，山下滄浪照月明。身在久知成後死，書來仍是話前生〔一〕。稱題詩力隨身長，遣□愁根逐病併〔二〕。安得歲寒真踐約，一犂一艇共漁耕。

校勘記

〔一〕書來仍是話前生：『是』，繆本作『似』。

〔二〕遣□愁根逐病併：繆本作『遣逐愁根併病□』。

次張石山韻

江湖與子未相疏，歌酒清狂我不如。白飯清羹窮似客，青鐙細草老貪書。兵前舊稿誰傳録，湖上新年又借居。聞説陸郎詩格長，應傳數紙到山廬。

卧病見寄

莫嫌窮病惱中年，也勝飄零混瘴煙。百藥試來諳苦味，一牀坐處對趺穿。何人有足能重舉，似我同愁祇自憐。安得天風生羽翼，芙蓉山下棹歸船。

别應德茂懷斷江

空踏天台萬級梯，仙巢只在剡山西。松風晝寂支琴磴，花霧春酣洗藥溪。書石自同羣鶴宿，禪林時有一鶯啼。如何約得恩書記，舊隱雲間擬共題。

送曹士弜赴巡徼

又趣輕裝入薜蘿，宦情終少道情多。山深雲暗青油幌，春近風鳴白玉珂。拊劒相逢吾老矣，停杯不語意如何。平生夢見匡廬派，何處人前覓好歌。

了空道人尸解立祠

仙師已跨彩鸞飛，老去還乘白鹿歸〔一〕。爲問嚴裝犯塵土，何如長嘯弄雲霏。穀城人遠祠空設〔二〕，梅市身輕見亦稀。貧苦舌耕那去得，玉池教我略生肥。

校勘記

〔一〕老去還乘白鹿歸：『鹿』，繆本作『鶴』。

〔二〕穀城人遠祠空設：『空』，繆本作『堂』。

苗繼先赴浙西憲幕

清漾滔滔江上波，卧聽塗巷起謡歌。三吴北斗星辰直，六月南天風雨多。此日玳筵知謦欬，他年樞閣欲經過。未論雀鼠逃鷹隼，且放松筠出薜蘿。

楊繼體教山陰求詩

南渡諸楊陰馬家，年來儒素淡紛華。問渠江浦歌桃葉，得似山陰看菊花。白日有時閒客語，青山何處冷官衙。誰能多竹君須入，歸取新詩滿卷誇。舊注云：此後脱《題友人試稿》一題。

眉總管陷交趾得脱

清清榮禄苦難違[一]，剛納兵符養病歸。便得東門牽犬去，也勝南海看鳶飛。枕邊歧路黄粱熟，鏡裏功名黑鬢非。賣劒買書兒輩事，家庭元著魯儒衣。

門前種柳已婆娑，如此高眠老子何。皮几日稀書閲徧，茶鐺風細客來多。歸耕尚及餐黄獨，對飲休將卷白波。一種塵纓驚欲洗，倩誰楚舞我吴歌。

校勘記

〔一〕清清榮禄苦難違：『清清』，繆本作『清時』。

徐故父金陵别業初歸余嘗過青溪亭下，留宿謝公墩

聞説山房鎖翠微，山人新捧鶴書歸。壁間舊雨螢曾照，江上秋風雁已飛。年少君休棄黄卷，名成人羡著斑衣。清時閒客容來往，釣石吟墩今是非。

倪景行求詩

建上有田君不耕，江湖頭白且横經。官廚夜雨憶黄獨，鄰屋晚風聞素馨。未必草玄能辟

世，直拚隱几到忘形。除書未動心閒在，更作好歌令人聽。

寄陸子方

清江一日走千舠，亦有閒仙不喜遨。幾片碧雲曾日暮，數重紅樹又秋高。丹鑪地近淮王藥，詞筆人傳楚俗騷。安得挂帆乘便去，菊花新酒又持螯。

楊彥寬御史四遠圖〔一〕

溟茫知隔幾重天，此日看圖尚惘然。南海伏波嵐瘴裏，西風博望斗牛邊。龍宫開道聞郵語，蜑户逃虚認使旃。寄訊白頭驄馬客〔二〕，早將霖雨洗蠻煙。

校勘記

〔一〕詩題：『楊彥寬』，繆本作『楊彥覺』。

〔二〕寄訊白頭驄馬客：白，底本作『曰』，據繆本改。

江雪渡

兒童聞雪意欣然，老擁寒窗怕見天。睡早不知兒讀晚，住深長愧客來先。清歡歲晏須相及，好識年來是浪傳。猶勝山陰徑歸去，坐間銜袖出雄篇。

陸生見過[一]

苕霅溪山似剡中，金焦雲氣接江東。一瓢行樂誰如子，兩袖銜詩也惱公。竹筧石泉茶竈水[二]，布帆霜夜稻畦風。明年更得身無累，準擬清遊處處同。

校勘記

〔一〕詩題：『陸生』，繆本作『陸深』。

〔二〕竹筧石泉茶竈水：『茶竈水』，繆本作『竈茶水』。

冬至後簡信之張生

彫顏蒼鬢三分老，淡日清風一半冬。行路有時同晚泊，買田何處傍春農。經旬雨溢鳴鼉浦，□海雲生落雁峰。洛下張衡談易妙，可容傾倒洗煩胸。

吴月湖棄官入道

萬里歸來一散仙，西湖殘月幾時圓。便令速化遼東鶴，也勝長看海上鳶。問事語堪傳野史，餘顏形已脱蠻煙。吾廬他日能遊否，玉樹瓊枝滿洞天。

邱都事官所養母

聽説邱家壽母賢，天將晚禄報華顛〔一〕。雙駒手教成良驥，獨繭心抽作硬絃。朝市雲煙彤筆裏，湖山花樹板輿前。懷中橘顆應難郢〔二〕，何日千簪湊綵筵。

校勘記

〔一〕天將晚禄報華顛：『顛』，繆本作『顔』。

〔二〕懷中橘顆應難郢：『郢』，底本缺，據繆本補。

陪通守郊飲

處處兒童識使君，行春更過水西雲。官清市陌魚鼉動，歲熟村坊鼓角聞。白屋既容賓禮數，青山聊共遣塵紛。葛强羸俠何須説，今代山公只喜文。舊注云：此後脱《送王生益陽教》一首。

爰太初赴甯海教案，此詩全集有〔一〕

憐君跋冷走風沙，九月江城飛雪花。黄蜨終歸穿硯手，青鐙曾照聚書家。吟團扇石題山葉，講近登樓看海槎。年少交遊渾好在，何時相伴訪煙霞。

校勘記

〔一〕此首《剡源集》卷二十九已收，題爲《於杭州九月送袁太初赴寧海教官》。

簡仲賓子昂

李侯五馬去如鴻，趙子千觚寫若空。漫刺不應餘子得，綈袍時許故人同。春晴放艇煙花浦，夜月吹簫水玉宫。説是宦遊人不信，塵埃何處想仙風。

徐氏金陵遠觀亭

吴帆楚轍去紛紛，得似鍾山看白雲。仙李有時留鳳跡，老嵇何處覓雞羣。前身隱掾塵終遠，幾度玄談日又曛。我亦少年還往熟，乘風同訪大茅君。

寄明通李狀元

山田二頃子明經，消息傳來亦可聽。野老有緣邀白帢，市聲無價買青萍。煙雲陰壑知魚計，風露仙林長鶴翎〔二〕。六館少年俱老大，尺書無惜慰飄零。

校勘記

〔一〕風露仙林長鶴翎：『林』，底本作『杯』，據繆本改。

牡丹得成字

於潛山下紫雲英，好事分攜入海城。曉露丹青收有跡，春風羅綺散無聲。兵前膾炙餘詩老，坐上薰蕕稱麴生。至絶家風渾爾好〔一〕，賸持狂笑絶冠纓。

校勘記

〔一〕至絶家風渾爾好：『至絶』，底本作『□鮑』，據繆本改。

次韻贈林秀才

閩中投筆氣無前，江上垂竿豈偶然。塵土衣裾劍緱在，風霜鬢髮帽簷偏。清心張翰思鱸夜，白眼嵇康送雁天。惜取閒居好風月〔一〕，休將名字俗人傳。

校勘記

〔一〕惜取閒居好風月：『月』，繆本作『措』。

野山亭

煙波從古著飛仙，燕頷封侯亦偶然。江上劍捐餘故里，月中斧換待何年。一時春滿催花酒，幾度風回採菊船。我亦山林舊遊客〔一〕，未將襏襫換貂蟬。

校勘記

〔一〕我亦山林舊遊客：『舊』，繆本作『倦』。

常熟馬教

東閣相疏二紀賒，郎君緑鬢也蒼華。官曹言偃詩書裏，經術韋賢衮繡家。淮近一帆乘酒舫，湖多千筯仰魚槎。遥應記得從遊處，曾種槐花與桂花。

贈魁師

聞爾天台採藥去，還曾乳竇葛龍來。四時風湍雪長灑，千里春山花亂開。坐處時揮白玉麈，僧中誰築黄金臺。道猷不作支公遠，幾度扶笻獨自回。

慶元拜降治中官滿

吾聞別駕也清醇，談笑三年海岳春。面折驛書曾陟户，手開官廩救飢民。誦聲不絶能招客，讞筆多慈爲悦親。安得風雲天咫尺，繡衣熟路展車輪。

張師道還闕口號

已從海岳解塵纓，又見東風動召旌。天上玉堂真學士，江南幕府老書生。黄扉直上無多步，白髮新看只數莖。鵬鷃逍遥元自可，貴遊時得詫柴荆。

畢參議挽詩

結髮明經至白頭，一官閒殺老參謀。煙霞西瀼詩中宅，風雨南柯夢裏侯。自有簡書留月旦，何須碑石卧林邱。平生不灑無家淚，望斷長江庾亮樓。

寄趙君理

愁裏煙花夢裏雲，南來處處只思君。風林葉散終歸本，江雁聲悲不離羣。此去楚鄉思買賦，何時吴客倩書裙。長安酒市梅花夜，擬待梅花醉幾分。

次韻林敬與渊江潮

海口初驚捲素紅，江心忽見激層空。南來鬼泄鴟夷怒，西去天開鐵箭功。漁子支持輕出瀆，蜑人騰路鬭稱雄〔一〕。同遊四客君年少，奇氣滔滔日未中。

校勘記

〔一〕蜑人騰路鬭稱雄：『路』，繆本作『踏』。

似陳子得兄弟

危世功名出劒端，君家依舊廣文寒。好書賸買供兒讀，古帖時攜共客看。繞屋湍流風度曲，留春花藥竹編闌。幾回爛坐忘歸去，醉話顛狂倒笥冠。

醉重茫然失話端，臨風玉樹照人寒。詩無忌語從傳出，書有疑文更許看。花透暖風閒度日，晝長馴鶴屢窺闌。儘窮儘有山人到，石屋松涼試鐵冠。

子章和章至用韻託遠觀陳尉轉上本堂太博請同賦〔一〕

君家兄弟如連璧，湖海歸來共一寒。無事酒酣容客卧〔二〕，有時書好得同看。花前鳥語依山屋，竹外雲生映水闌。邱壑風流宜自愛，未須插作越人冠。

校勘記

〔一〕詩題：同賦，繆本作『同韻』。

〔二〕無事酒酣容客卧：『客』，繆本作『對』。

崇勝寺案，此詩從茅嶼王氏全集鈔本補

羽書官候太紛紛，高卧山窗竟不聞。九節客筇憑鶴引，一盂僧飯與龍分。石牀泉響長疑雨，仙洞丹飛總化雲。少待岡南梔子發，重來借榻賞清芬。

卷六　五言絶句　六言絶句　七言絶句

郭熙雪山圖

危磴白猶積，殘林青未匀。閉門儂自可，寒勒跨驢人〔一〕。

校勘記

〔一〕寒勒跨驢人：『勒』，繆本作『動』。

題方壺水竹幽居横幅〔一〕

茶竈依巖广，漁竿插水湄。支笻一長嘯，猶足傲當時。

校勘記

〔一〕此詩據《剡源逸稿》卷五補。

題高彦敬吴山晚眺

野渡寒潮落日，荒城淡樹疏煙。行人白髮如許，開卷青峰宛然。

題子昂爲德庸作林石

清溪抵掌千里，奇石過眼百金。想見風流鞍馬，夢魂飛遶香林。

題墨竹

丹淵櫪驥千里，眉山管豹一斑。何處風枝露葉，看渠雪鬢霜顔。

趙子俊暮歲同宿宗陽宫

春前江上三白〔一〕，江上東風一青。有客垂簾清晝，瓣香自讀黄庭。
江湖羊胛未熟，風雨蟻夢方酣。此去玄關遠近，覺來與子同參〔二〕。
冷風二老相笑，急流一客如何。聞説小山桂樹，青雲又長新柯。

校勘記

〔一〕春前江上三白：『江上』，繆本作『南雪』。

〔二〕覺來與子同參：『覺』，繆本作『覔』。

題趙子昂松石道士

數窠白石蒼蘚，一壑清風緑陰。此日攜琴長往，許誰杖策相尋。

五雜組三章案，此前二章全集刊本原有〔一〕

五雜組，金花綾。往復來，官路程。不獲已，始歸耕。

五雜組，斑斕衣。往復來，返哺兒。不獲已，爲人師。

五雜組，羅繡襦。往復來，駟馬車。不獲已，學著書。

校勘記

〔一〕此詩前二首《剡源集》卷三十已收，題爲《五雜組》。

茆山梁中砥有送存上人詩子昂在集賢爲作畫卷

送得山僧已出山，枯藤自領白雲還。貴人要作三茆夢，尋到松聲月影間。

贈三山劉秀才

芒鞵布韈三千里，雪鬢方瞳七十翁。只有剡山看未足，許君高踏桂花風。

談星者王生自天台華頂持龍舒翁詩來

華頂峰前長嘯翁，眼光相照碧玲瓏。殘星賸月誰收拾，猶在西湖咳唾中。

李仲方爲張君編作水墨蘭菊圖

仙翁種花不經意，墨池吐出雙瓊瑰。想見秋風明月夜，百年懷抱爲君開。

戴松春雨圖

蘭溪風雨黑漫漫，作急歸來也不難。不比長安騎馬客，中塗怕溼錦鞍韉。

贈月屋道人

豹獲有皮龍有骨，木鑽石盤要通徹。尋仙未了莫歸來，江湖何處無明月。

題南劍州貢生謝保章詩稿

謝家桂樹是誰栽，只得秋風一度開。地下不須頻懊恨，幾人虚到廣寒來。

贈若晦鄭秀才

南山不住住西山，一舸秋風自往還。聞説近來多禮佛，斷葷疏酒學空頑。

題小米秋潮圖

幻境龍蛇不自知，秋江漾出錦琉璃。幾回無雨無風夜，坐對空江月上時。

天台胡珏求資入道

侯門日日眼生花，夢裏天台不是家。誰與結緣胡掌事，朱顔白髮養丹砂。

趙達天所居軒前惟種橘二株余爲名曰雙橘軒仍作五小詩達天有壽母八十矣〔一〕

門外馬塵三尺黄，軒前自種橘林雙。立看霜果翻懷袖，更愛春漿浮酒缸〔二〕。

投紱歸來坐綠陰，無人終日意清深。七松五柳今難覓，説到君家雙橘林。
何用論千種地腴，趙家庭砌只雙株。偏憐磊落高人意，錯被人呼作木奴。
隱吏從來骨已仙，移家今住橘中天。人間何處非兒戲，更舞萊衣八十年。
江北聞名眼不開，江南取次客中栽。風流曾讀靈均頌〔三〕，更許何人著筆來。

校勘記

〔一〕詩題：『趙達天』，繆本作『趙達父』。
〔二〕更愛春漿浮酒缸：『酒缸』，繆本作『玉缸』。
〔三〕風流曾讀靈均頌：『讀』，繆本作『作』。

青山林處士祠堂林以戰死難

兵解神仙不可知，梅花千樹鶴歸遲。人間面目塵埃者，羞拜青山處士祠。

次韻君美將行四絶

王公坡上水雲寒，論別躊躇更駐鞍。休學渠家經濟術，一生錯眼看周官。
花藏門塹柳藏橋，江影山光晝動摇。化得詩生喜吟詠，儒宫通籍有寬條。
易道難窮説更難，開編已作渺茫閒。幾回解到忘言處，碧沚亭前看鶴還。

人間珍寶價連城，亦有談空弄月明。從此逢人問除目，簪花貰酒也風情。

陳相師卷中見阮制機文詩次韻贈陳〔一〕

君看武昌城上柳，何似敬亭山下梅。此翁一生太癯絶，帶得許多風味來。
萬事不醒翻白波，一身無病養黄婆。道人縱有巧唇舌，奈此胸中邱壑何。

校勘記

〔一〕詩題：『機文』，繆本作『幾丈』。

送鄉友蔣高卿學正赴通州兼呈燕教授〔一〕

我識荆州三印翁，黑頭簪筆起儒宫。君家鳳毛更自别，肯與燕雀争春風。
山明青黛水明沙，二月淮南飛柳花。賸把風流到文墨，長官瀟灑是通家。

校勘記

〔一〕詩題：『友』，繆本作『人』。

番陽任講書其初明人也與鄉先生慈湖楊學士往還有梅帖藏其家然梅已羽化久矣講書之孫兒時嘗戲插一枝堂除間至是敷腴老茂人以爲詩書之祥也

江海風標玉雪身，相聞千里是鄉人。世間那有無根樹，點點慈湖翰墨春〔一〕。當年京洛鬬繁華，回首荒煙苑路斜。誰信東風幻華手，飄零猶屬講書家。

校勘記

〔一〕點點慈湖翰墨春：『春』，繆本作『書』。

史廉訪自濟南來江東時趙子昂同知府事畫其所乘玉鼻騂以爲贈

南來雨汗赤鮮鮮，齊楚江山路數千。忽見趙侯疏散處〔一〕，解鞍振鬣一翛然。一傔唐妝亦自佳，朱袍束帶輭烏紗。還渠照影清溪水，滿地西風苜蓿花。

校勘記

〔一〕忽見趙侯疏散處：『處』，繆本作『趣』。

冠氏馬浩秀才攜秋日海棠詩見過〔一〕

山城八月有春風，一樹嫣然淡又濃。縱使失時無態度，也勝茉莉與芙蓉。
海國中郎白髮迴，蜀山西子返魂來。一生不曉王摩詰，真有芭蕉雪裏開。
客裏相逢更費詩，分明秋日與花期。紅顔不怕無人惜，留待東君也未遲。

校勘記

〔一〕此詩第一首《剡源集》卷三十已收，詩題無『冠氏』二字。

泉石方道士桂窗

龍吟鶴舞大江濱，玉樹栽花得幾春〔一〕。瀟灑白頭方道士，碧紗窗底坐修真。

校勘記

〔一〕玉樹栽花得幾春：『花』，繆本作『成』。

觀戲

破月誰知卻又圓，鐙明鼓沸北風天〔一〕。兒童生長兵休後，聽説興亡一粲然。

鴛飛燕語夢交加，酒醒酥香尚逿車。説與徐郎莫相憶，春風不似舊時花。

校勘記

［一］鐙明鼓沸北風天：『鐙明』，繆本作『鐙鳴』。

鄧善之行矣而不得遠送走筆爲舟中一笑

春風餞客擁城扉，柳色青青欲上衣。咫尺仙凡三萬里，華驄綵鷁雨中飛。

李唐春牧圖

牛放春溪睡不知，風清日美太平時。髫年記得哦詩倦，正折青條作馬騎。

舉杯西湖呈方虛谷邵玄同席上

六橋煙水碧濛濛，頭白看來是夢中。得似翾朝文翰客，繡袍驍馬走春風。

看花曾醉曲江船，陳跡尋來三十年。歌酒風流方刺史，看花又在十年前。

和方使君飲趙有實家園七絶

花時曾費萬金錢，不抵邯鄲一晌眠。尋得舊遊還彷彿，夢中山水醉中天。

人間兒戲幾般般，更送星球過綵竿〔一〕。七十老翁臺上笑，笑渠真作上天看。

看花太守謫仙風，醉影隨花到水紅〔二〕。安得笙歌千騎簇，綵樓霄漢挂青虹。

春風何處不堪詩，紅袖雕鞍碧玉巵。得似西湖湖上去，桃花成子筍成枝。

鴟夷一去五湖深，酒熟何人可共斟。唤醒孤山十年夢，坐中三疊沈家琴。

南亭北榭晝清涼，小草疏花也自香。誰□短垣環堵外，九衢塵土汗如湯。

春酲如困只宜茶，客夢如愁正著家。準擬主人重載酒，湖園猶有未開花。

校勘記

〔一〕更送星球過綵竿：「星球」，繆本作「新毬」。

〔二〕醉影隨花到水紅：「醉影」，繆本作「影醉」。

村莊雜詩十絶〔一〕

牛腰草深沸殘蛙，鳥背天青明淡霞。水村不知秋早晚，層層高樹芙蓉花。

過時晚禾霜下白，無數秋菊雨中黄。借我山蔬酌清晝，輸他溪蓼作重陽。

海魚油油腥且鮮，江魚一觔三十錢。野翁自漁溪浦上，亦有白鱗鋪滿船。

沙鷗野鶩滄江干〔二〕，秋風翛翛煙水寒。不辭低飛養羽翼，且莫忘戲翻波瀾。

籬底碧玉數千根，屋頭野花張錦雲。安知爾非龐居士，不問我是李將軍。
前村楮錢穰訓狐，後村竹弓彈老烏。道人無心問巫卜，任爾朝暮更嗚呼。
看晴看雨早霞天，占飽占飢秋月弦。南翁糴糧議牛具，北客傳炊裝馬鞍。
山村健婦勝丁男，黄菊堆叢亦嬾簪。自春粟粃供母㼁〔三〕，旋摘桑葉飼原蠶。
鄞塘烏菱刮勝酥，龍潭紅薑如瓠壺。水西社長時釀熟，有粟無粟且來沽。
春山苗長雉朝飛，秋林葉稀烏夜啼。去年穀多窮次骨，今年穀少醉如泥。

校勘記

〔一〕詩題：『詩』，繆本作『書』。
〔二〕沙鷗野鷟滄江干：『鷟』，繆本作『鷺』。
〔三〕自春粟粃供母㼁：『粟』，繆本作『粞』。

題赤壁圖

案，此詩從御定《歷代題畫詩類》録出〔一〕

千載英雄事已休，獨餘明月照江流。畫圖不盡當年恨，卻寫蘇家赤壁遊。

校勘記

〔一〕此詩一説爲戴良作，今存之。

雪夜和在明李先生〔一〕

墨卿守墨不作急，歲晚欲就醉鄉公。何人伊吾驚夜半，大雪北窗歌南風。

校勘記

〔一〕此詩據《剡源逸稿》卷七補。

附録

目録

戴先生墓誌銘

先生諱表元，字帥初，一字曾伯，世爲慶元奉化州人。七歲學古詩文，多奇語。年十三即加冠入鄉校，從里師習詞賦，輒棄不肯學，諸父强之，乃游臨安。於時新定方尚書逢辰、廬陵劉博士辰翁以論策表厲進士，得先生程文，大奇之。咸淳己巳入太學，改歲以三舍法陞内舍生。又踰年，辛未試禮部第十人，登進士乙科，授建康府教授。越乙亥歲，由建康歸，遷臨安府教授，行户部掌故，皆不就。積階至文林郎。大德甲辰，先生年六十一矣，會執政薦於朝，起家拜信州教授，秩滿授婺州，以疾辭。至大庚戌三月卒，享年六十有七。先生在建康時，先處州通守是邦，朝夕互還往。先生眉目炯聳，慷慨自奮，欲以言語筆札爲己任，嘗曰科舉取士，弊不復可改，幸得仕矣，宜濯然自異，斯可也。後二年，失仕歸剡，遂俾桷事先生。始盡棄聲律文字，力言後宋百五十餘年，理學興而文藝絶。永嘉之學，志非不勤也，挈之而不至其失也萎。江西諸賢，力肆於辭，斷章近語，雜然陳列，體益新而變日多。故言浩漫者蕩而倨，極援證者廣而纇。俳諧之詞，獲絶於近世，而一切直致，棄壞繩墨，棼爛不可舉。文不在兹，其何以垂後。先生深憫焉。方是時，禮部尚書王公應麟、天台舒公岳祥，師表一代，先生獨執子弟禮。寸聞隻語，悉囿以爲文。其文清深整雅，蓄而始發，間事摹畫，而隅角不露。施於人者多，尤自秘重，不妄許與。晚歲翰林集賢，以修撰博士二職薦論，而先生不可復出矣。維先子與先生總角相厚善，曁先生登進士，年盛氣邁，故舊貶抑者不敢自進。先子正色相輔，復以不肖孤托於先生，誘之迪之，獲不失其身。往歲解官南歸，於是先子捐館踰一紀矣。先生始愴然曰：『先公之德幸勿墜。』嗚呼！朋友道喪久矣。過時而哀，桷實何敢忘。自昔孔門，首分四科，歷代之士，率不能兼有。尊德行者後文學，世嘗病焉。先生爲文，尤多於忠厚孝悌之語。後之纂言者，其必有所考。夫文以蘄遠，果能遠矣。而近者五六十年，或止百餘年，其不幸者，又皆爲水火燬没亡紀。使誠盡傳也，則世有能名者不一二數。然視今世焯焯所傳，又皆無是事。噫，傳與朽始固不論也。曾祖辛，妣劉氏。祖汝明，妣鄭氏。考灝，妣王氏。世多儒科。伯祖傑，端平初爲宗學諭，篤厚爲時輩所尊。先生詩文若干卷，疾革猶手加繕定，以所居鄉名曰《剡源集》。治窆張村，葬以至大元年三月某日。娶陸氏，子男四，初陽，次紀，後庚，幼儒，女四，壻曰陸孟孫、孫肖翁、徐公説、袁庚孫。孫男女八。始先生兩授徒於鄞、於宣、於杭，其徒散處莫會。初陽等謂從學最久而知吾父者，宜莫如桷，遂俾誌其墓。乃泣對不敢辭。銘曰：

桓桓戴系，立氏以謚。信都九江，集禮秉衡。在漢國鈞，守正忠毅。別籍于剡，貞德彌勵。琅然孤桐，不諂其逢。浩歸衡門，邈焉冥鴻。二季重輝，續其高風。箋經暢隱，雅言春容。厥壤犬牙，旁邑是著。方門之支，本茂葉附。展世斯赫，宗黌攸輔。詵詵餘慶，聿踵先武。振聲鋪華，先生是承。有燁者光，不竦不淩。在泮峩冠，掩耳以行。曲裾長襜，祇繫其亨。千塗競謁，一轍交走。正歧前驅，白首莫疚。發其粹精，如瘖脱口。如轡在手，如爇在肘。屢躓于艱，秉禮益閑。有泉潺潺，有佩珊珊。駕言東游，曰知者天。卒昌其文，以終丘樊。張原之柏，先生手植。彼高爲南，彼鬱者北。告而嗣子，以順以則。昭銘墓門，過者必式。

録自袁桷《清容居士集》卷二十八

戴先生刻遺文疏

羊公峴山之碑，深懷身後；白傅雞林之集，豈較目前。是以壁中之藏，咸嗟其斷缺；航頭之獻，或議其改更。念兹汗簡之勞多，孰若壽梓之功博。生乎今者，嘗忽夫近；志于古者，或知其非。爰舉耆先，以告茂異。剡源子少負奇志，晚成大名。漱六藝之菁華，窮百世之源委。如得温璞，以成連城之璧；若裒吉金，以合四懸之鏞。世方尊崇，老益平實。夫既人慕其學，是宜家有其書。失今不圖，斯咎誰執。十年之計在木，庶得廣傳；同心其利斷金，允宜共贊。不在是舉，曷成斯文。穆參軍市上之酬，敢求美價；蔡中郎帳中之陋，徒蔽脩名。

録自袁桷《清容居士集》卷四十

先君子師友淵源録

戴表元，辛未進士。善論策。失仕歸里，力從諸先生。能古文。爲金陵教授，時與之同官。家貧，衣食葬喪咸賙之。後留塾中。有《榆林集》五十卷。

録自袁桷《清容居士集》卷三十三

跋文長老所藏曹泰宇戴帥初詩

藥師奉化名寺，有大沙門經公畢萬，通天台教觀，有文而不自耀。今萬壽華國文師，其上首也。經公少從其鄉曹泰宇先生學，而及交戴帥初先生。二先生常往來就之遊息，以經公之雅裁好賢，無斁故也。泰宇不娶無子，死，所爲詩文多散軼。帥初最得壽，其稿卷稍有傳者。此卷華國所次泰宇一詩，尚其遺墨。帥初二十五詩，則經公得之所見而手録之者耳。其末繫經公律絶五首，雖楮墨不完，手澤所在，尤可以識象環之感矣。予不及識曹先生，而曩時聞諸戴先生，固已知其爲修潔博洽之士。觀戴先生所作哀詞，又知其論著諸經，悉有成説。疲精耗思於斷編殘簡之中，而不能貽之永久，此太史公所以必欲置之金匱石室，藏於名山，以待後世，豈過計哉？於是戴先生下地且二十年，前修浸遠，後武亦稀，雖近在州里，語其姓名，或吃吃不能答者有矣。華國叢林宿德，乃能慨想遺風，圓融義際，使兹文句幸免湮墜，以克發揚先美，存十一於千百，抑賢矣乎！

録自柳貫《柳待制文集》卷十九

元史・戴表元傳

戴表元，字帥初，一字曾伯，慶元奉化州人。七歲學古詩文，多奇語。稍長，從里師習詞賦，輒棄不肯爲。咸淳中入太學，以三舍法陞内舍生。既而試禮部第十人，登進士乙科，教授建寧府。後遷臨安教授，行户部掌故，皆不就。大德八年，表元年已六十餘，執政者薦於朝，起家拜信州教授，再調教授婺州，以疾辭。初，表元閔宋季文章氣萎薾而辭骫骳，骳弊已甚，慨然以振起斯文爲己任。時四明王應麟、天台舒岳祥，並以文學師表一代，表元皆從而受業焉。故其學博而肆，其文清深雅潔，化陳腐爲神奇，蓄而始發，間事摹畫，而隅角不露。施於人者多，尤自秘重，不妄許與。至元大德間，東南以文章大家名重一時者，唯表元而已。其門人最知名者曰袁桷。桷之文，其體裁議論，一取法於表元者也。表元晚年，翰林集賢，以修撰、博士二職論薦，而老疾不可起。年六十七卒。有《剡源集》行於世。當表元時，有四明任士林者，亦以文章知名云。

録自《元史》卷一九〇

戴剡源先生文集序

濂嘗學文於黄文獻公。公於宋季詞章之士，樂道之而弗已者，唯剡源戴先生爲然。濂因日購先生之文，絶不能以多致。會有詔纂修元史，命濂總裁其事。事有闕遺者，遂以上聞，遣使訪於郡國，竊以謂先生著作，有關於勝國宜多，乃屬使者入鄞徧求之。鄞，先生鄉國，庶幾有得之者。曾未幾何，果以《剡源文集》二十八卷來上。濂始獲而覽焉，因而作曰：辭章至於宋季，其敝甚矣。公卿大夫視應用爲急，俳偕以爲體，偶儷以爲奇，靦然自負其名高。稍上之，則穿鑿經義，隳括聲律，孳孳爲華世取寵之具。又稍上之，摽掠前修語録，佐以方言，累十百而弗休，且曰：『我將以明道，奚文之爲？』又稍上之，騁宏博則精麤雜揉而略繩墨，慕古奥則删去語助之辭而不可以句。顧欲矯敝，而其敝尤滋。私自念詞章在世，如日月之麗乎天，雖疾風暴雨，動作無時，將不能蔽蝕其精明。獨怪夫當時之士，奚爲乏一人障其狂瀾耶。復念豪傑之士何代云無，區區所見孤陋，故鮮能知之，非誠然也。及覽先生之作，新而不刊，清而不露，如青巒出雲，恣態横逸，而連翩弗斷；如通川縈紆，十步九折，而無直瀉怒奔之失。嗚呼！此非近於所謂豪傑之士耶？蓋先生七歲即知攻文，咸淳中入太學，以三舍法陞内舍生，既而試禮部第十人，登進士乙科，調教授建康府。又遷臨安教授，行户部掌故，皆不就。會宋亡，爲元執政者薦之，起爲信州教授，先生年已六十一矣。尋遷婺州，以疾辭。後六年，終於家。初先生既擢第，憫宋季詞章之陋，即濯然自異。久之，四方人士争相師法，故至元大德間，東南文章大家皆歸先生無異詞。先生之没，僅六十年，已罕有知其名若字者，殊可哀也。濂在史局，既命彙入《儒學傳》中。及司業成均，復將録其《剡源集》者歸以示諸人。而先生之鄉，有夏君閲者，來爲國子學正，方與先生之孫資先謀刻於梓。夏君遂以題詞爲請，且謂知先生之深者唯黄文獻公，公既不可作，子幸無讓。於是忘其僭踰，而爲序之如此。嗚呼，豐城之劍，荆山之玉，縱埋没泉壤爲已久，神光上貫於霄漢者，終弗能掩也，其先生之文之謂乎。先生諱表元，字帥初，一字曾伯，慶元奉化州人。洪武四年秋八月望日金華後學宋濂謹序。

録自宜稼堂本《剡源集》卷首

重輯戴剡源先生文集序

余自束髮時，耳先進言，即知邑有鄉先生曰戴剡源先生者云。《元史》傳，先生學博而肆，爲文清深雅潔，化陳腐爲神奇。及閲邑志，得中所載先生文一二讀之，誠然矣，誠然矣。雖然，先生之文不特志所載已也，意先生里中人染化爲近，必有悉得先生之文者。於是詢之先生里中人，里中人弗知先生文矣。即知，亦罕有藏者。乃更詢之文學士，文學士有録先生文者矣，録非先生全也。嗟夫！先生之文矯訛翻淺，宗旨道原，明體發微，矩式才彦，若大車行塗，而險者易者弗能舍也；若利器宜用，而大者小者弗能外也；若布帛菽粟，資民生活，而千百世弗能越也。乃今遡先生之没，僅二百餘載耳，而先生之全文卒不可得而見。豈先生在當時，秘重著作，不妄與人，以故修文之士罕有常誦，終鮮流布也與哉。噫，非然也。文之上下隨乎時，時之取舍存乎人，人之輕重由乎世，世之崇尚係乎好。尚不以好，而世之重者輕矣；世罔攸重，而人之取者舍矣；人不知取，而時之上者下矣。先生起家宋咸淳進士，未幾而元胡當王，明賢淪喪，則時非熙隆之時，世非熙隆之世，而人非禮重文學之人。知先生者惟趙孟頫氏，以江南夫子歸先生耳。他何能尚，可俾世流布也耶。此先生甘心窮約，屢遷居止，爲避地計，而終不肯以文字獵名人間。其先生不得已之意乎？至我明德隆盛，彰文起學，始求先生之文，采入史館，而太史宋景濂氏，復序首簡，以表先生。於是學士大夫既知有先生，而又知有先生之文矣。然布之未廣，而家謄人録之卷，或散於衰微，或壞於水火，往往好尚文學者，知重先生，而不克得先生之全文以資多識也。嗟吁惜哉！嘉靖丙辰，余過進士家，偶得先生全集之目閲之，輒躍然喜曰：此足以綜先生之文矣。乃持是博訪，苟有所得，無論單篇斷續，即手抄之。積至十五六年，而先生之文始全矣。獨詩集一部僅備諸體，而散落尚繁。然後之人，有能舉一而知三者出焉，則先生之詩教可無限也。隆慶壬申，余承乏西蜀，遂攜之官。退食之暇，復躬校閲，區分類聚，勒成三十卷，命吏繕寫，獲成全集。庶幾後之學者，知四明文獻，有如先生而軌範文章，不獨韓蘇諸大家爾矣。因爲之序，以識始末云。萬曆元祀，歲在癸酉夏孟，四明後學華東周儀羽可甫書於巴渝之官舍。

録自宜稼堂本《剡源集》卷首

重刻剡源集序

余自垂髫時游澤宫，見祠所謂剡源先生者，歸言之家大人，始知其爲先世也。稍長，見其遺文一二，因訪求其全稿，始知有《剡源集》，宋景濂學士爲司業時，嘗叙而刻之太學，而竟無從得之。既而友人周羽可好其文，極力訪輯，頗得其全，而多所訛脱。余嘗從借得，手抄之，日夕覽味，始知前輩爲文，其命意搆辭，必有凖繩，不苟馳騁，以衒奇巧。每欲刻之以程後進，而力未能也。邇以承乏，來典南太學事，因求宋公所刻遺板，而無有矣。乃稍加校訂，命工鋟梓，以完太學之舊。嗚呼！先生舉宋咸淳進士，未幾而國祚遷改，東西奔竄，甘於窮老。時江南搜訪人才，使者如織，先生名傾一時，而竟不之及，晚乃强就一儒學官，而無何即棄去。此可以窺先生之心矣。晋陶元亮辭爲彭澤宰，而日娱於詩酒，千載而下，非有精詣之士，孰能知其解哉。余嘗謂淵明非詩人，而先生亦非文士。蓋無意於詩文，而詩文自不得不工者，此所以爲難及也。余故因刻既成，而敬識之，以告世之學詩文者。萬曆辛巳春仲，四明剡溪後裔戴洵謹叙。

録自宜稼堂本《剡源集》卷首

刻剡源集小引

剡源先生集，集宋剡源戴先生作也。先生生淳祐中，以舍生高等登進士乙科，累教授建康、臨安，而雅好山水，間一濡毫摛藻，爲古文辭若詩，往往匠心而成，追古作者，有聲藝林。然先生輒又敝帚視之，故非以此獵人世名者。至世之升沈晦顯，倏忽變態之當其前，一視如飛霞飄風，歸於烏有也。以故趙孟頫、黄文獻諸公，一稱先生爲江南夫子，一樂道先生不輟。及郡國志乘所記載，先生高標逸韻，如丹霄紫霞中人，不啻古所稱田子方、魯連之匹爾。先生於仕進既澹如，又不喜標揭爲名高，遂令曠世後無知先生者。迄於我明，宋潛溪氏爲一代鉅儒，博綜羣籍，搜訪遺編，得先生之文於殘篇斷帙之中，序次而表章之。顧於今幾三百年所，而先生諸作炳然，藏於國史，副在名山，直與前代作者韓歐諸大家並垂不朽。其於人世名又烏乎逃焉。語有之：日月之光匪爝火，雨露之澤匪桔槔，所從來遠也。先生歿數世，有孫愚齋公起家進士，爲明天子侍從之臣，尋擢司成，教兩都國子，敦行古誼，以身率先。士自勝冠以上爭自修飭，以期無負司成公教，而礪亦承乏南雍，備司成公屬，叨受知遇，謬膺校閲，得縱觀先生之文。而因知司成公所以有今日者，其樹德發祥，蓋有本歟。司成公不以礪不文，屬爲之引。顧安能爲先生志萬一，而悶寢司成公命，輒拜手僭引其端云。萬曆辛巳仲秋，賜進士出身、迪功佐郎、南京國子監助教後學東吴周汝礪頓首拜書。

録自宜稼堂本《剡源集》

剡源文鈔序

有宋《戴剡源文鈔》凡四卷，蓋得諸四明范子石臞云。石臞與予後先執灑掃於梨洲先生之門。先生每論文，必稱剡源不置，惜無刻本，未能廣傳。一日石臞攜以見授，因爲手録成帙，秘枕中者七八年矣。自予學圃龍山，荷鋤之暇，時出其書盤石上行吟坐諷，未嘗不精神寂莫，穆然想見其爲人。適從子仲安來，有奇文共賞之請，遂付剞劂。先是，石臞挾是編渡黄河而北也，忽風雨驟作，魚龍亂飛，箱篋貲囊盡委水若，而此編巋然獨存。豈剡源固越人，南枝之戀愴北風而思返耶，抑天之未喪斯文也，將試諸危嶮震蕩，冀託諸西村壄人，而欲享以千金也。嗟乎，文之在天地間，一氣而已矣。天地之氣鬱而不舒，則擊而爲雷，閃而爲電。夫人秉天地之氣以生，文之而當時莫能鳴其豫，即遲之又久，而天下後世必不能閟其光。故讀其書，論其世，而其人之語嘿，憂患如親炙之，所謂藏諸名山，傳之其人是也。且剡源之時，何時乎？陽氣既遁，於黄鍾變徵絶弦，慨當以慷，乃一不露其鋒芒而韻味深長。初讀之，朗月入懷也，既而悽風苦雨中猿吟而鶴唳也，又既而泠泠乎，飄飄乎，行雲御風轉春和之沃若也。剡源乎，蓋得天地之中氣鬱而不舒，必待雷電交激而後百果草木皆爲之。甲坼乎，紀其代閲三數朝，問其時歷五百幾十歲，始得從塵煤蟲鼠之餘，發其光采，非其氣足以留之不至此。予老而失學，喜得阿咸富於春秋，嗜書慕古，表章先輩，他日讀中秘書，見所未見如剡源者，皆得詮次而流傳之，皆於是爲息壤矣，爰手書簡端，上正先生。先生當听然謂石臞能傳其習，以公之於友，仲安又能廣其傳而且及於天下後世。是予之幸也夫，是予之幸也夫。康熙歲次戊辰陽月，澥西日觀山樵朱邁書於南陔草堂。

録自馬思贊刻本《剡源文鈔》

剡源文鈔叙

王充著《論衡》八十五篇，蔡邕入吴，秘諸帳中。或取數卷，邕丁寧曰：『唯我爾共之，勿廣也。』夫充之文未行世，邕能賞識，則得矣，靳而勿廣，未勉私所好焉。且文之至者，固非一人所得終秘者也。剡源戴先生在淳祐大德間，與柳文肅並以文章爲東南名宿。顧柳集賴門人以傳，而剡源文則幾至湮没。梨州黄先生表而出之，以授石臞范先生。石臞先生攜其集渡河而北，魚龍翻飛，卒不可奪，以示家叔氏日觀先生。日觀先生又勿之秘，出其書，以授小子思贊。思贊讀訖而歎曰：有是哉，閲四百餘年兵燹風波之險而精光不没。予生也晚，猶得從諸長者之後一窺其議論，未必非造物之有待于予也。予固陋，雖不足以知剡源之文，不亟播之以公當世，則又烏知大儒具眼肆爲鈎索，互賞珍奇者皆當勿秘其美而廣其傳也哉。用是，付棗梨并序得是書之顛末，庶見諸君子之有功剡源不淺。若曰思贊將附以不朽，則勿敢居也。剡源自序六歲知爲詩，其序人詩每自許不置，惜未得合而梓之。豈當世更有如梨州、石臞、日觀諸先生者，實其詩而將余告乎？則又予之所深幸而企望者矣。時康熙歲在戊辰冬仲，漁村馬思贊仲安撰。

録自馬思贊刻本《剡源文鈔》

剡源文鈔序

歲丙辰丁巳，黄梨洲先生講學吾邑，先府君時與之往復議論，惜思贊童穉，未能備悉精奥也。先生每極口宋戴剡源文，府君購其集不可得，後從叔氏日觀齋見先生所寄選本，遂命思贊刻之家塾。閲歲書成，府君見背。年來多故，未暇整理。昨冬於竹垞先生借得全集，復發興修補欠葉，較讐訛字。其去取批抹悉依梨洲原選，不敢妄有增損，蓋遵先府君授刻之意也。因憶幼侍府君，與先生晤對已歷二十餘寒暑，而府君卒於庚午，先生暨日觀叔亦相繼下世。重展是集，不勝憮然。康熙庚辰七月既望，海寧馬思贊識於紅藥山房。

録自《四明叢書》本《剡源文鈔》

四庫全書總目・剡源集提要

《剡源集》三十卷，元戴表元撰。表元字帥初，一字曾伯，慶元奉化人。宋咸淳中，登進士乙科，除建康教授。遷臨安，又遷行户部掌故、國子主簿，皆以兵亂不就。元大德中，以薦除信州教授，調婺州，移疾歸。再以修撰、博士薦，不起，終於家。事蹟具《元史·儒學傳》。表元所著《剡源集》，明初上於史館，宋濂曾序而刻之，凡二十八卷。其版久佚。此本乃嘉靖間四明周儀得其舊目，廣爲蒐輯，釐爲三十卷。表元後裔洵復梓行之。王士禎《居易録》稱海寧刻《剡源集》四卷，乃黄宗羲所選録，非完書也。表元少從王應麟、舒岳祥游，學問淵源具有授受。顧嗣立《元詩選》小傳稱宋季文章氣萎薾而詞骩骳，帥初慨然以振起斯文爲己任，其學博而肆，其文清深雅潔，化朽腐爲神奇，間事摹畫，而隅角不露，尤自秘重，不妄許與。至元大德間，東南之士以文章大家名重一時，帥初一人而已。又引宋濂之言曰，『濂嘗學文於黄文獻公。公於宋季詞章之士樂道之而不已者，惟剡源戴先生爲然』云云。於元人之中，推之獨至。今觀其詩文，信嗣立所論不誣也。

録自《四庫全書總目提要》卷一六六

剡源集跋

戴帥初《剡源集》三十卷，一刻於洪武初宋景濂爲司業時，再編於嘉靖中周儀羽可，重刻於萬曆間後裔戴洵。今世所行者皆此本，而頗不易覯。余購之久矣，嘉慶辛未冬訪老友鮑君以文於烏戍。時君病足不能起，留坐榻前，情話竟日，並許以此書見貽。老人善忘，是冬未能即寄。明年春，余有關中之役。及乙亥返里，已嬰末疾，欲往烏戍，未果，而君且歸道山。余自苕雪還，迂道烏戍，命兒子煚代奠生芻，值令嗣志祖它出，晤於吴門，因及此書。今年四月，又見志祖於吴興，復申前説。既别，輾轉覓寄。八月始達常州，知爲竹垞、秋岳藏本，鮑君亦嘗校之。書誠不易覯，而購之者亦綦勞矣。爰識得書所從來，並及鮑氏兩世交誼。至於帥初之文，自爲宋文憲推服，洎乎國朝，已入《四庫》，久經論定，不更贅云。嘉慶丁丑九月，收庵叟趙懷玉力疾書。

録自宜稼堂本《剡源集》

剡源文鈔跋

喬遷少讀梨洲黄先生贈萬五河詩，有『震川古淡，剡源色澤』之語，而不解爲何人也。既發先人遺篋，得《震川集》，乃求剡源之文，終不可得。僅從《宋潛溪集》中得其《剡源文序》略知其梗概而已。後五河裔孫冠南丈出示《剡源文鈔》，蓋梨洲所選定者，受而閲之，而復之而不厭百回讀之。時方攻舉子業，未遑鈔録，歷歲時而還之，而心終不能置之也。今夏於友人處見《剡源全集》三十卷，始得而盡覽之，而目光腕力迥不如前，又不能盡録之。因復從萬氏假選本鈔之，計目如右凡若干篇。於是鈔竟而不能無感焉。今夫剡源閲宋季文敝，慨然以斯文爲己任，而得深寧爲之師，清容爲之弟子。雖官位不甚顯，而至窮老終身其享文章之福，亦云極矣。而潛溪已哀其没僅六十年罕有知其名與字者，則夫古文一道猶論樂者之於黄鍾大吕，久矣爲人厭棄，所謂大聲不入里耳，析楊皇荂則嗑然而笑者也。然而瓊枝瑶草即埋没於荒煙之中，與黄茅白葦相伍，而其本色終不能爲黄茅白葦所掩也。剡源之文得潛溪序之，晶光寶氣不可遏抑，即後世多茫然不知而亦何害。况復經梨洲選定，有如崑山之玉琢爲圭璋，無可摘其瑕疵者矣。第萬氏舊本亥豕頗多，即得而鈔之而猶有所憾。何時得善本而改正之，謹裝成帙，與《震川集》共藏之。若夫古淡色澤之辨，讀者自能知之。喬遷非知文者也，亦莫能名言之也。道光八年夏五慈谿後學鄭喬遷耐生氏謹識。

録自《四明叢書》本《剡源文鈔》

剡源集跋

余既得《袁清容居士集》元槧本五十卷，刊之。清容爲戴剡源先生弟子。《剡源集》無論明初所刻，即嘉靖間周儀蒐輯者，亦殘佚不易得。余家所藏，即黄梨洲先生所從選録不全本。蓋是集幾湮失久矣。今所刊三十卷者，寶山毛君生翁得於武進李申耆太史，太史得於同郡趙味辛司馬，司馬則得於湖州鮑以文孝廉。司馬跋云：是書爲竹垞、秋岳兩先生藏本，鮑君亦嘗校之。今觀書中回易删加，朱墨爛然，皆無主名，不能分别某者爲何氏。其明確者既胥從之，而意有未安，亦弗敢徇。至原本字畫、音義、顯繆脱者，輒以己意參考補正。疑者闕之。其朱墨校改者，既不能辨爲何氏，則統以或云括之。而余所更定者，則率隨文條列。又原本詩文間有空字，或仍或否，亦率注明，以存原刻體製。凡三閲月，是書始少完具，可繕寫付剞劂。夫剡源先生之文章，淳博奇雅，義法整贍，宋末元初爲東南一大家，宋金華諸賢多論著之矣。而惟是實事求是之心，不敢攘善，不敢臆決。區區矜慎所由刊刻者，略述其大端，以告後世，且使海内博物君子得匡其疏漏云。道光二十年五月三日，上海郁松年泰峰氏書於宜稼堂。

録自宜稼堂本《剡源集》

剡源集逸稿

元戴表元剡源逸文十三首，古詩五十七首，律詩二百七十七首，皆世傳三十卷所未收也。錢塘朱文游家舊鈔何義門校本，黄蕘圃補録於刻本之上，近上海郁氏新刻《剡源集》，惜未得蕘圃所録。仁和勞季言購得蕘圃稿，另鈔以贈余。勞君誠汲古好學士也。文如袁清之考妣葬碣在潘□，《常熟丞奉化王子兼行述》，爲《四明志》所宜補。跋《元次山集》、題高常侍詩文、鞏仲至《耳目志》，皆有理致。《汝南處士秋鶚墓表》，足考金源遺獻。詩得三百三十四首之多，如《九日》以『滿城風雨近重陽』爲韻七詩，今刻本只有陽韻。嘉興唐氏康樂堂、金陵徐氏遠觀亭之類，皆志乘所未詳也。唐彦謙《鹿門集》多誤收剡源之作，與三十卷詩同者六十二首，開卷《逢韓喜夜坐示友梅亭歲除》與剡源無異。尤可駭者，《剡源集·過應浩然先生墓》，此昌國應傃之後人。應氏爲四明耆舊，故云『人間萬卷龐眉老，眼見堂堂入草萊』。又《戊子歲晚贈應德茂》云：『平生萬卷應夫子，兩世知名窮布衣。』則德茂爲應浩然之子。袁桷《清容居士集》有《題應德茂遊吴紀事》二絶句，其爲姓應無疑。今《鹿門集》前詩題《過浩然先生墓》，去一『應』字，以爲孟浩然。後詩題《贈孟德茂》，注浩然子，加一『孟』字，第七句仍作『平生萬卷應夫子』，不知何解。唐茂業雖是唐人，集名『鹿門』，似與孟襄陽《夜歸鹿門》相涉然。茂業爲懿宗咸通年進士，去開元幾一百五十年，何能有眼見『入草萊』及『故交裹雞』之語，而與其子船上酒香魚肥贈以詩乎？浩然是應非孟，其爲是戴作非唐作明矣。

録自朱緒曾《開有齋讀書志》卷五

剡源佚稿序

昔方遜志序《劉樗園文集》云：樗園所尊善者舒閬風、陳南山，所友而敬者戴剡源、袁伯長。袁仕元爲顯官，名稱海内，戴公文亦傳於時。蓋遜志從潛溪遊，獲見《剡源集》二十八卷，故云爾。其實皆家謄人録之本，流布未遠，故不久而闇然。至周羽可重輯本出，則不脛而走矣。而猶曰詩集，僅備諸體，散落尚繁。此先生之文所以有待於後人之蒐採也。奉川孫内翰玉仙嗜古博聞，未登朝籍，輒有志於鄉先正文字，網羅不遺餘力。往者《剡源文鈔》之刻，嘗附佚文十三首，今復得他作並其佚詩三百餘篇，另爲一集，將壽梨棗，以備郁氏所未逮。勤矣哉，其用心也。自古學陵夷，前輩著撰日月淪蝕，所賴一二有心人冥搜露鈔，存什一於千百。然或有心而力不副，或有力而心不在是焉。兩者兼矣，又或聞見譾薄，探索未廣，欲以致美備之觀，難哉。唐人號能文者，莫如韓退之、皇甫持正，而孫何稱退之擬范蠡《與大夫種書》，白樂天稱持正《涉江文》皆本集所不載。詩之佚者，尤難更僕數。後人或因其目，以意妄爲之，見者未能剖別，一皆疑爲贗鼎，遂并其真者亦割置之，是可惜也。先生之詩超然塵壒之表，非聊爾人所能髣髴，然不得吾玉仙船唇馬尾勤求無已，亦曷能使璧彩劍光披發白日。而玉仙又非有力者，其用心可謂加人一等矣。夫閬風、南山自以有宋遺民，不樂仕新朝，先生亦力辭薦剡，高風逸韻真不相上下，故其所作皆不終汶汶。方氏盛稱樗園之文，今不可得見，即《閬風集》亦從《永樂大典》録出。獨先生文章，有潛溪以導其源，羽可、泰峰以助其瀾，今復得吾玉仙浥取涓滴於斷流絶港之間。蓋先生雖不當僅以文章名，而其文章實據宋元之交之斗杓，而天亦若或相之俾之，假手於玉仙。玉仙遂得安坐而收噓枯澤骨之功。予故述其緣起，以塞玉仙之請，而非敢序先生文也。光緒二十有一年春二月，後學慈谿王家振謹撰。

録自孫鏘刻本《剡源佚詩佚文》

剡源佚文佚詩跋

右佚文十四首，佚詩三百二十五首，皆宜稼堂本《剡源集》未及編入者也。全集三十卷，《四庫》著録。而吾鄉所流傳者，獨鈔本耳。自郁氏開雕，天下承學之士始以得讀《剡源集》爲快。戊子之秋，余就試杭垣，從仁和丁氏借得鈔本《剡源集》四卷，文凡六十餘首。内有集外佚文十三首，即昔年附刊《剡源文鈔》後者也。嗣又從丁氏借鈔剡源佚文詩，則十三首之外尚多《像贊》一首。而詩三百餘首，裒然一巨帙。余屢欲刊之久矣。甲午之冬，告假在里，始得依集類編，付諸剞劂。別有所見，併附卷中。蓋先生之文，當元時已稱江南一人。自明初，宋潛溪氏訪於郡國，始稍裒輯。洎周氏儀鼇爲三十卷，可謂備已。然楊文懿公尚見集外書札數十通，則其所遺脱概可知也。今戴氏子姓居榆林者，兵燹逃竄，幾無一人。荒祠叢冢賴老友陳春泉上舍日贊歲時修祭，并撥己田以圖永久，可不謂有功先哲者歟。余既校刊此書，喜陳君之所爲附詳簡末，俾剡曲諸君子，聞而興起，并推廣其所未備，尤余之所厚期者夫。光緒乙未仲春之月既望，邑後學孫鏘仲鳴謹識。

録自孫鏘刻本《剡源佚詩佚文》

剡源文鈔序

自宋季文章氣萎薾而詞骫骳，剡源先生慨然以振起斯文爲己任。至元大德間，東南之士咸歸之，名重一時。不圖歿僅六十年，罕有知名若字者。嗚呼，傷矣。潛溪總修《元史》，乃屬使者入鄞，得其集二十八卷。余藏有三十卷舊鈔本，較刻本爲勝。及司業成均，先生之鄉有夏君閎來爲國子正，與先生之孫資先謀梓，於是始刻先生之集，所謂洪武四年本是也。洎嘉靖間，四明周儀得其舊目，廣爲蒐輯，釐爲三十卷，所謂後裔戴洵本是也。上海郁氏據之以入宜稼堂叢書，而吾師奉化孫玉仙先生益爲搜輯釐正重刻之，所謂七千卷樓本是也。然則先生之文搜之者，潛溪也。而潛溪搜之而得者，得於鄞人也。得而始謀梓者，夏君閎也。其繼之者，鄉人周儀也。最後則爲玉仙先生。鄉之文獻僅有存者，不重賴鄉之人乎？顧其浩浩蕩蕩，莫窮涯涘，後生小子不得其門，望洋歎焉。於是梨洲先生手選尤精者四卷，曰《剡源文鈔》。慈谿鄭耐生氏手爲寫録，耐生名喬遷，著有《藏密廬文稿》。童栢叟收藏之，以贈余。余藏之又八年矣，讀王漁洋《居易録》，稱爲海寧刻《剡源集》四卷者，即馬氏思贊康熙庚辰本也，與鄭氏同出一源。光緒己丑大酇山館本者，即栢叟依所藏以刊者也。是栢叟之贈余者，先既梓行矣。余維先生東南文宗也，昌黎起衰於六朝之後，先生振敝於宋世之末氣萎薾而詞骫骳，今更有甚於昔者乎？昔既哀其罕有，何害於兼存。爰取栢叟贈我者，悉仍其舊，補以潛溪序，重付梓焉。而論述之如此，且吾鄉人珍重文獻之意，亦可見矣。是爲序。民國二十一年十月後學張壽鏞。

錄自《四明叢書》本《剡源文鈔》

剡源文鈔跋

《剡源文鈔》爲黄梨洲先生選定，慈谿鄭喬遷耐生氏手鈔，而童賡年慈谿孝廉，字佐宸，晚號栢叟栢叟氏藏之於家者也。栢叟勤搜鄉獻，嘗佐其叔小橋氏刻全謝山《鮚埼亭詩集》。以板相贈，更取萬貞一《管村文鈔》、萬開遠《千之草堂文鈔》與此書，均歸於余。時民國十三年，余重司浙計時也。忽忽八年，柘叟墓木久拱，其子葭青更將柘叟所著《四明摭餘録》十二册未分卷、《明州札記》一卷、《木石老人詩話》四卷、《詩草》四卷及諸雜著以贈余，將爲之整比，擇要刊行，猶未遑也。今刻是書，不第愛剡源之文，且不忍棄柘叟贈我之惠也。至我鄉夏君閲及四明周儀，不知何縣人，其刊始實賴之鄭耐生氏，亦能文者也，所識寥寥二百餘言，自謙以爲非知文。然讀之，晶光寶氣亦可概見，皆有功於鄉獻，因並誌之。壬申秋張壽鏞跋。

録自《四明叢書》本《剡源文鈔》

圖書在版編目(CIP)數據

戴表元集 /（元）戴表元著；陸曉冬，黄天美點校.
—杭州：浙江古籍出版社，2013.12(2024.10 重印)
（浙江文叢）
ISBN 978-7-5540-0196-7

Ⅰ.①戴… Ⅱ.①戴… ②陸… ③黄… Ⅲ.①中國文學—古典文學—作品綜合集—元代 Ⅳ.①I214.72

中國版本圖書館 CIP 數據核字(2013)第 304005 號

戴表元集

（全二册）

（元）戴表元 著　陸曉冬　黄天美 點校

出版發行 浙江古籍出版社
（杭州市環城北路 177 號　郵編：310006）
網　　址 https://zjgj.zjcbcm.com
責任編輯 吴　迪　劉　蔚
封面設計 劉　欣
責任校對 余　宏　潘丕秀
照　　排 浙江時代出版服務有限公司
印　　刷 浙江新華數碼印務有限公司
開　　本 710mm×1000mm　1/16
印　　張 52.5
字　　數 538 千
版　　次 2014 年 3 月第 1 版
印　　次 2024 年 10 月第 3 次印刷
書　　號 ISBN 978-7-5540-0196-7
定　　價 350.00 圓(精裝)

如發現印裝質量問題，影響閱讀，請與市場營銷部聯繫調换。

ISBN 978-7-5540-0196-7
01>
9 787554 001967